宋时明月 醉玲珑

诗词中的别样风流

流珠 著

北京联合出版公司

图书在版编目（ＣＩＰ）数据

宋时明月醉玲珑：诗词中的别样风流 / 流珠著. --
北京：北京联合出版公司，2020.7（2023.3 重印）
ISBN 978-7-5596-4120-5

Ⅰ．①宋… Ⅱ．①流… Ⅲ．①宋词—诗词研究 Ⅳ.
① I207.23

中国版本图书馆 CIP 数据核字（2020）第 056398 号

宋时明月醉玲珑：诗词中的别样风流

作　　者：流　珠
出 品 人：赵红仕
责任编辑：牛炜征
封面设计：吴黛君

北京联合出版公司出版
（北京市西城区德外大街83号楼9层 100088）
北京新华先锋出版科技有限公司发行
三河市宏达印刷有限公司印刷　新华书店经销
字数145千字　620毫米×889毫米　1/16　17印张
2020年7月第1版　2023年3月第2次印刷
ISBN 978-7-5596-4120-5
定价：59.00元

无可奈何花落去，
似曾相识燕归来。

欲寄彩笺兼尺素，
山长水阔知何处。

独有庾郎年最少，
窄地春袍，
嫩色宜相照。

一寸相思千万绪，
人间没个安排处。

轻舟短棹西湖好。
绿水逶迤，
芳草长堤，
隐隐笙歌处处随。

今年花胜去年红，
可惜明年花更好，
知与谁同？

莫教春风容易别

夕阳如金，又送春光。曲径通幽，亭台疏朗。有人临风持酒，似在邀约，似在等候。但不知道，他在邀约什么；也不知道，他是否终于等来。时而抚栏凝思，静听燕语；时而漫步小径，检视落英。而与这些动作相呼应的，是他眉目间神情的变化：时而闪过喜悦，时而微露忧色，时而忧喜交集，时而超逸淡然。当夕阳的余晖为一段时光、为一个时代画上句号，那人亦收拾起一生的感慨与情怀，在逐渐深浓的暮霭里消失了踪影。回顾亭台，燕语犹在；却看小径，暗香依稀。将燕语谱入宫商，以暗香添作咏叹，《浣溪沙》的韵调如珠落玉盘般响起。"一曲新词酒一杯，去年天气旧亭台。"这是那人所写的一首新词。也正是随着这曲《浣溪沙》的登场，《宋时明月寄春风》的第二卷就此展开了画轴。

先说一件与"一曲新词酒一杯"的作者晏殊相关的逸事吧！这则逸事，出自宋代笔记小说《青箱杂记》："晏元献公虽起田里，而文章富贵，出于天然。尝览李庆孙《富贵曲》云：'轴装曲谱金书字，树记花名玉篆牌。'公曰：'此乃乞儿相，未尝谙富贵者。'故公每吟咏富贵，不言金玉锦绣，而惟说其气象。若'楼台侧畔杨花过，帘幕中间燕子飞''梨花院落溶溶月，柳絮池塘淡淡风'之类是也。故公自以此句语人曰：'穷儿家有这景致也无？'"

"元献"为晏殊的谥号。《青箱杂记》说他出身不高，按我们当下的话说，是穷山窝里飞出的凤凰男。但人家腹有诗书气自华，写起文章来，即使是司空见惯的风流富贵，一旦出自他的口，立即化腐朽为神奇，极能彰显格调高雅。有一次，晏殊读到李庆孙的《富贵曲》，其中的"名句"为"轴装曲谱金书字，树记花名玉篆牌"，读后不觉失笑。金字谱、玉篆牌，这就是所谓的大富大贵？非也。在晏殊看来，这是乞丐所梦想的富贵，从内到外透出一股低俗之味。那么，在晏殊笔下，真正的富贵该如何呈现呢？不用堆砌字句，只从气象上入手，便有别致动人之处。晏殊以自己所作的诗词举例说，像'楼台侧畔杨花过，帘幕中间燕子飞''梨花院落溶溶月，柳絮池塘淡淡风'之类，那贫寒穷苦之家哪有这样的景致呢？即便有这样的景致，也无与景致相配的心情吧？"富贵"一语，要不着痕迹地浅酌缓吟方有意趣。对风花雪月的鉴赏，最能衡量一个人的消费品位之高低。像李庆孙那般沿街叫卖似的搬弄"金玉"字样，那不叫富贵，而是"壕"无人性。

晏殊的词集名为《珠玉集》，其名一如其词，落落大方、娴雅端丽，这也是晏殊本人留给后世的印象，身为太平宰相，晏殊的情感是含蓄而又克制的，"哀而不伤，怨而不怒"。晏殊最拿手的，是对于闲愁的抒写。"无可奈何花落去，似曾相识燕归来。""双燕欲归时节，银屏昨夜微寒。""一场愁梦酒醒时，斜阳却照深深院。"可太平宰相并非总有太平相随，晏殊的人生中也有那么一些风云动荡的章节。"昨夜西风凋碧树，独上高楼，望尽天涯路。"他也曾深怀忧患意识，胸中的孤独无可排遣。"满目山河空念远，落花风雨更伤春。"以政治家的灵敏，还有什么比预见盛世将衰却无力阻止而更感沉痛？"劝君莫作独醒人，烂醉花间应有数。"这在《珠玉词》中，绝对也是异数，是极不协和的不祥之音。"数年来往咸京道，残杯冷炙谩消魂。衷肠事、托何人。若有知音见采，不辞遍唱阳春。一曲当筵落泪，重掩罗巾。"身居相位，却以卖唱为生的天涯歌女自拟。从政生涯有如乞食四方，虽殚精竭虑，所得的回报不过是"残杯冷炙"。半生操劳却无知音慰藉，枉自唱遍阳春白雪之曲，只落得"当筵落泪，重掩罗巾"。千古凄凉的结局，又何曾饶过这位气质品位皆为一流的风流富贵宰相？

本书的另一位重要人物是欧阳修。欧阳修官至参知政事，相当于副相。若以品级地位而言，比晏殊略有所逊。若以政治影响而言，后世多以欧公为直谏敢言的一代名臣，比起位高权重而无甚作为的正牌宰相晏殊，人们明显要多出了一份崇敬与仰慕。至于说到这两人在词坛上的排名，则并驾齐驱，不分先后。清代冯煦曾在《宋六十一家词选例言》中写道："晏同叔去五代未远，馨烈所扇，得之最先。故左宫右徵，和婉而明丽，为北宋倚声家初祖。"且又言道："独文忠（欧阳修谥号）与元献学之既至，为之亦勤，翔双鹄于交衢，驭二龙于天路。且文忠家庐陵而元献家临川，词家遂有西江一派。"也是在清代，刘熙载曾有评论："冯延巳词，晏同叔得其俊，欧阳永叔得其深。"晏殊字同叔，欧阳修字永叔。同叔与永叔，还真是有缘非浅。晏殊是江西临川人，欧阳修则是江西庐陵人。五代十国时，江西曾是南唐故地。而冯延巳作为南唐的宰相，其词风对于北宋的晏殊与欧阳修竟然产生了奇妙的"化学作用"。"晏同叔得其俊，欧阳永叔得其深"，这句话是说，晏殊将冯词中的俊雅之意传承了下去，而欧阳修则将冯词中的深窈之意发扬光大。

如此看来，晏、欧二人也算"师出同门"了。而除此之外，欧阳修与晏殊还有一段师生之缘。晏殊较欧阳修年长十六岁。宋仁宗天圣八年（1030 年），三十九岁的晏殊主持贡举考试，擢年方二十三岁的欧阳修为进士第一。论理，这是一个良好的开端，古人最是看重师生的情分。但在晏殊与欧阳修之间，师生之情却并不融洽。宋代学者邵伯温在所著《邵氏闻见录》一书中，曾毫不含糊地写道："晏公不喜欧阳公。"那么，欧阳公对此有无自知之明呢？

按照《邵氏闻见录》的记载，欧阳修写了封信托人带给晏殊。说自己也算是晏殊的老门生了，受师恩不可谓不深，但却少有到晏门做客的"殊荣"，也与晏殊少有书信来往。何以疏远至此呢？难道是因为晏殊嫌弃自己漂流无根，不能增辉于师门？还是因为自己孤僻愚拙、不知奉承，在自危之心的作祟下不敢对老师表达亲敬之意？

这封信可以看成欧阳修对晏殊的一种试探吧。欧阳修是个太直率的人，与老师的关系日趋淡漠，据他分析，这既有他自身的原因，也有老师的原因。但他认为老师是要负主要责任的。"足迹不及于宾阶，书问不通于执事"，私交方面几乎是全无来往了。那言外之意是：你不请我，我自然不会厚着脸皮登门；至于书信问候之类的，你既视作可有可无，我又何必自作多情呢？"执事"一词，用在这里格外刺眼。表面上是为了体现对晏殊的"尊敬"，您可是位执掌国事、一言九鼎的大人物呢！可稍稍动下脑子就会发现问题了，这师生之间，哪有这样说话的？

当晏殊读完此信，心里还能痛快下去？口授几句便命书吏撰文回复，甚至懒得亲自动手。有宾客提醒他说，欧阳修颇有文名，这样给他回信，是不是太过草率、简慢？晏殊傲然答道，他不过是我曾提携过的一名门生，我这样做，已经很给他面子了。

虽然神离，但在某些时候，师生之间也还保持貌合。庆历元年（1041年），欧阳修与他人一同去拜见晏殊。"足迹不及于宾阶"，看来这次是破例了。这天大雪纷飞，晏殊兴致极佳，在西园置酒款待来宾。席间众人作诗助兴。然而，等到欧阳修的诗篇献上来，晏殊的一腔佳兴却化成了寒灰。且看欧阳修的诗句：

主人与国共休戚，不唯喜悦得丰登。

须怜铁甲冷彻骨，四十余万屯边兵。

这是明目张胆的讽刺啊！欧阳修对晏殊举办的这个赏雪酒会来了个全盘否定。"须怜铁甲冷彻骨，四十余万屯边兵。"北宋时与西夏连年征战，边兵四十万以备烽火。在这大雪之日，可怜那些守边的将士铁甲在身、忍寒挨冻。您身为宰相，是不是应当与国同休戚啊？今日在此赏雪为乐、喜形于色，是为着瑞雪兆丰年之故吗？您有没有考虑过那些守边将士的感受？

"太过分了！"晏殊不再理会欧阳修，却对旁人说，"这种话，韩愈可也说过？昔日韩愈曾作诗讽刺宰相裴度'园林穷胜事，钟鼓乐清时'。虽暗含讽意，毕竟温和婉转、不伤和气。不像有些人，其尖酸刻薄的本事，实已远超韩愈。这个样子胡闹，岂不是安心要与我过不去吗？"

师生虽然不睦，但在写词方面，两人不但"段位"相侔，其词风更是高度相似，有时甚至难分彼此。试以采莲词为例。

晏殊《渔家傲》云：

> 越女采莲江北岸，轻桡短棹随风便。人貌与花相斗艳。流水慢，时时照影看妆面。
>
> 莲叶层层张绿伞，莲房个个垂金盏。一把藕丝牵不断。红日晚，回头欲去心撩乱。

欧阳修《蝶恋花》云：

> 越女采莲秋水畔。窄袖轻罗，暗露双金钏。照影摘花花似面，芳心只共丝争乱。
>
> 鹳鹆滩头风浪晚。雾重烟轻，不见来时伴。隐隐歌声归棹远，离愁引着江南岸。

再以晏殊的名句"当时共我赏花人，点检如今无一半"为例，欧阳修亦有佳句相对"可惜明年花更好，知与谁同？"又如晏殊的"珠帘不下留归燕"，到了欧阳修那儿，则是"双燕归来细雨中"。

虽然欧公的为词态度不甚庄重，将之视为"聊佐清欢"的"薄伎"，但在词的深度与抒写范围方面，就笔者看来，欧公却要胜于晏公。词虽小道，总因身世造就。欧公生平所遇之挫折远要多于晏公，这或者是成就其深雅之美的一大因素。同为士大夫之词，如果说晏公是颇得娴雅之味，欧公则是富含深雅之髓。当然，受到当时社会大环境、大风向的影响，欧公也有轻艳俚俗之作，但本书所选，却是以能体现其深雅意旨为主，至于浮词俚词，则"可以休矣"。欧阳修十首《采桑子》，堪称颍州西湖之绝唱。

画船载酒西湖好，一片笙歌醉里归。醉翁呵醉翁，你既惋惜"游人日暮相将去""直到城头总是花"。还没有赏够西湖的百态千姿、亿万风情，怎么可以偃旗息鼓、携醉而去？何不改作："画船载酒西湖好，一片笙歌醉忘归？"你曾誓说"直须看尽洛城花，始共春风容易别"。只可惜，当洛城凋尽最后一朵天香国色，仍然不得不与春光道别。别急着道别，别急着道别。趁这柳烟深、芳时浓，珍重人间词，寄语天上月。且共从容倾杯乐，莫教春风容易别。

［目录］

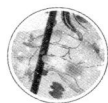

[目录]

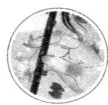

徘徊惜芳时，
花落燕归来

浣溪沙

晏殊

一曲新词酒一杯，去年天气旧亭台。夕阳西下几时回？

无可奈何花落去，似曾相识燕归来。小园香径独徘徊。

江西抚州，古时被称为临川。对于我们当代人而言，这不是一个众所周知的地名。但是对于一名昆曲戏迷来说，却并不陌生。就在两年前，昆剧《临川四梦》在全国各地及海外巡演，声势浩大、盛况空前，以此纪念一位伟大的剧作家诞辰四百周年。这位剧作家有着"东方的莎士比亚"之美誉，"生平以花酒为事，文章作涯。一官如寄，任他调削贬除；百岁难期，且自徜徉游荡。生为绰约，死也风流"。而临川，正是这位剧作家的故乡。他在临川建了一座玉茗堂，在玉茗堂中穷思极想、朝暮不倦，写出了《紫钗记》《牡丹亭》《南柯记》

《邯郸记》四部最能代表其艺术成就的作品，合称"临川四梦"，后人有《蝶恋花》一词咏叹：

> 气节如山摇不动。玉茗堂中，说透痴人梦。铁板铜弦随手弄，娄江有个人知重。
>
> 唤作词人心骨痛。史册弹文，后世谁能诵？醒眼观场当自讼，古来才大难为用。

词中的娄江即今昆山。相传娄江女子俞二娘秀慧能文，对《牡丹亭》极为痴爱，竟然为之心痛肠断而死。

似乎不用再多说什么了，不必再问这个剧作家乃何许人也？他便是那位"牡丹一出，几令西厢减价"的汤显祖汤老先生。

然而，作为中国文化历史上独树一帜的"风水宝地"，临川所出的文化名人，又何止是汤显祖一人而已。本篇中将要谈到的人物，也是一个地地道道的临川公子。"生平以花酒为事，文章作涯。"这句对汤显祖的评价用在他的身上也不无相宜。然而，就仕途而言，比起汤显祖的"一官如寄，任他调削贬除；百岁难期，且自徜徉游荡"，他却要平顺了许多。虽则在他的人生中，也曾有过"调削贬除"的失意，但汤显祖一生所任，皆是无关痛痒的闲职微官，他却青云直上，一度高居相位。他比汤显祖要早生五百年，他的际遇，他的时代，远比汤显祖更为锦绣绚丽。他的名字是晏殊，是宋仁宗时的一位承平宰相。

晏殊少有才名，七岁已能作得一手像模像样的文章，被人视为神童。宋真宗景德初年（1004 年），江南发生旱灾。朝廷派遣一个名叫张知白的官员前去安抚。张知白发现了晏殊的不凡之处，回朝后即做举荐。这一举荐还真是立竿见影。就在那一年，虚岁十四的晏殊与一千多名进士参加了真宗皇帝亲自主持的廷试。这位一脸稚气的小小少年与成人组的选手同台较量却并不怯场，神态自若、一挥而就，给皇帝留下了深刻的印象。这次廷试后，晏殊被赐"同进士出身"，这也就意味着，实际年龄才十三岁的晏殊居然进士到手了。

晏神童真是名不虚传。想想看，跟他同一时代的柳永虽以"白衣卿相"自命，却是科场蹉跎屡战屡败，沮丧到不得不跟自己的名字决裂，直到将原名柳三变改作柳永，这才"逢凶化吉"地将"进士"头衔揽入怀中，而此时的柳大才子已经年近半百了。前面所提及的晏殊的同乡汤显祖也是从小便聪明非常，又一个鹤立鸡群的临川神童。可是汤显祖考中进士时却已三十四岁了，据说，是由于他得罪了那时正红得发紫的宰相张居正。不管怎么说，在读书人全力以赴却又视为畏途的科举道路上，晏殊是速战速决、一劳永逸。

这么小便已功名加身，晏殊成功地引起了宋真宗的注意，这时就有人出来说风凉话了。说风凉话的是当朝宰相寇准。他提醒皇帝说："晏殊可是南方人啊！"南方指的是江南，江南原本为南唐所有，而南唐，曾经是北宋的敌国。寇准的这句话听上去像是轻描淡写，但却有着极强的暗示性，那意思是，晏殊来自降国，用降人为臣，一来呢，不甚可靠；二来呢，也不大吉利。哈哈，没想到吧，传说中正气凛然的"寇相"对于提携后进不但毫不热心，且有刻意抹黑晏殊的一段历史，究竟为公还是为私？这个吗，大概只有寇相他老人家心里清楚喽！至少就笔者的感觉，用这个理由来斥逐人才，实在太浅薄，毫无道理可言啊！须知晏殊出生时，南唐已并入北宋领土十余年了，可以说，自晏殊出生之日起，就是不折不扣的北宋公民。他哪是什么降国降人，他的国籍从一开始就是大宋啊！然而，人家宰相都这么说了，不喜欢就是不喜欢。看看汤显祖的例子，我们不免要为晏殊捏把冷汗。张居正能够阻挡汤显祖的青云之路，寇准又是否会成为晏殊的克星呢？

好在，宋真宗对寇准的暗示不以为然。他说："张九龄不也是南方人吗？"张九龄是唐玄宗时的宰相，不仅文采风流，更兼"耿直温雅，风仪甚整"，很得唐玄宗的赏识。即使在其罢相之后，别人向玄宗举荐人才，玄宗也会以张九龄为尺度，头一句话问起被举荐的人，他最关心的便是："其人风度得如九龄否？"此时大概连宋真宗也没有预料到，他所意在提拔的这个南方少年将来也会如张九龄一样，既以文采风流传世，且还身居相国之位。而当年那个慧眼识才、破格举荐少年晏殊的官员张知白，亦曾于宋仁宗天圣三年（1025 年）当上宰相。晏殊拜相则是在此之后的十七年。回首看来，张知白与晏殊的这段往事，也算是难得的奇缘与巧合了。

晏殊之所以能够登上权力的顶峰，大概要得益于他与宋仁宗的密切关系。据说，当宋真宗为他的儿子（当时尚为太子的宋仁宗）选拔东宫官吏时，一眼便瞅准了晏殊。太子是帝国未来的太阳，能够获选东宫官吏，对任何朝代的臣子，都是莫大的荣宠，晏殊被宋真宗任命为太子舍人，即太子的秘书兼侍从。可以想象，朝中有多少双眼睛在热切地关注着这一职位"花落谁家"，水晶帘卷近天河，今天是太子舍人，明天就有望成为陪伴在帝国骄阳之旁的煌煌晨星。而当宋真宗做出这一选择时，掌朝的名公巨卿们可着实被惊到了。这个晏殊，一非名门之后，二来资历不够，再说吧，能力也未见得特别突出，这样的好事怎么偏偏挑上了他呢？宋真宗一语道出了其中的奥妙："近闻馆阁臣僚，无不嬉游宴赏，唯殊与兄弟读书，如此谨厚，正可为东宫官。"

原来是看中了晏殊作为读书人的那点本色。且莫低估了这点本色的力量。在社会风气已为逸乐全覆盖，连朝廷的馆阁臣僚也对之趋之若鹜、唯恐不及之时，却仍然有人能够不受诱惑、用心读书，如此谨慎笃行的君子尚不足以成为太子的官属，别人就更没资格了。

后来宋真宗就让人把自己的这一番话转达给了晏殊，用意很明显，既是勉励，也是督促。而晏殊的回答却有些出人意料，他说："我不是不喜欢嬉游宴赏，只是因为穷。我若有钱也会与他们同'嗨'。但我总是手头拮据，所以较为安分守己，这才给您留下了洁身自好的印象。"

宋真宗并没有因为晏殊的实话实说而气恼，反倒对他的诚实大为赞赏。晏殊本非富贵出身，并且在入仕后相当长的一段时间，仍然过着较为清贫的生活。当然，这种清贫是相对的，就整体而言，北宋的官员收入不菲，而晏殊居然处于一种想出去玩却无钱埋单的状态，可见那时的嬉游宴乐规格之高、耗资之巨了。

说自己没钱，晏殊并非在向皇帝哭穷。终其一生，"奉养清廉"是晏殊的作风，即使是在日后就任宰相一职，晏殊也从未因为奢侈享乐的行为而受人讥议，这一点跟寇准寇相国可是截然不同。

然而，随着官职的步步高升，当年那个无钱参加嬉游宴赏的晏殊还是有了很大的改变。宋人叶梦得曾在《避暑录话》中记载道："晏元献喜宾客，未尝一日不宴饮，盘馔皆不预办，客至旋营之。苏丞相颂尝在公幕，见每有佳客必留，但人设一空案一杯。既命酒，果实蔬茹渐至，亦必以歌乐相佐，谈笑杂至。数行之后，案上已灿然矣。稍阑即罢，遣声伎曰：'汝曹呈艺已毕，吾亦欲呈艺。'乃具笔札相与赋诗，率以为常。前辈风流，未之有比。"

到了《避暑录话》的记载中，晏殊已达到天天设宴待客的地步，与昔日宋真宗所提到的那班馆阁臣僚似乎也别无二致了。但还是有所区别的。晏府家宴出名的不在于其侈靡，而在于其富有悬念的情节与清雅不俗的格调。对于款待佳客，晏殊很是费了一番心思的。你看，最初留客之时，只为客人设一空桌空杯。对于第一次走进晏府的客人，心里一定既是失落又是忐忑，相国莫不是有意要唱一出"空城计"？难道自己有失言或失礼之处，才会受到晏相如此冷遇？

疑心乍起，偷眼相看，晏相却不发一语。不一会儿，侍儿上场。空杯旋即被美酒斟满，冷冷清清的桌案也很快被各式各样的时蔬佳果所占据。音乐之声奏响，手持檀板红牙的美丽歌伎翩然而至。客人由惊转喜，原来，晏相对自己并无不满，而是深怀好感。再次偷眼相看，更加证实了自己的猜测。与自己对案而坐的晏相正含笑举杯，"相公待我何其厚也！"一份知遇之情油然而生。

数行酒后，桌案已是琳琅满目、灿然生辉。宾主均已心满意得。酒，似乎已喝得差不多了，但余兴仍酣，仿佛觉得还少了些什么。主客四目交接，心有同感，相对一笑。

"听说贤契颇善倚声之道。何不即席为之，让我日后还能想起今日之会，如何？"

"承蒙相公不弃，愿尽鄙薄之才。不过，在下也有一个心愿。愿乞相公一词，以荣今日之遇。"

"好啊！"晏殊挥了挥手，对一众歌伎道，"你们的献艺就此结束，现在，该是我们一试身手的时候了。"

于是，侍儿重新登场，这一次，带来的不再是美酒肴馔，而是笺墨笔砚。"多少襟怀言不尽，写向蛮笺曲调中，此情千万重。"晏殊与客人各展其能，赋就清词丽句。这，才是相府宴客的精华之所在。难怪叶梦得会不胜歆羡地感叹道："前辈风流，未之有比。"

"一曲新词酒一杯"，这七个字，尽可成为晏殊一生的总结。宰相而兼文士，其雍容娴雅当真是"未之有比"。一首《浣溪沙》，如晏殊的许多作品一样，抒发的是他对于时光与生命的感悟。去年也是这样的天气，也是在同样的地点，亭台、景物，无不与从前叠合，而他，也还一如既往地消受这杯酒人生。然而，时光竟已整整流逝了一年。对于习惯了锦堂风暖的人士来说，时光的流转几乎是难以察觉的。只有当漫不经心地回头看时，才会发现由岁月造成的巨大失落与改变。是从什么时候起，青春已无迹可寻？是从什么时候起，迟暮的阴影已向着自己逼近？不敢想、不愿想，却又不能不想。是啊，在别人看来，他少年得志、一路呼风唤雨直取公卿之席，用二十一世纪时髦的术语来说："是人生最大的赢家。"却不知，那些奋斗与成就却在与岁月的抗衡中逐渐失去了优势……一个人所能期待的一切，他都已得到。而在得到之后却时常感到难以名状的空虚。"人貌老于前岁，风月宛然无异。"位高权重，在自然法则的作用下根本束手无策。空虚与衰老正日夜不停地磨蚀他的生机与活力。与时光较量，每个人都将败北，而他，又何能幸免？

"夕阳西下几时回？"词人的心中是如此悲凉又如此眷恋。新词美酒，终究留不住那一点一点向下斜坠的红日。佳景良辰，即将又一次被黑夜带走。明天是否仍有旭日高照呢？也许会有，但自己的青春，自己生命中的美好岁月，却不会随着旭日的再次升起而得以重生。而再次升起的那轮旭日，也不是今天的旭日了。此时此刻，永远不再。

再看一眼夕阳吧，也再看一眼那朵凄美的鲜花。她已不能被称为一朵鲜花，就像你我，不再被人视作翩翩少年。"为我转回红脸面，向谁分付紫檀心？有情须殢酒杯深。"适才宴席之上，在我转顾之时，还能看到她脉脉的笑颜。而我，甘愿在这样的笑颜中沉醉下去，一醉千年。可是这么快，她已憔悴萎暗，由一朵鲜花变为凋落在即的残花。晚风轻吹，残花在枝上微颤，仿佛在以此抗拒时光的催促。但抗拒显然无济于事。她被晚风抛到空中，越来越远，终于杳不可见。就像我的青春，我生命中那些值得珍爱的事物，也已不知抛落在何处，遗失在何方。人生有太多的无可奈何，而最大的无可奈何，就是无法阻挡时间的背叛。花落人亡，这是从古至今，谁也改写不了的结局。

可是，又何必这般伤感呢？比起花的生命长度，人的生命长度可谓绰绰有余。即使失去了年轻时代，我们的生活却远未终止，我们仍然能够去尝试、去经历、去体验、去热爱。昨日虽不会重现，情思与心绪却可以无拘无碍地回到从前。就像夕阳下那只自在飞舞的燕子，去年的这个时节似曾见过，今年又如期归来。它真是当初的那只燕子吗？这个问题其实并不重要，也不必非得给出一个答案。人生何处不相似？生命总在不断地失去又不断地得到。光阴如流水，流走往事前欢，也会流来慰藉与希望。

而他，却在那只燕子的娓娓细语中，呼吸到了往昔的空气，也找回了从前的自己。"似曾相识燕归来"，归来的岂止是夕阳下的那只飞燕，他的青春，他的梦想，他所深深思念并一直期盼的那些人与事，无不在绚丽的暮光中临风高举、越飞越近。

一朵花从枝头跌落下来。也许，还会有更多的花跌落下来，直到落红如海、万艳同悲。但此刻，我依然拥有一座芳菲袭人的小园。酒阑歌散、新词犹记，且容我徘徊香径，料理这一春的幽思闲情。

"无可奈何花落去，似曾相识燕归来。"以"花落去"对"燕归来"不难，以"无可奈何"而对"似曾相识"，可谓独出机杼、别开生面矣。合成一联，便将"花落去"与"燕归来"两种意象化为难以磨灭的经典。而晏殊眼中的那朵落花与那只燕子，在自然的背景中，是那样普通，原本会像森林中的一片树叶一样，无论开落还是来去，都将被人忽视，即使被偶尔经过的有缘人遇见，也会被迅速遗忘。然而，正因为它们所有缘遇见的是敏感多思、锦心绣腹的词人，使它们不同于别的花朵与燕子，不曾因光阴的侵蚀泯灭光彩，却与美丽的词句一同流传下来。无论古代的你我还是现在的你我，每当看到落花、看到燕子，很自然地便会想起晏殊的词句"无可奈何花落去，似曾相识燕归来"。晏殊还作过一首七律，《示张寺丞王校勘》：

元巳清明假未开，小园幽径独徘徊。春寒不定班班雨，宿醉难禁滟滟杯。

无可奈何花落去，似曾相识燕归来。游梁赋客多风味，莫惜青钱万选才。

不单"无可奈何花落去，似曾相识燕归来"一联，"小园幽径独徘徊"，与《浣溪沙》中的"小园香径独徘徊"亦只有一字之差。然而用在诗中，似乎就失去那股神来之句的意韵了，仿佛兑了水的酒，顿失醇郁之味，显得平淡无奇。

只能说，每一种艺术，都有与其最为契合的载体。好比有些故事，拍成电影极为卖座，拍成电视剧却未必能取得同样的成功。又好比有的人，正装出镜艳惊四座，换成休闲装却让魅力大打折扣。这，就是一种感觉，而感觉的微妙是无理可讲的。这也就能解释"无可奈何花落去，似曾相识燕归来"为何能令词句生辉，却不能够使得诗句出色。这真是一首不可思议的小词。全词不到五十字，但从"一曲新词酒一杯"到"小园香径独徘徊"，却是那样宛曲有致，体现出了由喜转悲、由悲转慰、由慰转思的多种心态变化。

王维有诗云"行到水穷处，坐看云起时"，这首《浣溪沙》，亦是深得其妙。又不由想起了汉武帝的那句慨叹："欢乐极兮哀情多，少壮几时兮奈老何！"晏殊在《浣溪沙》里，未尝不曾透露同样的心境。位极人臣、新词佐酒，可谓风雅至矣、欢乐极兮，然夕阳西下、目送花落，却又骤生时不我待、韶华成空之感。但晏殊却比汉武帝豁达，因而他所察觉的，才不仅是老之将至的烦愁，而有"似曾相识燕归来"所带来的那一抹亮色与感动。这是晏殊的独特之处，也是本词的独特之处，悲喜相融、忧乐交叠，看似温雅平静却又暗潮起伏。

蝶恋花

晏殊

槛菊愁烟兰泣露。罗幕轻寒，燕子双飞去。明月不谙离恨苦，斜光到晓穿朱户。

昨夜西风凋碧树。独上高楼，望尽天涯路。欲寄彩笺兼尺素，山长水阔知何处。

这是一个美好却又凄寂的清晨。美好凄寂，一如开在栏槛的数枝秋菊与一丛芳兰。秋菊在寒烟中消减了容光，芳兰在冷雾间凝露垂珠。她们并肩伫立于夜月将尽、晓色初临之时，恍若低眉含愁的佳人，似有无穷心事，欲说还休。

栏槛的斜上方是飞檐翘角。那是一座高楼，一如古诗所言："明月照高楼，流光正徘徊。上有愁思妇，悲叹有余哀。"风吹银钩，楼上窗畔的罗幕便掀开了一角，依约可以看见一个婷婷的身影。这身影，本已孤子如同剪纸，况又只隔着一层薄薄的罗幕，晓寒袭人，她不禁深深地瑟缩了一下，仿佛离枝脱瓣的落花。罗幕虽薄，却像一堵墙，一堵无法为她遮风避雨却是永不消失的墙。而她，作为罗幕之后的"隐身女子"，只能隔着"围墙"与外界相望。时而凝视着烟菊露兰，时而又被双飞的燕子牵动了视线。"菊愁烟""兰泣露"，这多像她自己的写照。燕子双双，可以凭心所愿自由出入，但她，却从未离开过罗幕的束缚。即使可以借助罗幕隐身藏形，怎奈情思缭乱，终难掩饰。

　　她无法抵达罗幕之外的远方。在远方，那个新鲜真实、充满危险却又多彩多姿的世界，却有她深深的牵挂。自从那一天，他从罗幕之外走来，一直走进她的心扉，她的生命便从此改变。如同一道明亮的闪电划过夜空，他来了，又倏忽离去，夜空却由于那瞬间的辉耀而铭刻下非凡的壮丽。心灵也是这样，一旦心灵被真正地点燃，被真正地照亮，又怎能伪装成什么都不曾发生？他是何时离开的，离开多久了，或许，他已未必还能想起。可她，却无时无刻萦于心怀、什袭以藏。他又何尝暂离，在她的每个梦中，每一次呼吸里？

　　也曾拟想，像那飞绕帘栊的双燕一样振翮高飞、直上云霄，待他归来，含笑相视，让所有的离愁别恨雪融冰消。待他归来，待他归来……这是何等的快慰与欣喜。然而，她的等待并未将时间缩短，时间反而在无限延长。早已等遍无数个春夏秋冬，最怕那些明月如水的夜晚，对于有缘相聚的有情人，定然是喁喁切切、无所不谈；而对于饱受别离之苦的心灵，那却是"高楼当此夜，叹息未应闲"。同样一轮明月，团圆人心爱，别离者心伤。相思相见知何日，明月莫非从未体验过离愁别恨的滋味？它若有过体验，又怎忍用那片片清光来扰乱离人的记忆，让他们在经历了漫漫白日之后，直到夜深也无法安宁。甚至当朦胧的晓光姗姗而来，昨夜的月色仍留有余迹。虽然，那已不再是饱满的朗月，但斜月的残辉更有一种执着的、凄凉的力量，她一次又一次地照进雕梁朱户，仿佛是在提醒离人，你所等待的又已落空。你的痴情与坚持毫无意义，时光既不会为你驻足，也不会为你回头。

凭高望远，展现在眼前的，将是更为惊恐的场景，那是昨日与今日的对比。昨日凭高而望，尚是满目青葱、佳气郁郁，今日重临，却是西风萧瑟、碧树凋零。这般景象，无疑是最严重的警告，它在警告你，你再也等不得，也再也等不起了。

然而，罗幕之后的她，就像"斜光到晓穿朱户"的月色那样一意孤行。时光越是毫不留情地摧毁她的耐心、碎灭她的梦想，她却愈加勇毅、愈加坚定。人世错综复杂，在光阴的国度，弹指之间便是沧海桑田，有哪种感情能够地老天荒？纵然所有的人都认为她不该再对未来抱有任何希望，她却独上高楼、傲立西风，目之所触，哪怕碧树尽凋，她的心中，却有那么一棵树，无论风雨的力量有多强大，这棵树始终在蓬勃生长。她用思念与憧憬将这棵树灌溉，只要思念不息、憧憬不死，就没有什么不能实现。真是这样，真能这样吗？那为什么又有人说"明月楼高休独倚"呢？楼高百尺，将条条道路尽收眼底。哪一条道路上有她一生等待之人？而那个人，是否懂得且将最终回报她的一生等待？

她还坚守着，明知不可为而为之。有多少话语想对他倾诉。将话语写入彩笺、托以尺素，彩笺流淌的是她热烈如火的相思，尺素凝结着她洁如冰雪的深情。不惧天涯路远，但恨水阔山长。不知道他的具体下落，那些彩笺与尺素又该寄向哪里呢？难道说，在每一个有生之日，他都再也收不到她的一声珍重、半句叮咛？而她，在每一个有生之日，也只能望穿双目，却得不到来自他的一纸彩笺、一幅尺素？

《人间词话》的作者王国维先生有三种境界之说。其所谓"古今之成大事业、大学问者，必经过三种之境界："昨夜西风凋碧树。独上高楼，望尽天涯路。'此第一境也。"就此词的创作而言，未必晏殊真有如此高远的立意。但词体之魅力，正体现在其言内而意外、发人深思。词体，也许只是几片新摘的西湖龙井，形体纤小、仿佛无足可观，但当清泉茗碗将其盛出，氤氲的异香自会令人浮想联翩。就是这么几片微不足道的绿叶，却能引领你的思维步出桎梏身心的斗室，走向比大海还要辽远的空间，"独上高楼，望尽天涯路"。尽管词中所绘画的，只是一个孤独的思妇。通过这个思妇的形象，王国维先生却看到了古今中外、能够取得巨大成就的人物共性。专心致志地追寻，处于逆境仍不辞辛苦地追寻，这应当是思妇与终成大业的人物所共有的特质。

在这个追寻的群体中，有没有晏殊本人的投影呢？即使晏殊的本意并不是以其激励自己去成就大业，然而，我们却仍能从中读出作者本人对于理想的坚持。

晏殊另有一首《踏莎行》：

细草愁烟，幽花怯露，凭阑总是销魂处。日高深院静无人，时时海燕双飞去。

带缓罗衣，香残蕙炷，天长不禁迢迢路。垂杨只解惹春风，何曾系得行人住。

词境与用语都近于这首《蝶恋花》。以愁烟怯露的花草拟喻思妇的悲伤与忧虑，以双飞的海燕对照思妇的孤苦。等待之长，则是"带缓罗衣""香残蕙炷"，在等待中，思妇一天更比一天消瘦，香炷烧得越来越短，一寸相思一寸灰啊，这是无声的提示，她的芳华已所剩无几。长空难度、路远无尽，横在她面前的障碍岂是用"等待"二字所能克服，所能战胜的？那一枝枝垂杨，犹自多情地起舞，想要换得春风的垂顾。然而，即使连春风也被她们的情意所感染，且被她们的舞姿所迷醉，那一个个即将远离的行人，又何曾会为之停步不前？

"带缓罗衣，香残蕙炷"，美则美矣，有着《珠玉集》标志性的精巧与流丽，惜乎过于匠气，同样摹写思路长，与"明月不谙离恨苦，斜光到晓穿朱户"相较，就不如后者自然浑成、新雅灵动。

晏殊很喜欢五代词人冯延巳，其地位也与冯氏相若。冯延巳曾是南唐的宰相，其最有名的作品大概要数那组《鹊踏枝》吧，《鹊踏枝》亦名《蝶恋花》。冯氏《鹊踏枝》有云："谁把钿筝移玉柱，穿帘海燕双飞去。"又云："撩乱春愁如柳絮，悠悠梦里无寻处。"与晏殊《踏莎行》中的句子"时时海燕双飞去""垂杨只解惹春风"是不是有种"似曾相识燕归来"之感？《鹊踏枝》还有"泪眼倚楼频独语""心若垂杨千万缕。水阔花飞、梦断巫山路"等语，则似乎为晏殊《蝶恋花》"独上高楼""山长水阔知何处"之"前身"。对比之后可以发现，冯延巳的语气更为委婉，更加符合思妇的独白，而晏殊的语气则更为凝重，视线也更为阔大。在冯氏，是"梦断巫山路"，带有太明显的儿女之情的印迹，而在晏殊，则是"望尽天涯路"，即使是儿女之情，这儿女之情中，却带有一种令人肃然起敬的品格与气魄，从而使得全词笼罩上了一种悲壮的色彩，而冯延巳的词中是没有这种色彩的。冯氏可以做到以凄愁动人，却从未做到，也许从未想过要做到以悲壮动人。

这可能与时代背景有关。冯延巳所在的南唐，面对北宋的眈眈虎视，但求苟安、不思作为，冯延巳既无施政的才干又无扶大厦之将倾的意志与能力，享尊贵之位，生活中虽无大悲大喜，却已看到日渐逼近的惨败与被抛弃的结局，但他无力抗阻，只愿纵容自己被温柔的清愁缠绕不放，从而忘却时事的胁迫与自己的职责。可这怎么能够全然忘却呢？该来的就让它来吧！既然花会谢，春光会老，对于已经逝去、正在逝去的繁华，他只能付之一叹，如同一个命运已被注定的思妇，除了一再地沉陷于悠悠好梦、留恋于往事荣光，却再也不能得到现实的谅解与怜惜。

晏殊则处在一个强盛的王朝。或许这个王朝只能说是盛而不强，但比起冯延巳的南唐，则称得上是"气壮山河"了。南唐宰相所发出的婉弱喟叹若是延续在北宋宰相的作品中，那肯定是与时不宜的。"望尽天涯路"，晏殊向世人展示的，是一种决心，一种不达目的不罢休的豪迈。纵使山长水阔、光阴疾驰，却阻止不了他的这种决心。纵使付出一切代价，他也要坚持追寻。"独上高楼，望尽天涯路"，这真是一个宰相该有的目光与姿态。这样的目光与姿态，也将引领我们每个人、每个时代的追寻，知难而进，永不言弃。

清平乐

晏殊

金风细细，叶叶梧桐坠。绿酒初尝人易醉，一枕小窗浓睡。

紫薇朱槿花残，斜阳却照阑干。双燕欲归时节，银屏昨夜微寒。

上篇说到晏殊与南唐的冯延巳有相似相关之处。而冯延巳也作过一首《清平乐》：

雨晴烟晚，绿水新池满。双燕飞来垂柳院，小阁画帘高卷。

黄昏独倚朱阑，西南新月眉弯。砌下落花风起，罗衣特地春寒。

冯氏的笔下，有双燕、画帘、黄昏、朱阑、落花、春寒诸语，而晏殊的笔下则是双燕、银屏、斜阳、阑干、花残、微寒等语，哪有那么多的"不谋而合"呢？冯延巳去世之时晏殊尚未出生，这也就是说，在有生之年，冯延巳并无可能读到晏殊的《珠玉词》，而对于冯氏的词集《阳春集》，晏殊却是既有目睹也有耳闻。假如这两位词人在泉下相逢，宴席上听人唱起《清平乐》——唱罢"雨晴烟晚"之篇继以"金风细细"之章，顿生惊奇之感的定是冯延巳而不是晏殊。只应冯延巳来问晏殊："你的词，为何与我这般相像呢？"而不会由晏殊来问冯延巳："我也有此同感呢。你的词，为何与我这般相像？"

当然，若据此便为晏殊加上一顶"晏抄抄"的罪名，晏相国肯定极不服气，是会立即申诉。何况冯延巳与在《清平乐》中所使用的那些词，"落花""双燕""黄昏"，皆为婉约词中的常见意象，不能说是注册商标，一人用过后别的人再用，就要判处侵权了。

那么，晏殊该怎样来回答冯延巳的疑问呢？那有什么不好回答的。"谁让您是冯前辈呢？余生也晚，不得当面请教前辈的清才锦思，私淑之心却从未稍减。你觉得拙作与前辈的名篇相像，这是在下的荣幸，前辈是否感到唐突与冒犯？"

"何谈唐突与冒犯。你的那篇，亦佳。"冯延巳很是欢喜，"应当说余生也早。倘若你我的有生之年调换一下先后顺序，适才之问，就该由你出口了。不过，你我的词风如此形神相似，这也是想不到的缘分了。"

诗词之道，真的非常奇妙。一组类似的意象，由两个不同的人铺缀于笔下，便有了两般风致。即使这两个人风格相近，却也不难分辨出各自的特征。晏殊的《清平乐》与冯延巳的《清平乐》也还是各有千秋的。

冯延巳写的是暮春的黄昏，而晏殊写的是初秋的黄昏。"新月眉弯""罗衣春寒"，冯延巳是透过闺人的目光来观察四周，有一种淡雅幽微的闺怨的情味。而晏殊的笔下，则并未道明观察主体的性别，这个主体可以是她，亦可以是他，还有一种可能，那就是不借外人之目，观察主体为晏殊本人。倘使观察主体真是晏殊本人，则词中的情味又作何理解呢？

"金风细细，叶叶梧桐坠。"开篇便点明了节气。有关金风的词句，我们最熟悉的大概是秦观的那首《鹊桥仙》："金风玉露一相逢，便胜却人间无数。"而报刊标题、学生作文，则屡见"金风送爽，丹桂飘香"的字样。因此即使是对于我们这些现代人，一当"金风"入目，便知道是秋天到了。那么，为何秋风又称金风呢？唐代李善曾注释道："西方为秋而主金，故秋风曰金风也。"而宋代冯梦龙则在小说《警世通言·王安石三难苏学士》中写道："一年四季，风各有名：春天为和风，夏天为薰风，秋天为金风，冬天为朔风。和、薰、金、朔四样风配着四时。"

秋天初至，此时的金风并无凛冽之状。她温柔地吹，轻轻地吹，如同手指的触摸，让人觉得舒适而又惬意。梧桐树开始掉叶子了，但掉得并不多，并不急。一叶一叶，缓缓而落，仿佛伴有音乐的旋律，章法不乱。梧叶坠落的姿态相当优美，可以说是赏心悦目。

在微风的吹拂下看那梧叶飘坠，新秋天气，他的精神不觉也为之一新。善解人意的侍儿为他设好了酒馔，深深注满琥珀杯。"今日辰光好，天也作美。相爷难得有闲情逸致，何不清饮几杯？"

"是啊，难得浮生半日闲。一场清饮，胜过多少红尘绮梦。"他举杯至唇，"这是新酿的酒？"

"是新酿的酒。相爷，您闻一闻这纯正的香气，再瞧瞧这个颜色，真是不饮也醉呵！"

他摇动了一下，翠生生的酒液便在杯中荡漾开来。原说是小饮几杯，却终于醉倒在绿酒的浓香中，而浓醉之后便是一场浓睡。一觉醒来，天色已晚。只见斜阳懒洋洋地照在栏杆上，一副似睡非睡的神态。而他，却已完全清醒。醉时的欢悦，被一片莫名的哀愁所取代。

他因何生哀，为何而愁呢？总之，他感觉到了不对。说不清、道不明的怔忡不安在不断地积聚、不断地加强，这是一种若有所失之感。那么，他失去了什么呢？微风还在那里徐徐地吹、轻轻地吹，几叶梧桐又落了下来。难道，仅是为了枝头少了一些梧叶，地上多了一些梧叶？

仿佛不是。那么，究竟是什么不对呢？他有些神思恍惚，当游离的目光飘过庭院的一角，却忽地凝止不动了。那儿的花木原本最为葱茏，其中的紫薇与木槿，更是独得一季之宠。容华之盛，流霞莫比。他素爱在紫薇与木槿花下消遣光阴，有时会手持书卷，咏诵前人的佳句"蜀葵鄙下兼全落，菡萏清高且未开。赫日迥光飞蝶去，紫薇擎艳出林来"。或是"春服橦花细，初筵木槿芳。看承雨露速，不待荔枝香"。

眼前却哪里还有平时的那些情景？斜阳下的紫薇已是疲乏尽显，木槿也有了憔悴的迹象。这是怎么了，这些娇艳的花朵，昨天她们看上去还是那样生机盎然、光照庭院。

"相爷可有不称心的事？"侍儿察言观色，知他怏怏不乐，想要问，却又不敢多问。

"这些花是谁人侍弄的？"他指着紫薇与木槿，眉心微皱。

"相爷是嫌它们开得不好吗？"侍儿似已猜到他的想法，"不是侍弄它们的人不肯尽心，是这些花，开到时候了。夏天的花怎么能开到秋天里呢？紫薇或者还可以开得长些。但这些木槿，在夏天也是日出而开，日落而谢。别看它们每天一早都开得兴头十足，可一到傍晚，就没精打采了。相爷或许没有注意过，其实您每天看到的木槿，都是和头一天不一样的木槿。就一朵木槿而言，她的生命只有一天。就一朵紫薇而言，她的生命也不过多上几天。所以有人说，旋开旋落旋成空。花开也是刹那，花落也是刹那。这些花开完了，自然还有别的花。相爷无须为之烦忧，还是赏别的花吧。"

"别的花？世间哪一种花不是如此？"晏殊叹了一声，吟道："物情良可见，人事不胜悲。莫恃朝荣好，君看暮落时。"

侍儿虽不明其意，闻其音调，也便知晓了两三分。"相爷说的是。但凡世间的花木，莫不是荣于春夏、凋于秋冬。这也才刚刚入秋，冬天还早着呢。天气一下子还冷不起来，相爷且自宽心，除紫薇木槿之外，别的花未见得便不足一观。"

"你且去吧！"晏殊的语气虽不失温和，毕竟难掩眼底的失落。

"是，相爷。"侍儿口里答应着，胸中却有些纳闷儿。主人今天原本兴致极高，一个人自得其乐地喝了那些酒。醉后睡了几个时辰，醒来后却是一副全然不同的心情了。难道就为了那几朵半开半谢的紫薇、木槿，还是另有缘故？主人虽是天子信任的近臣，地位尊崇，他人莫及。平日总有川流不息的宾客造访相府，而主人又爱举贤荐能，门庭繁华，自不必说。论理，是一应俱全并无不足之处了。但在底子里，主人却是一个文人。是文人，便有一些与众不同的习性。这热闹过头了，有时反倒喜欢清清静静地独自待着。就像今天大半个白天，他谢绝来客，独个儿一边看着梧桐叶落一边自斟自酌，分明很享受这样的时刻。但到了傍晚，又觉得不热闹并非是件好事了。表面上吧，是怪紫薇、木槿开得懒怠了，可紫薇、木槿若一径开得红红火火，会不会又嫌她们太过张扬、太过吵闹呢？总之，主人的心思是难以迎合的。

"再去给我取些酒来。"在侍儿走开前，晏殊忽又吩咐道。

"相爷已喝了那么些酒，又才用过了醒酒茶。"侍儿露出迟疑的神色，是在等待他改变主意。

"你只管取酒，还啰唆什么？"晏殊似乎恼了。

侍儿忙点了点头，算是明白了，主人这是要借酒浇愁，而不是像早些时候那样饮酒赏景。真是的，他从哪里惹出一片愁绪，非得借酒浇之呢？几声啾啾的鸟鸣引起了他的注意，也引起了晏殊的注意。那是一对燕子，叫声中透出几分急切的意味。

"相爷说要饮酒，难道这对燕子刚巧听了个正着？它们可也真馋，莫不是急着要向相爷讨杯酒吃？"侍儿说笑着，试图让晏殊的心情重新变得轻快起来。

晏殊果然笑了一下，但却不是快乐的笑："我想，它们是来向我告别的。不是急着讨酒吃，而是急着要走了。"

"走，为什么要走呢？相爷待它们这般好，燕子怎舍得走？若是舍了此地，还能上哪儿觅得一个丰衣足食、雕梁画栋的好去处？"侍儿天真地问。

"傻丫头，"晏殊摆了摆手，"天气是一天比一天凉了。紫薇、朱槿尚且开不过秋天，燕子又有多大的能耐？但燕子要比紫薇、朱槿聪明，不会一筹莫展地在这里等着天寒地冻的来临。燕子要走了，会飞向一个相对温暖、足以抵御严寒的地方。"说罢再看时，那对燕子已消失在夕阳微茫的余光中。

"相爷，燕子飞走啦！"晚风忽起，侍儿单薄的身形便如梧叶一般，禁不住在风中微微一颤。

"昨天我还奇怪怎么一到晚上就有些凉沁沁的感觉，今晚这种感觉就更为明显了。"晏殊点了点头，"由夏至秋，说变也就变了，但这一时之间，还没适应过来呢！你去传我的话，可以收起簟席了。"

"正是呢！"侍儿机敏地应道，"相爷不是顶喜欢两句诗吗——'八尺龙须方锦褥，已凉天气未寒时。'这时节，该将簟席换成锦褥了。"

晚风中的梧叶渐落渐急，渐落渐多。晏殊在院中又小立片刻，终于转身回屋。一座精美的银屏立于玉堂正中，挡住了晚风劲吹。然而，银屏又能为他抵挡多久呢？物极必反，盛极而衰，这是不可破除的自然魔咒。人生的夏季已如紫薇、木槿，在不经意间开到了尾声，寒秋在步步紧逼，暮年残景已越来越近。多年的清慎勤忍，终于为他赢取了相国之位。"绿酒初尝人易醉"，可惜尚未尽兴一醉，却忽然发觉，眼前的风光已非自己所能享有。一枕浓睡，亦未忘隐忧。双燕欲归，这是明智之举。双燕宛似贤人，懂得以隐退的方式趋吉避祸。但他不能。攀跻高位固已不易，要从高位上全身而退更是难上加难。何况，如今只是"银屏微寒"而已，远未到天寒地冻之日。金风细细，何妨绿酒重斟？对于人生也好、名位也罢，他尚不能放弃幻想，割绝眷恋。

琼萼欲回春，留赠意中人

少年游

晏殊

重阳过后，西风渐紧，庭树叶纷纷。朱阑向晓，芙蓉妖艳，特地斗芳新。

霜前月下，斜红淡蕊，明媚欲回春。莫将琼萼等闲分，留赠意中人。

"芙蓉"一词，在现代汉语中，让人最易与"出水芙蓉"联想起来。而"出水芙蓉"则是出自李白的诗句"清水出芙蓉，天然去雕饰"。另有许多脍炙人口的诗句"芙蓉生在秋江上，不向东风怨未开""归来池苑皆依旧，太液芙蓉未央柳""荷叶罗裙一色裁，芙蓉向脸两边开"，等等，不言自明，这些诗句中的芙蓉其实都指的是一种花——荷花。

然而，芙蓉却不仅是荷花的别名，同时亦是木芙蓉的简称。为了区别木芙蓉与荷花，人们又把荷花称为水芙蓉。水芙蓉盛于夏，木芙蓉却盛于秋，甚至在初冬之时还能看到倩影，而那时的水芙蓉早已残萎不堪矣。因此，木芙蓉还有一个美丽的别号——拒霜花。古人既爱水芙蓉，也从未薄待木芙蓉。

看过了水芙蓉，我们也来看一组关于木芙蓉的诗句：

新亭俯朱槛，嘉木开芙蓉。
清香晨风远，溽彩寒露浓。
潇洒出人世，低昂多异容。
尝闻色空喻，造物谁为工？
留连秋月晏，迢递来山钟。

这是柳宗元的诗。

怜君庭下木芙蓉，袅袅纤枝淡淡红。
晓吐芳心零宿露，晚摇娇影媚清风。
似含情态愁秋雨，暗减馨香借菊丛。
默饮数杯应未称，不知歌管与谁同。

这是南唐大臣徐铉的诗。

柳宗元还有一首诗，虽未在诗句中出现"芙蓉"的字样，但诗名却题作"湘岸移木芙蓉植龙兴精舍"，意谓移植木芙蓉于精舍，则精舍主人对木芙蓉的厚爱何须赘言？这首诗将花比己，比"新亭俯朱槛"

一首更觉出色。诗云：

> 有美不自蔽，安能守孤根。
>
> 盈盈湘西岸，秋至风露繁。
>
> 丽影别寒水，秾芳委前轩。
>
> 芰荷谅难杂，反此生高原。

　　在柳宗元看来，木芙蓉倔强而又美丽。美丽却不自闭，敢于坚持自我，在风欺露凌之际从容怒放。而与她只有一字之差的水芙蓉荷花却没有这份傲骨，芰荷在水风中飘摇，无所适从却又随遇而安。木芙蓉却守望在高地，决不因会难于立足而迁低就微。木芙蓉、水芙蓉，你还会将她们混为一谈吗？虽仅相差一字，但在品格上、气节上，实无苟同之处。

　　此诗大有言外之意。明褒木芙蓉而暗贬水芙蓉。永贞革新失败，柳宗元被一贬再贬，谪居永州。处江湖之远而始终不改本色、不忘帝京，在艰苦漫长的岁月中仍保持一颗砥砺奋进之心，柳河东先生是以木芙蓉自拟。这是一首非常动人的诗。不过，也许水芙蓉会觉得有点委屈。你们这些清高自持的诗人，写诗便写诗罢了，无缘无故的，为何要编派我的不是？我水芙蓉生于水中那是天命使然，她木芙蓉长于陆地也是天命使然。怎么到了你的笔下，就成了我自甘卑微，她不肯低就了呢？这也太主观色彩了吧，公平何在？

　　当然，这只是开个玩笑。但对于诗人，对于感性的文学创作，主观色彩那是必须的。现在，还让我们回到晏殊的这首《少年游》。这首词，好像是接着上篇《清平乐》而来。那首词里说"金风细细，叶叶梧桐坠"，到了这首词里，却已是"重阳过后，西风渐紧，庭树叶纷纷"。由初秋转换到了深秋。初秋的风是细柔可人的，而深秋的风却是"声色俱厉"了，树叶再也不是以优美旋转的姿态坠落，而是踉踉跄跄、狼藉满地。天地间积聚着肃杀的气息，随风横扫，所向披靡。看来，词人应当后悔没有像双燕一样识时务而急退，"银屏微寒"的预兆已演变为今日的大凋零、大衰败。而这片凋零与衰败，却让他窥见了银屏的另一面，荣华的背后从来都是一言难尽，起伏升落，宛如季节交替。

吹了一夜的西风，落了一夜的寒雨，他以为，他的世界已被摧残一空。该失去的、不该失去的，都会因为这夜来的风雨而失去了存在的可能、存在的意义。然而，当他启门探看，却惊讶不已。在那凄迷的晓色中，但见一朵朵木芙蓉神态妖娆、芳姿尽展，恰如新妆初了的丽人，含情欲语、笑倚朱阑。

心为之醉，意为之倾。他消沉已久的意绪，忽又振作起来。

风起之时，木芙蓉簌簌摇响，那是她们的笑声吧！细看来，每一朵都自有特色、别有标格，花面相映，却又相互较劲儿。

"你说，我们谁更美？"他打量着她们，她们也在打量着他。有的秋波斜睨，有的矜持敛蕊，无不姿容明媚，仿佛使得三春重生。

"可惜，实在是可惜！"他不答而叹。

"何事可惜呢？"花间传来了疑问。

"你们开得太迟了，不曾占得一天的好风光。没赶上春天也便罢了，没赶上秋天也便罢了，却连初秋之尾也没能赶上。偏在这时凝芳吐艳，岂不畏秋风秋雨之威？别的花木都知避其锋锐以求自保，你们果然不怕吗？"

"有什么好怕的？"他听见那些木芙蓉朗然齐笑，"我们这些芙蓉花，不也与你们世人一样吗？有人惧冷畏寒，有人却能泰然处之。有人只在秋天看到秋风秋雨，却不知除却风雨，天高云闲、霜前月下，何遽不如春夏之景？春夏之季，你有群花陪伴，当然不会想起我们。但到此季节，可以肯定的是，我们将永不会淡出你的记忆。"

那一年，他失去了相位，一些门生故交，也因此闻风而动、行迹日疏。不久，他被贬外放。在远离京城的岁月，他的府第前不再车水马龙、宾客如云。但他仍然兴致不减，尝新酒、开绮宴，四时美景共清欢。春光飞逝、夏去秋来，他也会像往常一样，有无穷的惋惜，无限的悲叹。然而，年年芙蓉斗芳新，霜前月下，只要一看到那些明媚生动的斜红淡蕊，内心深处便会涌动起一股不可言喻的温暖与感动。

又是几年过去了，他已垂垂老矣，迁兵部尚书，封临淄公，终于被召回京师。以其年高德劭，皇帝仍以宰相之礼待之。而同时，有关他即将重登高位的消息亦已流传开来。他的府第，虽不是旧时的相府，却又恢复了往日的繁华气象。登门拜访者不绝于途，而那时，正值重阳过后的清秋。

"今年的芙蓉花开得真好。深红浅白，格外可爱。我们才摘得一盆新开的，您看，那花蕊上还带着鲜灵灵的露珠呢！府里一早又来了这些人，我们给宾客送去可好？簪戴在幞头上倒也雅致。"

他从盆中拣出那朵最是艳丽的芙蓉："把她给我留下。"顿了下又说，"不，全都留下。"

"您是要送给什么人吗？"侍儿只道他别有所用。

厅堂之上，丝竹之声与喧笑之声相和相杂。有的人，只可富贵共之，却不可忧患共之。这么美的芙蓉，却只愿与他共忧患，不求与他同富贵。在他人生的低谷，芙蓉始终相随，就如那个人，无时无刻在牵念着他，也让他牵念了一生。

那个人或者不在身边，但无论隔得多远，都会听到他的心声：你就像这芙蓉，开在我生命的秋冬，让磨难不再成为磨难，更让生命因此具有特别的意义。因为你的出现，就连单调失色的秋冬也会变为明丽可喜的春天。这么美的芙蓉，只有你的心地与情意能与之相配。我怎能把她赠予那些来去无定的泛泛之交呢？只想留赠你，只愿留赠你，这才是得其所归。

"莫将琼萼等闲分，留赠意中人。"至于晏殊词的意中人，则唯有晏殊自知了。也许，那是一个他倾心恋慕的人；也许，那是一个知心合意的挚友。

那么，对于另一位喜爱木芙蓉的诗人柳宗元，这"意中人"又作何谓呢？柳宗元与刘禹锡同为永贞革新的中坚，革新失败后，又一同蒙谴。柳宗元贬于永州（今湖南零陵），刘禹锡贬于朗州（今湖南常德）。元和十年，两人同时奉召还京。"十一年前南渡客，四千里外北归人。"久别重逢，却并非意味着苦难的结束、新生活的开启。返京未满一月，柳宗元被贬往更偏僻的柳州（今广西境内），刘禹锡则被贬往播州（今贵州境内），比柳州更为道荒途远。柳宗元主动向朝廷提出与刘禹锡交换贬谪之地。原因是："禹锡有母年高，今为郡蛮方，西南绝域，往复万里，如何与母偕行？如母子异方，便为永诀。吾与禹锡执友，何忍见其若是？"朝廷虽未采纳他的请求，还是将刘禹锡改贬条件要稍好一些的连州（今广东清远）。两人结伴出京，于湖南衡阳洒泪而别，各奔贬所。临别前赋诗互赠，情深义重。柳宗元《重别梦得》云：

二十年来万事同，今朝岐路忽西东。

皇恩若许归田去，晚岁当为邻舍翁。

刘禹锡《重答柳柳州》云：

弱冠同怀长者忧，临岐回想尽悠悠。

耦耕若便遗身老，黄发相看万事休。

平生风义，世之稀见。柳宗元在柳州时，还会像当年在湖南那样，见到"丽影别寒水，秾芳委前轩"的木芙蓉吗？如果能看到，他会不会也想摘下一朵，送给连州的刘禹锡？

"莫将琼萼等闲分，留赠意中人。"诚哉晏公，芳菲菲兮袭予。他还有一句词，我也极是喜欢"尊中绿醑意中人，花朝月夜长相见"。一个人，不仅要爱花惜花，还要懂花。今日之风俗，无花不能成欢。婚庆须送花，乔迁须送花，生日须送花，佳节须送花……送亲人、送爱侣、送朋友、送客户……可有几人深谙送花的秘诀与旨趣呢？还是不要以花为媒，逢时即赠、逢人即赠吧！如果你要送花，请亲自选取、亲写赠言，而不是，只在网上搜罗几句应题的花语，令花店代劳，随随便便地"打发"出自己的送花之意。送花，应当更温情、更浪漫一些。送花，应当更真诚、更郑重一些。

"莫将琼萼等闲分，留赠意中人。"愿以此良言，取悦天下的千花百卉与意中之人。

为
谁
写
红
笺
，
难
寄
平
生
意

清平乐

晏殊

红笺小字，说尽平生意。鸿雁在云鱼在水，惆怅此情难寄。

斜阳独倚西楼，遥山恰对帘钩。人面不知何处，绿波依旧东流。

唐代薛涛有一首咏物诗：

去春零落暮春时，泪湿红笺怨别离。

常恐便同巫峡散，因何重有武陵期。

传情每向馨香得，不语还应彼此知。

只欲栏边安枕席，夜深闲共说相思。

单看诗句，相信无人会猜出薛姑娘所咏之物。如果把它制作成灯

031

谜，让《红楼梦》中的公子小姐"寒夜挑灯把谜猜"。宝玉估计会茫然失神、形同"呆雁"，即使"心较比干多一窍"的林妹妹也难寻胜解，枉自愁坏了那双"似蹙非蹙罥烟眉"。那么，假如我们把范围再缩小一些呢——"猜一花名"。林妹妹可会有所启发？"传情每向馨香得"，的确，这说的是一种花，但这馨香也太笼统了，教人如何猜来？那么，谜底又是否藏在"因何重有武陵期"一句呢？武陵出自陶渊明的《桃花源记》"晋太元中，武陵人捕鱼为业"。捕鱼人误入桃花源，见识了一个别有洞天的福地，但他乘船离开后，却与那片美如仙境的桃花林相见无期了。那么，这首诗咏的可是桃花？"去春零落暮春时"，就季节而言也很符合呀。但若真是桃花，这诗谜就失于浅显了。现在，让薛涛姑娘来公布谜底吧！薛姑娘却笑指诗名，原来，这首诗的题目就叫作《牡丹》。想不到吧，国色天香的牡丹，在薛姑娘笔下却是如此恬淡秀逸。花如其人，与薛姑娘本人形神皆似。

冒辟疆说董小宛"在风尘虽有艳名，非其本色"。那么董小宛的本色是什么呢？其德才智识，甚至令文采盖世的金陵公子冒辟疆叹为观止。同是出自风尘，薛姑娘亦非等闲之辈。薛涛这个名字，在中国古代女诗人中是占有一席之地的。而令薛涛闻名于世的，不独是其诗才，还在于其别具匠心的一个小发明。这个小发明便是诗笺。据说，薛涛爱写小诗。嫌一般的纸张太长，既不方便携带，随时迎接灵感的到来，且小诗写在长纸上，空白处太多便不甚美观，遂将长纸裁短裁窄，且将诗笺染作十色。但薛姑娘最喜欢的诗笺，应当是红色吧！晚唐韦庄曾有诗咏叹："浣花溪上如花客，绿暗深藏人不识。留得溪头瑟瑟波，泼成纸上猩猩色。"相传薛涛的红笺是在浣花溪边制成的。

这样美丽的诗笺谁人不爱呢？"红笺白纸两三束，半是君诗半是书。"这是白居易的诗。"红笺短写空深恨，锦句新翻欲断肠。"这是苏东坡的诗。欧阳修也有"红笺"之句，"红笺着意写，不尽相思意"，只将晏殊这首《清平乐》的起句略作修改而已。纳兰性德更是对红笺情有独钟，"拨灯书尽红笺也，依旧无聊。""红笺向壁字模糊，忆共灯前呵手为伊书。"这是颇为我们熟知的《饮水词》。也许，薛涛制作红笺的初衷是为写诗专用，却渐渐有了其他的用途。红笺除了用作诗笺，也被用作情书。"小叠红笺书恨字，与奴方便寄卿卿。"韩冬郎的这句诗，你觉得他说的是诗笺呢，还是情书？或者，一笺两用，合二为一？

"红笺小字，说尽平生意。"在红笺上落笔写字，字体，自然要与红笺精致小巧的篇幅相适应。而那数行小字，仿佛在低声诉说着心灵的秘密。一纸红笺，竟像是用来遮掩秘密的扇面。扇面收起，让人只看到轻如羽翎的一抹红色；展开扇面，在背人处用心细读，却是炽烈深沉的情意。你是我平生最在意的人。平生之意，只愿对你倾吐。有些话，即使在恋人之间，面对面时，也很难用语言表达出来。反倒是在书信里，不再感到任何的拘束，不再有任何顾忌，可以完完全全地遵照灵魂的本意，将一颗最真诚的心，以一片最浓丽的情，奉献给你，还报于你。

假如你能收到这样一封红笺小字，你会感到欢欣呢，还是会为之伤感？当你收到红笺小字之时，就会明了我没有片刻曾忘却过你，此心不渝期待着重聚。也许，我所说的那些，也正是你想要对我说的。会不会，在你那里，也有一封红笺小字？或者不止一封，而是许多许多的红笺小字，积如小山，全都是为我写的，就如我为你写下的那些红笺小字一样，想要寄给彼此……然而，空写红笺，却无法投寄。传说鸿雁能寄信，游鱼可传书。"汉臣一没丁零塞，牧羊西过阴沙外。朝凭南雁信难回，夜望北辰心独在。"当年苏武身陷匈奴时，日夜所盼的，无非是南来的鸿雁能为他带来汉朝的音信。而汉乐府中则有"客从远方来，遗我双鲤鱼。呼儿烹鲤鱼，中有尺素书"的诗句。雁信鱼书，这当然很美，但却不过是古人空灵的幻想与善意的谎言罢了。雁行云间、鱼游水中，它们何尝了解人类的情思与烦恼？雁不会传书，鱼不会寄信，就像云间雁与水中鱼互无交集，我与你，也被分隔在两个世界。能将我们联系起来的，只有那份牢固坚韧的深情。纵然斗转星移不能相见，却时时可以感觉得到。深情互许却传递不了，一切只能止步于想象，怎不令人无限惆怅？

而这种惆怅，总是随着黄昏的到来而加深加重。夕阳与我无语对视，同我一样，夕阳的影子孤独而又忧伤。这看似漫长的一生，其实很快就要过完了。而我，终究没有将你等来。独倚西楼，一如既往地守候在老时间、老地点，最后，就连夕阳也忍受不了这过多的凄楚与失望，迟疑地向着山头坠落。每坠落一点，它的光芒就黯淡一分。

我的生命之光也在这样一点一点地坠落吗？每失去一天，生命之光也就黯淡一分。你，还能不能回到我的生命里？既然我的每一个梦想仍闪耀着你的清姿倩影？你可知道，一天又一天，一次又一次，我为你挂起帘钩，怀着隐秘的渴望。似乎望见你罗衣飘曳、凌波而来，顾盼流辉、气若幽兰……然而，梦想永远不能补偿人生中真实的缺陷。望穿双目，我望不见你。在我视线的尽头，只有层峦起伏的远山。远山的冷漠与帘钩的殷切相互映衬，就如现实与梦想，并存、对峙、互不相让。

如今的你身在何处呢？感谢记忆，它不像远山那样冷漠世故，仍肯为我鲜活如昔。每当回首之际，那记忆的波面还会无比清晰地漂浮起一张绝艳惊人的花面——你的芳颜，凝眸再看，那张芳颜却已消失无迹，唯见绿波浩浩、东流而去。人生纵有一千次的回顾，又怎能换得时光的河流哪怕一次的回头？

"人面不知何处，绿波依旧东流。"电影《纯真年代》中有这样一个镜头。女主角凭栏而立，面向夕阳下金波粼粼的大海。海中矗立着一座灯塔，一只帆船正向着女主角与灯塔的方向开来。男主角纽兰·阿切尔站在稍远的一个角落，凝视着女主角的背影。此时电影的画外音响起："他给了自己一个机会。当船舱经过灯塔时，她若是回头，他就会向她走去。"然而，帆船缓缓开过，直至开过了灯塔，女主角却并未回头。男主角虽然心有不甘，但同时，又未尝不感到一丝解脱。因为理智告诉他，如果他走向她，就等于认同了自己对她所怀有了非同寻常的感情。而这样的感情无疑是对社会习俗的挑战，是对道德的背叛。因为，她是一个离了婚的女人，而他，则是一个刚刚结婚的男人。他们还是亲戚，她是他的远房表姐埃伦。这在十九世纪的纽约，是难以启齿的禁忌，是不容发生的丑闻，只要有点风吹草动，便足以令人身败名裂。

为此，他必须避开这段感情。聪慧的她，又何尝不是？当他站在她的身后时，她真的没有察觉吗？她没有回头，这没有回头，其实就是给他的暗示与答案。而他，也在读懂她无奈的暗示后，终于没有向她走去，而是黯然离去。

三十年后，阿切尔的妻子去世了，时代也早已不同于前。照理说，如果阿切尔还希望与埃伦结合，已不存在任何障碍。在儿子的陪同下，百感交集之中，他来到埃伦的居处，凝望着儿子告诉他的那个第五层带凉棚的阳台。但等到黄昏日落，尽管他的目光一直没有离开埃伦的阳台，却就是不肯上楼。

小说《纯真年代》就此结尾："一名男仆来到阳台上，收起凉棚，关上了百叶窗。"正是这一动作，让"纽兰·阿切尔像见到了等候的信号似的，慢慢站起身来，一个人朝旅馆的方向走了回去"。

男仆关上了百叶窗，而阿切尔，则关上了那扇渴望与埃伦重逢的心窗。就像当年与自己的一个约定，面对夕阳下的灯塔，如果埃伦不回头，就让他们终身错过。如果埃伦回头，那又是怎样的甜蜜与痛苦？然而，时光与命运已屏蔽了第二种可能，垂暮之年，又何必去改变现状呢？现在再要改变，已为时太晚。阿切尔仍然选择了不辞而别，这虽然令人惋惜，但遗憾，却也成就了永恒之美。电影并未在小说的结尾处谢幕，却将最后一个镜头切回到那个帆船驶过灯塔的画面：女主角的背影如雕像般纹丝未动，男主角则犹豫再三、不胜怅然。那一年的流波，那一年的人面，虽早已逝去，却从未忘怀。

还是回到词主的身上吧！"此情难寄""知何处"这样的用语，在晏殊的《珠玉词》中出现率太高。令人不禁猜想，这位风雅相国的人生中，或是真正产生过一段令其难忘的不了之情。他还写过一首《踏莎行》：

　　碧海无波，瑶台有路，思量便合双飞去。当时轻别意中人，山长水远知何处？

　　绮席凝尘，香闺掩雾，红笺小字凭谁附？高楼目尽欲黄昏，梧桐叶上萧萧雨。

未料当初一别，遂成永诀。虽为终身之恨，但"香闺掩雾"却如同一层朦胧的面纱，隔着这层面纱，使伊人的居处反倒增添了一种缥缈的仙幻之气，焉能不让人向往不已？

"人面不知何处，绿波依旧东流。"这句话由另外一个人改写之后，则更加具有一种撼动心灵的力量。那个人便是陆游，其名句云："伤心桥下春波绿，曾是惊鸿照影来。"留在记忆里的青春人面，总是胜于现实中的白首重逢。似水流年如一梦，红笺小字还依旧。水墨氤氲间，又送夕阳远。遥山对帘钩，尚记相思否？

木兰花

晏殊

燕鸿过后莺归去，细算浮生千万绪。长于春梦几多时，散似秋云无觅处。

闻琴解佩神仙侣，挽断罗衣留不住。劝君莫作独醒人，烂醉花间应有数。

体态娇小的燕子与身形健美的鸿雁都已飞走，那清歌婉妙的金莺，也有好些天既不见其行踪，也不闻其珠喉。华堂玉楼，在荧荧烛火的光照下仍然美如梦境。但当烛火熄灭，立于朗天丽日之下，华堂却露出了疲乏，玉楼也毫无光彩。一种缺失之感涌上了心头。是的，无可否认，年光老去、盛时不再。

或许，是该好好地回味一下自己的一生了。这一生的起起落落，这一生的悲欢离合，细细追想，真是不可计数。

十四岁那年参加廷试，他清楚地看到，皇帝投向他的赞许而又充满期待的目光："你就是临川来的神童？小小年纪，果真器宇不凡。好好表现吧，雏凤清于老凤声，朕相信，你不会令朕失望。"

这目光让他镇定下来，他文思泉涌、落笔成章，顺利通过了初试。但在两天后的复试中，他却神情反常，迟迟未在考卷上写下一字。

皇帝瞧出了他的异样，命人问他："题目是不是过于深涩了，让你不知该从何入手？"

他一再摇头，面有难色。

"那么，你想让我怎样回禀陛下呢？"

迟疑了一瞬，他毅然答道："烦请禀告陛下，这道赋题，臣以前曾经做过。愿乞陛下另赐一题，以试真才实学。"

这个回答令皇帝极为满意："不意少年奇才，亦能奉行诚信为本。读书人十年寒窗，廷试之上得遇熟悉之题，这本是求之不得的好事。若换了他人，庆幸犹恐不及。而汝却以赤子之心一语道破，全无投机取巧之态，诚可敬也。汝之真才实学又何须再试？若无真才实学，又何来求赐他题之底气？"

就这样，十四岁的晏殊成了宋真宗朝中最年轻的一名进士。最初任秘书省正字，掌管国朝典籍的编辑、校正。秘书省正字，官位虽处于底端，但按照唐宋崇尚奢华的习气，这个底端的官位还是有着许多参与交际应酬的机会的。而晏殊几乎是交际应酬的绝缘体，这在当时，没少受到同人们讥议，认为这个年轻人太过古板、太过迂阔。但在讥议的背后，即使晏殊本人也没预料到吧，他已成为真宗皇帝暗中考察的对象。当了一年的秘书省正字，晏殊即获得了升迁，任太常寺奉礼郎，这一职位主要是负责朝会、祭祀时的礼仪。虽然官职并不高，但朝会与祭祀都有皇帝出席，近水楼台先得月，皇帝对他更为看好了。晏殊的官职再次发生变化，升任光禄寺丞、集贤校理。

然而，就当他前程似锦之时，父亲去世了，按照宋朝的礼法制度，理应解官去职，回临川老家为父亲守孝三年。都道是人走茶凉，解官易而复官难，一个无甚特色的官员在解官三年后能否恢复原职，恐怕只有祈祷上天相助了。但也有另一种情况，一个官员或是身兼要职，要不则是深受器重，总之，就是那种被认为举足轻重的人物，那他就是想要守满三年孝也做不到。朝廷不会放他走，会让他素服办公，名之为"夺情"，意即国事重于家事，为国尽忠而夺去了为亲尽孝之情。晏殊也被夺情了，很快从临川又召回京师。后来他的母亲也去世了，而这一次，皇帝再夺其情。晏殊不仅没能回乡为母亲守孝，他的官职不解反升，任尚书户部员外郎，且还得到了太子舍人的"美差"。这个时候，就连最迟钝的人也看出门道来了，天子就要对晏殊委以重任了。有人对之不服，有人却是百思不得其解。这个既无门第又无后台的晏殊，凭什么能令天子如此青眼相顾？对于众人的疑虑，真宗皇帝只以晏殊的一大优点作答，那便是晏殊早年担任秘书省正字时闭门读书、无心游宴的表现。真宗认为，这就是他心目中的大臣典范，自律、清醒、审慎、靠谱，这样的人看似寻常，其实千中无一。

真宗去世时，继位的太子还不满十二岁，他就是晏殊的新主人宋仁宗。由于新君年齿尚幼，朝政由章献太后刘娥代摄。朝中一些心怀不轨的权臣想要单独向太后奏事，以便将政令掌控在自己手中。晏殊识破了他们的诡计，建言太后垂帘听政，这样就见不到奏事者的面容。既然不知奏事者为谁，太后自当秉公而断。刘太后对此大为欣赏，对他恩赏有加，累迁至礼部侍郎、枢密副使，搁今天，算是副部长级别了。

但好景不长。在选拔枢密使一事上，晏殊公然违抗了刘太后的意旨。有人借机弹劾，晏殊因之被贬出京，先到宣州，后又到应天府任职。在应天府，他兴学办教大见成效，朝廷对之备加瞩目。刘太后似乎忘记了此前的龃龉，晏殊奉召还京，这一回京，他的官职更是稳步高升，直做到参知政事、加尚书左丞之衔。这个时候的晏殊，已达到副相级别了。刘太后拜谒太庙，有大臣主张，太后应当身着衮冕。衮冕乃皇帝之服，如果让刘太后以衮冕而谒太庙，这无异于是向天下宣称，当今的天子不是坐在龙椅上的小皇帝，而是垂帘听政的刘太后。晏殊又与刘太后铆上劲儿了。当刘太后征询他的意见时，晏殊态度坚定地回答，太后应当按照《周礼》中的服饰着装，这实际上是回绝了刘太后衮冕加身的试探。忤逆太后的后果，晏殊自然是知道的。从理论上分析，这一次忤逆的后果，远比数年前因人事任用与太后产生分歧所导致的后果要严重得多。但晏殊还是这么做了。与群臣一样，他虽然很佩服刘太后的才干，但他不愿给天下之人造成一种错觉，他的官位是靠谀颂太后得来的。他是北宋朝廷的重臣，不是刘太后的家奴，这一点，始终不能变。

刘太后会报复晏殊吗？她可能想过，但却来不及了。已是身患重疾的刘太后坚持要以衮冕成服，群臣畏其威势，在争执无效的情况下，只得略作让步，将皇帝祭祀时所着的衮衣稍稍减少了几件饰物，刘太后终于穿上这套拟于天子的服装去拜谒太庙了。这是刘太后有生之日最大亦是最后的宏愿，在晏殊，未能阻止太后衮冕成服，却是一生中难以原谅的软弱时刻。这时的他，早已不是当年那个要求更换廷试试题的纯稚少年了，亦不是那个立身清高、不肯和光同尘的秘书省正字，多年的官场生涯使他圆滑了、成熟了，违背初衷而与现实妥协，他的软弱与退让并不仅限于阻止太后衮冕成服这件事上。

拜谒太庙后不久，在仁宗皇帝继位的第十一年，刘太后去世了。新一轮的权力较量暗流涌动，离宰相位置已极为接近的晏殊遭遇了人生中第二次重大挫折，被罢职外放，先后出任亳州、陈州的知州。在亳州时，他偶然见到水中的青蛙奋力跃起，捕食树蝉。蝉入蛙口，青蛙却因吞不下蝉而颓然坠地。结果可想而知，青蛙很难回到水中，蝉也很难回到树上。两败俱伤，是青蛙的贪婪引发了这出悲剧。蝉本无过，但谁让你居于高位呢？有多少双眼睛都在下面对你眈眈而视，出于嫉妒，出于取代的野心，随时准备着对你发出致命一击。无辜的蝉成了青蛙贪欲的牺牲品。然而，换位而思，你若身为青蛙，难道甘心一辈子潜隐水塘吗？战胜比自己更高的对手，没有人能克服这样的诱惑。晏殊为之写下一篇《蜩蛙赋》（蜩，古语指蝉），其中的警语是："匿蓁质以潜进，跳轻躯而猛噬。虽多口以连获，终扼吭而弗制。"看似讽刺青蛙、怜悯树蝉，但这中间，亦未尝没有角色的互换。谁是青蛙，谁是树蝉，并不是一目了然的。一个人，可以随着形势的变化，时而为青蛙，时而为树蝉。

晏殊的仕途很快又迎来了春天。再度被召回京都，任刑部尚书兼御史中丞。在对陕用兵的方略上，晏殊提出的多项建议均被采纳，终于登顶成为宰相。然而，正如在亳州时看到树蝉登高跌重、为水蛙所害，树蝉的命运，也降临到了晏殊的身上。长大后的仁宗渐知生母并非刘太后，而是一个远在永定陵为其父真宗守墓的李氏宫嫔。这是个默默无闻的女子，在去世的当天才被刘太后晋封为宸妃。而李宸妃的墓志铭是由晏殊写的，晏殊作为东宫旧臣，曾受先帝的殊恩厚遇，李宸妃的真实身份，不可能闭目不视、充耳不闻。而在他亲自执笔的李妃墓志铭中，却并未言明李妃为天子生母这一事实。这一把柄被人用作攻击晏殊的利器，说得不好听些，这简直就是欺君之罪啊！看似罪大恶极，但在大宋朝廷，这早已是个近乎透明的秘密，只瞒着仁宗皇帝一人而已。但当刘太后执政时，朝中那么多洞悉内情的大臣，又有哪一个敢触犯刘太后之忌讳、敢戳穿那层薄纸呢？倘若皇帝真要怪罪，也不该只怪罪晏殊一人啊！然而，谁让他是李妃墓志铭的撰稿人，并且这个撰稿人还是当朝的宰相！在得知真相的第一时间，仁宗皇帝的愤怒是可以理解的。晏殊罢相出京，以工部尚书知颍州。又一再改官，到了陈州、许州等地。

舆论多为晏殊抱不平。年老多病的晏殊多次要求回京治病，仁宗对其已有谅解之意，遂顺其所请，召其回京。

是的，他也有过不如意，有过挫败，有过不敢言、不能言的委屈。然而，遍数平生际遇，再与历朝名宦显臣相比，他的命数已是太好太顺，简直就是抽中了上上签。年少时如果不遇到那个来自京都的贵人张知白，很难说，他不会像其他那些"小时了了"的孩童一样，由于缺乏机遇终被埋没，顶多不过在地方志中留下一句"大未必佳"的闲谈。除了张知白这个伯乐，他还有一个更重要、更应感激的伯乐，那就是宋真宗。是宋真宗将他从那为数众多的秘书省正字中识拔了出来，将他选为东宫之臣，为他日后的扶摇直上奠定了坚固基石。当然，他也要感谢刘太后。是刘太后的信任与重用，让他登上了副相之阶。其后的仁宗皇帝更是托以宰相之职，足见真宗与刘太后的延伸影响。

晏殊一生中最大的挫败无非是被贬出京，却也未被流逐于万死投荒之所，仍在富庶之地维持着相对风光的生活。无论人生还是仕途，他所得到的惊喜与眷顾远要多于苦痛与失望。

因此，当别的官员由于遭到贬谪而怨气冲天时，晏殊却能平静处之，至少在其《珠玉词》中，几乎感觉不到一丝火味戾气。诸如"眼痛灭灯犹暗坐，逆风吹浪打船声""垂死病中惊坐起，暗风吹雨入寒窗""巴山楚水凄凉地，二十三年弃置身""云横秦岭家何在，雪拥蓝关马不前"之类宛似杜鹃泣血的诗句绝不会出自晏殊之手。晏殊也有愁，但在大多数的时候，他愁的不是风雨载途举步维艰，不是太白所言"停杯投箸不能食，拔剑四顾心茫然。欲渡黄河冰塞川，将登太行雪满山"。晏殊的愁，倒是更像杜甫的"细雨鱼儿出，微风燕子斜"，而用晏殊常用的词句加以概括则是"一霎好风生翠幕，几回疏雨滴圆荷"。生命在美好之中存在着缺损与危机。而这种缺损与危机感，是由时光带来的。"时光只解催人老，不信多情，长恨离亭。泪滴春衫酒易醒。""不向尊前同一醉，可奈光阴似水声，迢迢去未停。""燕子归飞兰泣露，光景千留不住。""绿树归莺，雕梁别燕，春光一去如流电。"这些都是晏殊式的关于时光的喟叹。

细算平生，他所深深萦怀的，是人生中的那些春天。他知道，他是世人所羡慕、仰望的对象，称得上是一名顶级成功人士。就自我的本心而言，他也颇有踌躇满志之感。可是，功成名就之时他究竟得到了什么？就如春天，看似无所不有，一旦臻于极盛便是衰落之始。白居易诗"花非花，雾非雾。夜半来，天明去。来如春梦几多时，去似朝云无觅处"。他的成功人生，原来也近似一个空幻之境。来如春梦，去似朝云。不，那不是朝云，用秋云比拟，更为妥帖。生命中的至欢至乐，岂能比春梦更长？转眼即去，恰如秋云萧索，散入荡荡青冥。

春梦再美，却经不起现实的棒打。司马相如月下抚琴，卓文君闻琴夜奔，酒肆当垆、羡煞世人。可时日一长，相如另有所恋，文君心生去意。郑交甫游于汉江，遇到两位丽服微步、流姿艳逸的仙姝。仙姝以玉佩赠之，交甫纳佩入怀。可没走几步，却发现怀中的玉佩不翼而飞，回头再看，哪里还有伊人的芳踪？

一个人想要留住生命中的那些春天，这可不是痴心妄想？这就好比一个穷书生梦见了如文君、江妃般怜才解意、美丽多情的女子。正当两心相许、大喜过望之际，女子忽然托词欲去。穷书生苦口哀求、极力挽留，可他的女神却漠然一笑、不为所动。急切之下，抛开礼教的约束，他无比大胆却又无比坚决地拉住她的罗衣不放。但衣带挽断，她仍飘然去远。只有那条挽断的衣带临风飘荡，似在嘲笑他的狂诞荒唐。

原以为胜券在握，到头来两手空空。梦中的欢愉，醒后的凄凉，对照之下，该有多大的反差！他醒了，但其余的人并没有醒。环顾四周，琼宴方酣，人人歌以遣怀、酒以助兴，徜徉花间，酡颜烂漫。难道他们不曾看到春光已逝吗，为何仍然兴高采烈？一张张心花怒放的面孔，简直像极了那个春梦迷离的穷书生。他想唤醒他们，反被那些人团团围住，又是对他劝饮，又是拿他起哄。他挣脱不得，急得无计可施。但转念一想，急有何用，唤醒他们又有何益？是啊，什么样的残酷要比打断人们的美梦更为可恶呢？与其清醒，不如醉眠。醉眠者一无所失，清醒者却无所不失。那么，何妨如那些人一样、烂醉花间、纵情任性？于是，他不再躲闪、不再推让，而是接过一杯杯醇酒一饮而尽……终于，他也醉得像他们一样手舞足蹈、不知身之何在了。

"尽兴乎，晏公？"

"春色可餐否，晏公？"

人们的问候与酒杯还在不断地向着他聚拢。

"尽兴……可餐……"他含含糊糊地应道。

"这就对了。刚才你是怎么着？做出一本正经的样子，当此佳景良辰却不屑一顾。几时变得这么道学来？辜负了青春年少，这是不是罪过？"

"青春年少？"他不禁讶然，"请问阁下青春几何？"

那是个须发皆白之人，衣着打扮却并不落后于风尚所趋。那人笑道："你怎么忘了，我跟你同岁。晏同叔啊晏同叔，你这神童之名莫不是弄虚作假而来？竟然浑然不知我正青春，你亦年少！"那人越发大笑。

晏殊亦不禁笑出了眼泪。但那不是尽兴极欢之泪，而是怆然生悲之泪。"挽断罗衣留不住！"春光不再、仙侣无踪，这一点，他早已明悟。但别的人，不知是真醉呢，还是借酒浇愁、自欺欺人？他其实很想和他们一样，也像他们那样借酒浇愁、自欺欺人。喝了太多的酒，他的舌头已不大灵活，他的脚步也似乎飘在云端了。在那短暂的一瞬，连他自己也被骗过了。以为自己已变成他们中的一个，在陶然烂醉中忘记了目之所睹、心之所忧。可他错了。哪怕已醉得不知身之所在，他的眼睛始终未被蒙上，他的视觉与心灵的判断力也始终未有迷失。这是他的不幸呢，还是他们的不幸？

这种风格的作品在晏殊的词集中是非常少见的。上阕并无异常，"燕鸿过后莺归去，细算浮生千万绪。长于春梦几多时，散似秋云无觅处"。伤春感时，为晏词所擅。然而，转至下阕后，"闻琴解佩神仙侣，挽断罗衣留不住。劝君莫作独醒人，烂醉花间应有数"之句，则充满了焦虑激荡的情绪。这与晏殊的身份，与其温柔敦厚、优雅从容的词体文风格格不入。

晏殊为何会写出这样的变音之词呢？前面曾详述晏殊之生平。

难道这只是一个迟暮之人对于青春、对于梦想、对于声名显位的强烈执恋与不舍？也许有那么一点吧！但有没有另一种原因，是出于对国事的担忧，对大宋盛世的质疑与痛惜？自北宋建立以来，一直面临着辽国与西夏政权的威胁。而北宋崇文抑武的国策非但无助于解决辽、西夏之威胁，反倒在虎视狼窥之下备感吃力。西夏连年侵边，晏殊也曾数上封奏，提出多项建议：要求罢除内臣（太监）监兵，招募训练弓箭手，以宫中器物充军费，把财权集中到度支司，便于统筹安排军用……思深识远，朝廷对之多有褒赞。可是，治标不治本，北宋崇文抑武的国策一日不改，则虎狼的窥伺一日不休。

但边事毕竟是边事，将边事看得太过严重，岂不是自寻烦恼吗？从总体上看，这是一个黄金时代，正所谓"中原息兵，汴京繁庶，歌台舞席，竞赌新声"。身在京都的人们更是乐享太平，宁可闭目养神，也不愿让自己的心情为战乱的阴影所扰乱。可晏殊，作为宰辅之臣，却不能保持"天真的无知"，以他的经验，以他的直觉，他无法做到对繁华背后的悲凉视而不见。但看见了又能怎样呢？人生也好，世事也罢，看不透的虽傻，但傻有傻的福气，看透了固是聪明，但这聪明却回天乏术。"劝君莫作独醒人，烂醉花间应有数！"与其因为春残梦断而惊慌失措，不如继续潇洒大方地挥霍时光。人人都满面春风，仿佛时光挥霍不完，春光也如杯中芳醪，饮而复斟、无穷无尽……固然，这是假象，但又何妨当真？他想摆脱独醒人的痛苦，于是，他也加入了他们的嬉游行乐。可那痛苦并未消失，他无法以此麻醉，亦无法以此解脱。"烂醉花间应有数"，他是明白的，是彻底深透地明白，他的人生，他的王朝，就如闻琴解佩的神仙伴侣一样，携将好景去，一去不回头。

点检赏花人，
香阶怅初见

木兰花

晏殊

池塘水绿风微暖，记得玉真初见面。重头歌韵响琤琮，入破舞腰红乱旋。

玉钩阑下香阶畔，醉后不知斜日晚。当时共我赏花人，点检如今无一半。

"初景革绪风，新阳改故阴。池塘生春草，园柳变鸣禽。"这两句诗，出自南北朝谢灵运的《登池上楼》。谢灵运因病卧床，浑然不觉节气变换。某日扶病临窗、褰帘舒眺，惊喜地发现初春的晴日已令残冬的寒风逃得不知去向，随着新春登场，荒凉的池塘仿佛在一夜间变成了青草的天堂。池塘变了，园柳也在变。即使你的眼力不够敏捷，未能及时捕捉到那些藏于叶底林间的活泼禽鸟，然而，听其啼鸣也知道这是春鸟而不是冬鸟。那是显而易见的呀，春鸟的歌喉与冬鸟的歌喉全然不同。更确切地说，春鸟才会歌唱，而冬鸟，只会躲在饱受风霜凌虐的败叶下惊恐无助地哀泣。

有人评价说："谢灵运'池塘生春草'，造语天然，清景可画，有声有色，乃是六朝家数……"

还有人评价道："'池塘'一联，惊心节物，乃尔清绮，惟病起即目，故千载常新。"

晏殊的这首词，也是以"池塘"起句，揭示季节的变化。但展现在晏殊眼前的，却并非一池新生的春草，而是一池绿意盎然的春水。须知池水的颜色、池水的丰枯四季有别。正如白居易所言"春来江水绿如蓝"，一个"绿"字，恰恰道中了春水的特点。还有什么颜色比绿色更能展现生命的华茂呢？绿色，那是灵动跳跃的颜色。绿水照人，温风拂面。晏殊说"风微暖"，说明这只是春天的开始。李清照《蝶恋花》词："暖雨晴风初破冻，柳眼梅腮，已觉春心动。"词中的"晴风"与晏殊的"风微暖"应当意思相合。刚刚启动春天的按键，并未完全驱除冬之余寒，然而，水已泛绿，风已微暖，"已觉春心动"，这就不单是李易安的感想，晏同叔得无心有戚戚焉？

除了水绿风暖，还有一事令晏殊感心动目，那便是"记得玉真初见面"。玉真，是对美人之称。但不是所有的美人都可以以"玉真"呼之，唐人更愿意将"玉真"一词用作对女道士的礼赞。唐玄宗有两个胞妹都在年轻时出家学道，一个妹妹号作"金仙公主"，另一个妹妹则号作"玉真公主"。在我们现代人看来，公主出家八成是伤心之下看破了红尘，宁可抛舍泼天的荣华富贵到深山修行，身似枯木、神如止水，把青春的火焰扑灭在冷灶清灰里，实在是可叹可惜。但在唐朝，这却是既时髦又漂亮的举措，出家非但不会贬损身份，反让皇家身份得到了升华，曾引得无数大唐才子作诗咏赏。比如王维的："碧落风烟外，瑶台道路赊。如何连帝苑，别自有仙家。"又如李群玉的："高情帝女慕乘鸾，绀发初簪玉叶冠。秋月无云生碧落，素蕖寒露出情澜。"唐玄宗钟情于子媳杨玉环，为摆脱不伦之恋的窘境，杨玉环首先需要实现身份的改变。妹妹玉真公主的出家给了他启发，他将杨玉环度为女道士，号作"太真"。白居易《长恨歌》有云："楼阁玲珑五云起，其中绰约多仙子。中有一人字太真，雪肤花貌参差是。"也有古本将《长恨歌》中的"太真"写作"玉真"。而白居易还为一个名唤阿容的女道士写过一首诗：

> 绰约小天仙，生来十六年。
> 姑山半峰雪，瑶水一枝莲。
> 晚院花留立，春窗月伴眠。
> 回眸虽欲语，阿母在傍边。

写的是玉真道观中的女道士阿容。道冠以玉真为名，莫不是出于对玉真公主的向往与崇敬？这简直就是一出唐代的《思凡》。这位芳龄十六的阿容女道士貌如天仙、质同雪莲，虽情根未断，但在阿母（道观张观主）的监视之下，却脉脉无语，唯有与院花春月形影相伴。

晏殊词中的"玉真"已不是唐人所谓的"玉真"。在这里，"玉真"与女道士无关。如果非得找出晏殊词中之"玉真"与唐诗中的女道士之间的一点联系，便在于其缥缈的仙气。是的，无论是晏殊词中的"玉真"还是唐人所谓的"玉真"，都有一种临风飘举的仙气，是仙味十足的美人。

如果说女道士的仙气着落于"素手掬青霭，罗衣曳紫烟"的绝尘清丽，晏殊词中的这位美人，其仙气则是通过"重头歌韵响琤琮，入破舞腰红乱旋"一联流溢而出。

"重头歌韵响琤琮"，这里的"重"是"轻舟已过万重山"的"重"，而不是"花重锦官城"的"重"。按照任讷《散曲概论》的解释，"词中前后阕完全相同者谓之重头"。意即词的上阕与下阕，平仄节拍完全一致。"重头"的运用，令词曲更加富于韵律，传唱时极为铿锵悦耳，好似玉器相击、琤琮不绝。

"入破"，即进入"破"之阶段。那么，什么又是"破"呢？唐宋时代，大曲盛行。大曲，也就是大型的歌舞。伶人在乐器的伴奏下载歌载舞，这不仅见于内廷，同时也是豪门盛宴的必备节目。唐宋大曲分为散序、中序、破三个阶段。据《新唐书·五行志二》记载："至其曲遍繁声，皆谓之'入破'……破者，盖破碎云。"现代词学大师吴熊和则在《唐宋词通论·词调》中说道："中序多慢拍，入破以后则节奏加快，转为快拍。"意即当大曲唱到中序这一阶段时，曲调较为舒缓，因为中序多为慢拍。然而，中序唱罢，接声而起的便是大曲的最后一部分"破"。唱至"入破"，节奏由缓转急，仿佛平湖静波忽然变作了飞流直下三千尺的瀑布，景象壮丽，震撼视听。

而对于晏殊，听觉的享受此时已让位于视觉的惊艳。在脆如鸣玉的歌声中，一位华衣翩跹的女子正以匪夷所思的姿态酣舞着，轻盈的步伐甚至能令时光之足甘拜下风。她一刻不停地旋转着，越转越快。转出了一个芳菲如梦的天地，转出了一个异彩纷呈的春天。他想看清她的衣裳与容颜，然而，她实在转得太快了，这让时光之足都望尘莫及的舞步啊，令他的努力徒然无功。她的舞衣好似一朵红云，随着她的姿态变化，幻作无数的奇迹。

"入破舞腰红乱旋"，此句极言舞姿欢捷。唐代王昌龄有《采莲曲》一首：

> 荷叶罗裙一色裁，芙蓉向脸两边开。
>
> 乱入池中看不见，闻歌始觉有人来。

诗中的"乱"字，也是用得极好。采莲姑娘们都穿着与荷叶同色的绿罗裙，每个姑娘都长得与荷花一般。莲舟轻荡，看这一池的荷花，一池的采莲女。你能分清这朵荷花与那朵荷花吗？你能分清这个采莲女与那个采莲女吗？诗人为之眼花缭乱，摇头自嘲道："我也是醉了，此情此景，怕是只有傻子才会执意于分清。"清歌又起，揉了揉蒙眬的双目，他惊讶地发现，适才他凝睛而视的那簇荷花，其实是一群清歌呖呖的采莲姑娘。

听罢重头歌韵，赏罢舞衣飞旋，热闹之极，归于清幽，接下来的镜头由动转静。在那玉钩玲珑、落花满地之处，有人醉倚雕栏，犹自回味着宴席上的奇遇。

"这不知不觉地又已是太阳偏西，时间过得真快呀！"忽然，他听见身后有言谈之声。

"可不是吗，好久没有这般高兴过。今天花也赏脸，一朵朵满开满放。嗳，这不正应了李白的那支《清平乐》吗——'解释春风无限恨，沉香亭北倚阑干。'"

"何止呢！君不见'一枝红艳露凝香，云雨巫山枉断肠'，我看有的人，意不在赏花，而在于看人。"

"看人？可不是看的那班歌舞妙人？云裳花容，的确令人目眩神迷。'借问汉宫谁得似，可怜飞燕倚新妆。'这层深意，还是不必言破吧！"

"不必言破，意会即可。赏花赏人，君自知，我亦自知。"

"我们还是走吧。这歌也听过了，舞也看过了，花也赏过了，酒也喝多了。一句话，趁好收场。只管流连不去，这眼中耳中，花前酒底，就全是残局了。"

声音渐低渐远，他的心中，也生出一种别样的春愁。香阶落红堆积，春愁由浅而浓，由疏而密。他记住了那个日子，初识玉真之日。而以后，当然他还遇见过她。是刻意为之还是无意为之？他们之间，有没有产生一段特别的情缘？

他也这样问过自己，然而，这又何须多问？他与她，始于此也止于此。不知过了多少年，又一个池塘水绿风微暖的春天，有人忽然说起那一年的聚会。他对玉真绝口不提，却叹息道："当时共我赏花人，点检如今无一半。"——"从前和我一起赏花的人都到哪儿去了呢？让我们清点一下到场的人数吧。比起那一年的花会，今日所到的宾朋连一半也没有呢！"

并没有比较今日的场景与当年的场景有何不同。然而，旧友失散之痛、嘉宾零落之恨，尽在"点检如今无一半"的伤感中。世事无常、人情迁异，时隔多年要将原班人马聚拢来，借此修复珍藏于记忆深处的画面，这是怎样的天真愚妄呵！有的人去了异地他乡，有的人由于各种原因而缺席，还有的人已不在人间……这正是"朝云聚散真无那，百岁相看能几个？"或许，他应该感谢自己的好运。不是吗，至少还来了一小半的人，他们都是他美好记忆的见证。可他们还能将他带回到那个遥远的"当时"吗？这些人都不年轻了，外表与神态早已湮没了青春的风采。与他们一起临筵赏花，他再也感受不到意绪飞扬、心魂俱醉。

也许，并不是为了到场之人；而是为了另一个人，她不会到场，永远也不会到场了。如果她在，他可会仍在意"点检如今无一半"？可不可以换种说法，"点检如今少一人"。一个她，抵得上所有的他们。为何会对她思之不忘呢？是因为她本人还是因为她所象征的盛世华年？是因为彼此皆年少，是因为那不期而遇的青春的心跳？

置酒花间，一样是清歌婉转，一样是舞裙争妍。歌板的节拍由缓转急，这时，那位居中领舞的女郎忽地展袖扬臂，转动腰肢如旋风一般。她一身红裳，如红云、如火苗……转得太快，他看不清她的面容。姿态万千，百媚俱生，令他想起了那个人，那一年的玉真。"是你回来了吗，是你回来了吗？"眼花缭乱中，他惊喜而又困惑。

最终，这朵红云仿佛自天而落，她终于停下了舞步。那是一张美丽绝伦的脸，与其舞姿堪称珠联璧合，像极了那一年的她。但他知道不是她，似是而非。虽水绿风暖，一如当日，却已永失当年。香阶玉栏，斜阳淡远，谁解心中憾？

诉衷情

晏殊

青梅煮酒斗时新，天气欲残春。东城南陌花下，逢着意中人。

回绣袂，展香茵，叙情亲。此情拼作，千尺游丝，惹住朝云。

《三国演义》中有一章节"曹操煮酒论英雄"，曹操喝酒为名义试探刘备。两人对着一盘青梅、一樽煮酒喝得正是来劲儿，天色却忽然变了，阴云密布，暴雨将至。曹操指着头上龙形的云彩，以"龙乘时变化""龙之为物，可比世之英雄"为题，要刘备品评当世英雄。刘备报出了一长串的英雄之名，可曹操竟然一个也看不上。刘备只得说，除了这些人，他还真不知道谁能当得起英雄之称了。

刘备之矫情令曹操失去了耐心。他指着刘备说："当今英雄不就是刘使君你吗？"又手指自己说，"还有我！天下英雄就咱两人！"

刘备吓得几乎魂飞魄散。被曹丞相如此高看不是好事啊，这哪是谈论什么天下英雄，分明是借题发挥，竟将自己视作了与其争夺天下的唯一对手！方寸一乱，手中的筷子顿时惊落到地，这位有着过硬心理素质的伪装者险些就要露出破绽，好在老天爷帮了刘备一把。雷声忽作，刘备得以继续伪装下去，弯下腰来一边拾筷子一边说："这雷声真可怕，把我的筷子都给震落了。"

曹操笑了："大丈夫还怕雷？"试探就此为止。他本想听到刘备酒后吐真言，结果呢，却是未能如愿。曹、刘之间的这场心理攻守战似乎没有赢家，也没有输家。然而，估计在这之后，曹、刘二人再要想敞开胸襟地对饮，几乎已无可能。都得怪曹操，对人实施全天候地监视也便罢了，就连喝个小酒，也恨不能让人家"原形毕露"。陪曹丞相喝酒，真是苦不堪言。所以说啊，喝酒是要选对象的。酒逢知己千杯少，酒逢劲敌半杯多。曹丞相那样咄咄逼人，谦和谨慎的刘使君能不心中暗恼吗？青梅虽妙，却难以开胃；酒酿虽醇，却不知滋味。真是浪费了美酒，可惜了青梅。

但青梅煮酒，亦有另一种喝法。不是像《三国演义》中那样，以煮好的酒来配堆盘的青梅，而是将青梅泡酒，加热后食用。这另一种喝法，未必是与劲敌同饮，而是与心爱的人同饮。本篇《诉衷情》就讲述的是另一个关于青梅煮酒的故事。

青梅，那是上市于暮春之际的佳果。贺铸《青玉案》有云："一川烟草，满城风絮，梅子黄时雨。"词中的"梅子"即为乌梅，成熟的乌梅为黄色，而在成熟之前，却是青绿之色，也就是俗称的"青梅"。李白《长干行》曾言："妾发初覆额，折花门前剧。郎骑竹马来，绕床弄青梅。"青梅竹马，自此成为两小无猜的意象。而李清照则在《点绛唇》中写道："和羞走，倚门回首，却把青梅嗅。"更是把少女青涩美丽的情怀描绘得有声有色。"青梅"一词，颇能给人一种清新愉悦之感。

青梅煮酒，则将这份清新愉悦之感注入酒香之中，尝起来酸酸甜甜，不喝则已，只需浅尝一口，简直不忍放下酒杯。是呀，在这残春天气，青梅的出现真正是应时应节。这个时节不冷不热，百花千草，争相斗妍。这是饮酒赏春的好时候。再不好好喝几杯，春天就连影子都不会留下了。再不好好喝几杯，青梅就要下市了。于是，自携一瓮青梅酒，来到东城南陌，他开始了与春天的约会。

令他意外的是，来赴春光之约的人多不胜数，其中不乏风流俊俏的人物。花下树底，尽有青年男女昵昵私语、形迹亲密。这让他不禁有些黯然。春纵好、花虽艳，若是一人独赏，寂寞只会加倍，不会减半。

几个游女似有心、若无意地从他身边经过。她们的穿戴打扮都很出众，姿容可人，似与春光争奇斗艳。然而，没有一个人能比得上她，那位朝云般明丽、朝云般来去无定的姑娘。就像《诗经·郑风》所说："出其东门，有女如云。虽则如云，匪我思存。"无论是东门东城，不管在何样的地点，遇到何样之人，睹人触景，只会让他更加想念她。"如果你也在这里，该有多大的不同！"揭开了温芳袭人的青梅酒，忽然之间，他兴味索然、惆怅满腹。

"不请我喝一杯吗？"一声问询打断了他的沉思。抬头一看，居然是她！说曹操，曹操到；想着她，一门心思地总想着她，还真是把她给想到了！

"是你？！"被巨大的喜悦冲昏了头脑。一时间，他竟别无他话。

"怎么，不愿看到我呀？你在这里约了谁吗？"她莞尔一笑，分明是另一种意思。

"哪里。我只是……不，谁也没约……"他的口齿一向不坏。这会儿，不知怎么却笨嘴拙舌起来。

"一个人在这里喝酒？"她问。

"正是。"

"一个人在这里出神？"她又问。

他只是一味地傻笑。"可不是吗，不都为了你？"但这种话无论如何是说不出口的。他目光灼灼地望着她，是那样深情而又固执的目光，令所有的语言都显得多余。

尽管她落落大方，被他这样目不转睛地注视，这却是前所未有。或许，在很早以前，她就隐隐觉得，他对自己有种特别的关注，但却不能确定。直到此时，一切都再明白不过了。就连来来往往的人们也看出了他的异常，发出善意的轻笑。而她，不禁羞红了脸，心里却满是甜甜的欢喜。

她举步欲去，却又回眸向他抛来一个意味深长的眼神。

"你到哪里去？"他急忙起身，眼中全是不舍。

"我去哪里也要你管？"她扬了扬眉，那神态中有一种调皮的娇嗔。

见她如此，他不禁胆壮起来："我偏是要管，不让你去。"

"凭什么？"她突然把脸一沉。

他不禁瑟缩了一下。收回大胆的目光，怯怯地望着她，不知道为什么她的态度说变就变了，像是六月天。但这并不是六月天呢！女子的心思，尤其是这样一个美慧可人的女子，真比天气还难迎合，还难预判。

她却转愠为笑。这一笑让他立即就领会了过来，刚才她是装作生气，而他，竟然信以为真，上她的当了。

"又不请我喝酒，你留我作甚？"她眼波一转，引人遐思。

"真的还是假的？"他还不敢相信。

"什么真的假的？"她又睃了他一眼。

"我若请你喝酒，你真肯赏脸？"他摇首自嘲，"还是只想跟我开个玩笑？又要引我上当？"

"看不出你这个人，是这么小心，唯恐出了一点的差池。你就这样怕上当吗？怕被我算计？"她笑得如风摆杨柳，俊美已极。

"小心总没有错啊。不过，"他一脸认真地答道，"上娘子的当，我不敢有怨；被娘子算计，亦是心甘情愿。"

"哟，你这么个实诚人，几时变得巧舌如簧起来？"

"娘子自然不会看错，我非巧滑之徒。平生倾心吐胆，只对娘子一人而已。"

"我看你呀，只怕是口不应心。"

"娘子要怎样才肯相信？"

"要我相信你，那也不难。除非，如果……"

"如果什么，除非什么？"

她俯身捧起那瓮酒："是青梅酒吧，端在手里怪沉的。"

"娘子喜欢吗？这不值什么。我家里还酿了好些呢，都是今春新酿的。娘子若也爱喝，我乐意奉送。"

"这个时节，谁家没有梅子酒？我不稀罕你送。"她忽地笑了，"你适才不是说，愿意做点什么来令我相信？这话可是认真的？"

"怎么不认真呢？娘子尽管吩咐。"

"如果我要你一口气不停地喝完这一整瓮的酒，你喝还是不喝？"

"喝，当然喝！"从她手中接过整瓮的酒，也不用酒杯来盛，他豪放地一仰脖，便欲饮下。

她却急伸双手将酒瓮夺了过来："你这个人啊，不知是真傻还是假傻。这个样子喝，岂不要把好好的一瓮梅子酒给喝坏了？"

"原来娘子也舍不得这瓮好酒？那就斗胆请娘子入席。"幸喜今天出门时，带上了一张华美的坐垫，本来就是用于幕天席地这种春游场合的。一个人坐未免有些空落落的，两个人坐，尤其是与自己的意中人同坐，只这样想想，已觉妙不可言。

她会落座吗？"别拒绝，千万别拒绝！"他几乎能听得自己紧张的心跳。她绣袂轻扬，恍若云舒霞卷。是的，用朝云来比喻她，这是他能想出的最贴切的比喻。然而，这朵朝云会为他留下吗？他祈盼着、渴求着。什么也没说，也不必再说什么。因为，她用眼神回应了他，接着，又用动作回应了他。就像流云找到了休憩的树林，她就坐在他的身畔，那样近，那样近，香泽微闻，一如青梅酒的幽香。

两人对饮，就着一杯又一杯的青梅酒，说了太多太多的话。但总也说不够，总也听不够。在外人看来，或许只是些疯话傻话罢了，但这些疯话傻话，选对了时间，选对了地点，选对了人物，却是无所不宜、契合已极。

"我们认识以来，也不算短了。可我从未想过，会这样与你说话。"他满足地叹了口气。

"是你从未想过呢，还是因为你以前目中无人？"她揶揄道。

"不是这么说。我呢，倒是目中有人，只是有个人，她目中无我。"

他坦言道，"怕她着恼，我不敢造次。可我一直希望，她能体会我的心意。"

"那么今天怎么又敢了呢？"

"那是因为今天，我有了一种自信。是她让我有了这种自信。"

"自信什么？"

他不由一怔。是啊，自信什么？自信她对他的好感不只是出于一时的兴趣？他们真能做到亲密无间、长此以往？就算他是这样想，她亦是这样想，彼此之间，仍隔着现实世界所设置的重重障碍。

可有办法来消除那些障碍吗？左思右想，似乎束手无策。一团欢喜顿时化作了气馁，明白无误地流露在脸上。

"咦，你怎么不说话了？"她瞧出了他心情的变化。

"我在想啊，有没有一个好办法，可以寸步不离地紧随天上的行云？"

"你怎么会有这种怪念头？"她诧笑道。

"管它怪不怪。反正，我是无计可施的。你呢，想来也是做不到。"他灵机一动，暗暗用起了激将法。

她果然中招，不服气道："这有何难，我偏能做到。"

"哦，怎么做呢？你有何秘诀？"

"你这人真笨！"她轻啜一口青梅酒，望向四周："这暮春之时，正是'满眼游丝兼落絮'。若能化作游丝千尺，何患不能绊惹天上的行云？"

"啊呀，多谢多谢。此话极妙，令我茅塞顿开。"他不禁喜笑颜开，"这下再不用发愁了。任你千变万化、来去如风，我却是那游丝千尺，定会惹住行云。娘子请看——"

他指着前方的水塘，一碧如洗的池水映出一个他，也映出一个她："这片行云，号作朝云。曾游云梦之台，今来东城南陌。花前相逢，青梅荐酒。这片行云，不在天边，乃在眼前。我若化作游丝，你说呢，会不会将她一生牵系？"

今朝斗草赢，
笑从双脸生

破阵子

晏殊

燕子来时新社，梨花落后清明。池上碧苔三四点，叶底黄鹂一两声。日长飞絮轻。

巧笑东邻女伴，采桑径里逢迎。疑怪昨宵春梦好，元是今朝斗草赢。笑从双脸生。

读这首词，扑面而来是一股活泼浓郁的生活气息，有如玻璃杯中新盛满的、热气蒸腾、清香宜人的明前雨露。而这首词如果可以写成一个故事，也应当有如明前雨露般鲜洁芳润。

人说"春眠不觉晓"，这天又是起来晚了。开门一看，地上已铺满厚厚的一层雪，心里还朦朦胧胧地想着："立春都过了这么久，还落这样大的雪，真是稀奇事！"

"娘，下雪了，好大的一场雪。"她嚷了起来。

"瞎说什么？"她娘在里屋回话，"晴天朗日的，哪来的雪？睡到这时才起来，正事不做呢，就爱骗人。"

"我没骗您，您老人家又不肯出来看看。"她蹲下身去捧起雪来，越发怪了，这雪捧在手里柔软极了，没有一点冻指头的感觉。聚精凝神睁开饧涩的眼眸，渐渐地，她看了个清楚，手心里所捧的并不是雪，而是满把的花瓣。

"什么花落了这么多？"她吓了一跳。抬头一望，应当是两旁梨树上落下的。"不是雪，是落了一地的梨花。娘，你说可惜不可惜？我们家的梨树几天前才开花呢！你还跟人说，这梨花是让人意想不到的，不开呢，一朵也不开，开起来呢，全都凑上这趟热闹了。就像春社时听见锣敲鼓响，一个个你争我赶，劲头十足。谁不称赞我们家的梨花开得最盛？还想借那树下摆春酒呢！这下可好，连个招呼都不打，梨花掉得没剩几朵了，看来春酒是没得喝了。娘，你说梨花怎会掉得这么急、这么快呢？"

"傻孩子，哪来这些絮絮叨叨？你拿历书翻翻，今天是啥时节了。"

"不用历书，算算就知道了。"她掰手指数道，"立春过后雨水，雨水过后惊蛰，惊蛰过后春分。哎呀，我还以为是春分呢！原来春分都已过了。春分三候：一候海棠，二候梨花，三候木兰。木兰之后便是桐花，桐花开时那是清明。这不又快到清明了吗？梨花也该落尽了。"

"是的呀，今年的春社晚。春分连着春社，清明就要到了。"

"正是呢！春社早的那些年份，总得过了春社才是春分。看到社燕归来，我还以为立春没有几天。本来春社就跟过年一样，又喜庆、又好看，又好玩。"

"你这孩子还没玩疯？又是击鼓，又是唱曲，又是跟人赛酒，竟比社燕还忙。我一个眼神不到，你就胡闹了大半天。醉醺醺的让人搀扶着回来，哪还有半分的女儿模样？"

"女儿模样是什么？一针一线、不敢马虎？可你明明知道的，春社忌拈针线。别说是我，谁家的女儿春社这天还关门闭户、飞针走线？这可不是犯了大忌了？"

"你还有理说嘴呢。让你不动针线，可并没让你出去逞强斗能。击鼓赛酒，这是女儿的本行吗？都是你爹，把你宠得没规没矩、无法无天了。"

"人家好容易痛痛快快玩了一天，您老人家就有这些个装腔作势的说教！"她摔落手中的花瓣，问道，"爹呢？"

"到田头去了。我懒得再说你。这春社也完了，梨花也谢了，今天，可再没有不动针线的借口吧？你来，我交代给你……"

她嘟着嘴道："我不来。这么好的天气，我可不想闷在家里。"

"好啊，得寸进尺，你道我打不得你？这么晚才起来，懒心无肠，又想到哪里玩儿去？"她娘说着果然冲出屋来。

"娘，您老人家生什么气嘛！"她好言解释，"我才不是懒心无肠呢！我是想着家里的那些蚕。长得快，吃得欢，桑叶又要不够了吧？我这就看看去。若是桑叶不够，我再采些桑来。"

"我不叫你做针线，你就不提采桑的事儿！还用你来看，我早看过了。可不是又缺桑叶了吗？我要是手头丢得开，我早自个儿去了。去吧，早些回来，别尽顾着玩儿。"

她答应一声，背上竹筐，出门向着桑林方向走去。说是走，其实是蹦蹦跳跳。若教她娘看见了，又会说她"没女儿模样"。可是，天气太好，路上的风景太美，还要拘泥于什么女儿模样呢！再说了，哪一个真正的女儿，年轻的姑娘，在看到池面上漂起翠生生的苔藓，在听到黄鹂清脆欢乐的歌唱时不感到喜悦交进呢？"啾啾，啾啾，啾啾……"一只在叫，两只在叫，三只在叫……她想通过叫声来弄明黄鹂的数量。然而，叫声此起彼伏，这可不像计算春分、清明那样简单，这很难数清。最终，她不得不放弃了努力。黄鹂叫得更欢了，仿佛在庆祝它们的胜利。"啾啾，啾啾，啾啾……"待她仔细寻找时，却又一个也不见。这些狡猾可爱的小精灵，全都躲在浓密的叶底呢！间或探头探脑，那是对她的挑逗与引诱："找到我没有？来呀，咱们继续来玩捉迷藏，你没找到我，我却看见你了。"

她喜欢池面碧苔的颜色，她喜欢黄鹂的婉转娇啼。当然，也喜欢点点的飞絮绕裳而舞。不知不觉，竟放下了背负的竹筐。出门前，娘曾嘱咐过她，不要尽顾着玩儿。然而，只玩一会儿，就玩一会儿不要紧吧？那些蚕可能饿了，也许，还不太饿。日暖天长，可以晚些时候再到桑树林去。晚一会儿回家，太阳照样光灿灿的耀人眼睛，娘未必会发现她在外面用了比平时更多的时间。不过，她已耽搁得够久了，再怎么都得动手采桑了，不然的话，即便是这春天的日照也帮她隐瞒不过呵！

幽幽曲径，路旁尽是繁茂的桑树。曲径的对面，走来了一个人。和她一样背着竹筐，但从那人走路的姿势来看，已是装了满筐。那是她的邻居，与她年龄相仿的姑娘。

"背的是什么？"她问。

"桑叶呀。你呢？"

"你都采满了吗？我才上来呢。你们家的蚕儿长得怎样？"

"一时不停都在吃。眨一眨眼，就像是又长了一两分。"那姑娘用手比画着尺寸，"昨天采一筐就差不多够吃了，今天看样子不行。这一筐背回去，指不定还得上来再采一筐。"

"还得采一筐？可我一筐都没采。再要采一筐，那得什么时候了？养蚕真是磨折人。不过呢，"她咬了下嘴唇道，"养蚕也有它的乐趣。蚕儿把桑叶咬得沙沙响，那声音越来越大，越来越响，到了后来，夜里总要被它吵得睡不着觉，恨不得把这些讨厌的小东西痛打一顿。可你舍得吗？是自己辛辛苦苦将它们养大的呀！比飞蚁大不了多少的小黑点，特别能吃，又特别爱清洁。又要给它换桑叶，又要给它刷扫干净，一天天地养得白白胖胖了，哪里还忍心动手打它？"

"别说啦！"邻女做了个制止的手势，"那些蚕可是蚕花娘娘的宝贝。你若不把它们当宝贝，惹得蚕花娘娘不高兴，今年还想有个好收成吗？太阳升高了，你还不快些采桑？一会儿桑叶晒干了水分，你便采了回去，蚕儿们不爱吃，那你岂不是白效力了？"

"可恶的蚕，挑嘴的蚕！啊，我得骂得轻些，小心被蚕花娘娘听见！你帮我采些好不好？一人拾柴火不旺，两人拾柴火焰高。"

"我还有事呢，你加紧采吧。"

"有事？你能有什么事？哼，不帮忙便也罢了。说什么两人拾柴火焰高，就怕是两人拾柴一人烧。就怕你装着帮我采桑，暗地里拿我的桑叶装到你的筐子里。那我可不亏了吗？我才不要你来帮忙呢！"

"瞧你这副小心眼。别说我今天真的有事，即使日后无事，再也不敢给你帮忙的。"邻女笑着从她身边跑过，如同一只轻盈的小鹿。

"你这就走了吗？"

"是啊，不是给你说了，我有事嘛！"

"等一下！"她冲着邻女的背影大喊。

邻女又回过头来："怎么啦？"

"这得问你自己啊！"

"问我自己？"邻女益发莫名其妙。

她故意拉长了声调道："你今天很不对劲儿。要想人不知，除非己莫为。还不对我从实招来。"

"瞎三话四，我没时间跟你啰唆。"邻女一副"无心恋战"的神态。

"心虚了吧？我就知道你今天为啥不肯跟我说话。那是因为——"说到半截儿又停了下来。

"因为什么？"邻女果真中了计。

"因为你根本心不在焉。明明心不在焉，却还一直笑着。别以为我不知道。你的心事，我全都看在眼里呢！"

"我的心事你能看见？"邻女大吃一惊，"你是哪路神仙啊？那你倒是说说，我有什么心事？"

"还不承认吗？那我给你提个醒儿。前两日春社上，你看某人的眼神，那是很不一般啊！"

"没影子的事儿，谁会信你胡诌？"邻女说着却又紧张起来，"可别到处胡诌啊，无事生非你会害了我的！"

"哈哈，这下拿住你的短处了吧？放心吧，这种话，我不会随口说出的。不过，我有一个条件，就看，你肯不肯答应了？"

"答应什么？"邻女似有羞恼之色。

"放心吧，这不会让你为难。我只是想要知道，你为什么一直在笑？笑得那样开心，莫不是因为，因为昨晚做了一个极其美满的春梦？"

"做你的大头梦吧！"邻女一把扭住了她，"你还敢乱说不？啐，'极其美满'，你不说话，谁知道你的春梦极其美满？这一说啊，那就是'此地无银三百两'，是要全天下的人都知道你做了一个极其美满的春梦吗？"

"好了好了，"她极力挣脱了邻女的拉扯，"好姐姐，算我说错话了。但你总要告诉我，你有什么开心事吗？笑得那样心花怒放，这肯定有个缘故啊！"

"就你喜欢刨根问底。不错，我是很开心，但我不说的话，你便是猜得今晚上睡不着觉，也一定猜不着！"

"那你更有必要说了，非说不可！不然，我就不放你走。你不是还有别的事儿吗？你不急，我自然也不急。"

"嗬，这不是要挟起我来？你可真会磨人，我算是服了你了。那我跟你说吧，我开心，是因为今天斗草，就数我赢的次数最多。我心里的这股畅快劲儿啊，就跟六月天吃到了又红又甜的西瓜瓤，到现在还没过去呢！"

"你们在哪儿斗草来着，怎么也不招呼我一声？"这个回答令她颇为不悦。

"并不是事先约好，不过是临时兴起。你那个时候又不在。即使在了，你也斗不过我。"邻女笑容满面，仍沉浸在斗草的兴奋中。

"怎见得我斗不过你？难道我认识的花草不比你多，还是我采花摘草总要比你慢一拍？要不就是我笨嘴拙舌，报花名草目时不及你口齿伶俐？"她微仰着头，语气中不无挑衅的意味，"你敢跟我比吗？咱们这就斗上一回。谁是谁的手下败将，这还没定呢！"

"得啦，我认输还不成吗？我是你的手下败将。"邻女拉了下肩头的筐绳，"我得走了，没空跟你耗着！"

"这么说，你是认输了？假惺惺地认输，一点诚意也没有。好，今天且饶过你，咱们改日再战！改日定要让你领教我的厉害，要你输得心服口服，再也笑不出来！"

"那就说好了，我改天再来领教你的厉害吧！"邻女益发笑靥如花，"不过，今天的胜利是我的，她们抢不过，你呢，也没你的份儿。谁也不能夺走我的胜利和好心情！"

邻女欢天喜地地一路小跑而去，好似一股清新的、会笑的微风。她不禁在想："她笑起来真是好看！就像，就像什么呢？"噢，想起来了，她笑得就像那满树的梨花。梨花已落了一地，但她的笑颜仍是盛开在春风第一枝上的梨花，在朝阳下泛动着亮丽的光彩。

"斗草赢了一回就乐成了那样！我才是斗草的行家呢，可惜人家都不记得。回去后还得跟娘学些新奇的花名草目，下次斗草时，定要将她们统统打败，一个个全无还手之力。"想着想着，她不自觉地笑出声来。越想越是高兴，那笑颜也和邻女一样，绽成了一朵芳艳饱满的梨花。

但她，当然不会知道她笑得有多甜美。满树的梨花有哪一朵知道自己的美丽动人呢？这是自然之美，由于不自觉，毫无造作与修饰，美得纯粹而又明净。"我怎么老是想着斗草呢？一个人和谁斗草，简直忘了自己来这儿的目的了。采桑采桑，这得多久才能采得满筐呢？"她惊醒过来，暗暗自责道。

此词虽为民间生活纪事，却非"草根"之作，仍然深具文人气质。"叶底黄鹂一两声"脱胎于老杜的"隔叶黄鹂空好音"，"巧笑东邻女伴"，是将诗经中的"巧笑倩兮"与宋玉的"东家之子"合二为一。"巧笑倩兮"，那是我们的古人所能想象出的，最美妙生动、最具风华韵致的笑颜。宋玉《登徒子好色赋》有载："楚国之丽者，莫若臣里，臣里之美者，莫若臣东家之子。"晏殊之"东邻女伴"，当有不亚于"东家之子"的容仪。在宋玉的眼中，东家之子"增一分则太长，减一分则太短；着粉则太白，施朱则太赤"，要为这样一朵王冠上的玫瑰添加光华，似乎是绝无可能之事。然而，"东家之子"还能变得更美。"东家之子"在什么时候最美呢？是在其巧笑之时。这是何样的巧笑啊？诗经里只着一"倩"字，深浅浓淡凭君揣思。晏殊却道："笑从双脸生！"美之至矣、纯出天然。一似双花并枝，迎风初启，当春而放、光照天地。

山亭柳 · 赠歌者

晏殊

家住西秦，赌博艺随身。花柳上、斗尖新。偶学念奴声调，有时高遏行云。蜀锦缠头无数，不负辛勤。

数年来往咸京道，残杯冷炙谩消魂。衷肠事、托何人。若有知音见采，不辞遍唱《阳春》。一曲当筵落泪，重掩罗巾。

文人与歌女的惺惺相惜，不知是否始于白居易的《琵琶行》？笔者还记得幼时过节在少年宫参加游戏，一旦在游戏中胜出，便可得到小票一张作为奖励，可凭此换取棒棒糖、铅笔、图书、玩具等物。而一天下来，若能在各类游戏中获取七八张小票，就绝对称得上是"收入不菲"了。笔者以此乐不思归，恨不得一年三百六十五天，天天都过节，这样天天都能泡在少年宫尽享"游戏人生"了。父亲为此曾戏称笔者是"游荡在少年宫前的小叫花子"。而这个"小叫花子"最高兴的时刻，当数以一天所得的小票换取礼品之时。最爱换的自非图书莫属，有一套《东周列国》的连环画便是在那时换得的。还有一次，我拿小票换了几页书签。其中的一页上题有几行诗："我闻琵琶已叹息，又闻此语重唧唧。同是天涯沦落人，相逢何必曾相识？"而书签的画面是一女郎手抱琵琶，与一书生装扮的男子相对而泣。"相逢何必曾相识？"彼时虽不解其意，但看二人愁容满面的神态，便知道这是一首极悲伤的诗。心中不由生出一种莫名的烦忧，似乎连节日的欢庆气氛也因之减弱。诗歌的力量，其动人也深。

晏殊的这首《山亭柳》，可视作词中的《琵琶行》。当然，比起《琵琶行》的篇幅，《山亭柳》要短小了许多。而其所赠的对象，则与《琵琶行》相似。

白居易遇见琵琶女时，是在秋月清寒的浔阳江上。而晏殊则是在"当筵"，相对正式、隆重的酒会上遇见了词中的歌者。"自言本是京城女，家在虾蟆陵下住。"琵琶女从自己的家乡所在地——唐都长安讲起，开始了平生自述。而晏殊笔下的歌者却自述道："家住西秦，赌博艺随身。"

西秦即秦地。唐代汪遵有《渑池》诗："西秦北赵各称高，池上张筵列我曹。"战国七雄，秦国称西秦，赵国称北赵，一西一北，在地理位置上先就形成了一种对峙。晏殊之时，秦王朝已灭亡千载，但秦王朝的故地仍被称为西秦。此处的"赌博"不是一词，当分开来理解。"赌"，并不是我们今天所指的"赌钱赌物"的那个"赌"，而是竞技之意；"博"，则是"博大精深"的那个博。"赌博艺随身"，意谓自己才艺了得、随身而行，在各类竞技场合皆有不俗的表现。打个比方来说，就如花中异芳、柳上新枝令人刮目相看，其奇才巧艺亦是如此。他人能做到的，她胜任有余；他人不能做到的，在她却是毫不费力。

有人想要考验她的能耐，故意择选音高难唱的曲目让她"试一为之"。"据我所知，本城之中，这支曲子没有几个人唱得上去。你呢，千万不要勉强。若不能唱，及时收住也便罢了。可别因此唱坏了嗓子，弄巧成拙，反为不美了。"那人的嘱咐貌似关心，却让她听了极不舒服。

"会不会弄巧成拙，总要试过了才知道。"她胸有成竹，启唇扬声，不露一丝怯色。其音渐升渐高，高到似已凌空绝顶，让人屏息以待，不料因风一转，还能越顶而上，犹如鲲鹏展翼，一飞千里、姿态无穷。就连行色匆匆的流云也被其气势所震慑、为其华丽所倾倒，止步不前、用心谛听。

云且为之痴迷，听众又岂会无动于衷？热烈的掌声之后，继之是热烈的议论：

"古书中的'响遏行云'，莫非此之谓也？"

"你们有没有觉得，她的音色很像一个人？"

"说得极是。我猜再无他人，只有天宝年间的念奴，与她如出一辙。"

"念奴的歌调，那是有名的难学，能学到一二分便不算是东施效颦了。难为她，竟能学得这十分精髓。人称'念奴每执板当席，声出朝霞之上'。我等算是一饱耳福，又见念奴在世矣。"

"这便叫作'山外有山、人外有人'。念奴之技，原以为早已绝响失传，谁知衣钵有承，这位姑娘还能青出于蓝。"

"山外有山，人外有人。"只有她知道，为了练就这样一副嗓音，她付出了多少努力。她是个以娱人为生的歌女，在那个年代，这当然不是什么体面的职业。可就是这样一份职业，同样适用于"业精于勤荒于嬉"这条规则。并非从出生之日起，上天就赏了她这碗饭。要唱得"余音绕梁，三日不绝"，她是下过苦功夫的。不比那些养在深闺的女儿，一动不如一静，自会有人为她们谋划未来。她的未来唯有靠她自己。而她的歌喉，则是她全部的家当与产业。非得苦心经营，否则便无立锥之地。

凭借着肖似唐朝首席女高音念奴之音色，她的演唱生涯是风生水起、大受欢迎。粉丝疯狂喝彩是常有之事，光是喝彩还不过瘾，还得来些实物奖赏。白居易诗中的琵琶女"十三学得琵琶成，名属教坊第一部。曲罢曾教善才伏，妆成每被秋娘妒。五陵年少争缠头，一曲红绡不知数"。缠头，即锦帛之物，教坊之人以锦帛缠头为装饰。红绡，即红色薄绸。才唱完一支曲，那些富家子弟赠送的缠头、红绡等物已是堆积如山，琵琶女的"明星效应"显而易见！

而晏殊词中这位声如念奴的歌者呢，不见得会比琵琶女逊色！"蜀锦缠头无数，不负辛勤。"蜀锦，是蜀地的锦类丝织品。早在汉代，蜀地便设有锦官，管理织锦事务。其濯锦之江，亦被称作锦江。蜀锦质优，天下以之为珍，号称"一匹千金亦不卖"。这样看来，无论在古代还是当代，有个一技之长真是非常重要。报酬不菲，辛苦也值了！回想着登台献艺的那些辉煌时刻，这位歌女是否感到心满意足呢？

不，那不是心满意足。在短暂的辉煌之后，伴随她的是太多太多的辛酸与屈辱，足以抵消曾经投向她的、不可计数的蜀锦缠头。有一技之长便可终身获益？"三百六十行，行行出状元。"在别的行业，一技之长或是谋生的必需手段，但在歌女这一行，却并非这样。是从什么时候开始走下坡路的？从什么时候开始，人们对她报以冷眼，而不再是喧天的喝彩？问题难道出自她的歌喉？但数年以来她持之以恒，从未放松过精益求精啊！对她的嗓音与艺术表现力，她还是很有自信的。与从前相比，只有过之而并无不及！

是什么让她失去了观众的欢心？奔波于咸阳古道，辗转于各式各样的盛宴。古都的繁华似乎一如当初，而盛宴也宛若往常。然而，变了，变了的是岁月！"秋月春风等闲度""暮去朝来颜色故"。教坊中人，最禁不起岁月催老。她以为，那些"蜀锦缠头"是出于对其歌声的欣赏，错了，这真是大错特错！同样是在宴席之上，一曲未了，有人已是所获颇丰，蜀锦缠头，琳琅满目。是那人的歌声异常优美吗？不是，音域音质，那人皆非上乘。那么，是因为那人演唱的曲目高雅不群吗？也不是，其所唱者不过是平庸之作。无论歌声歌艺，那人何止落后了自己一大截儿？但观众的掌声只愿给她，却不肯分给自己一点点。那么，到底是哪里出了问题呢？难不成，所有的观众不是聋子就是瞎子？

不，他们并不聋；他们更不瞎。他们是为寻求声色之乐而来。"声色"二字，讲究的是有声有色，声音还得颜色映衬方才怡于身心。就一个行家来说，她的声音并没有贬值，但就风月之徒看来，她的颜色既已大为贬值，声音也就无足称道了。说到底，歌女吃的是青春饭。青春才是歌女全部的家当与产业。说什么"响遏行云"，道什么"念奴再世"，一旦红颜憔悴，她的歌喉就不值一钱了。蜀锦是给年轻貌美者的，缠头也是。而她，所得无非残杯冷炙。即使残杯冷炙，也是慈悲的赏赐呢。像她这样年龄的歌妓，已经很少得到上场演出的机会了。一个人既然身为歌妓，其未来就不该寄望于歌喉之上，而是得赶在青春消失之前找到归宿。"花开堪折直须折，莫待无花空折枝。"

这个道理她不是不懂。"老大嫁作商人妇"那就太被动了，实为下下之策。但她始终未能找到归宿。日转星移，青春蹉跎。茫茫人海之中，衷肠向谁托付？她曾以满腔的心血倾注于歌唱之道，就因为青春逝去，这么多年的心血便要灰飞焰冷？

顾影自怜，惨然伤怀。也不是没有想过另一种可能。假如改换风格、取悦于众，能否东山再起？即使不能东山再起，总要强于当下的"残杯冷炙"、忍辱含诟。但这却是行不通的。趋时媚俗不会让她减龄增彩，也无助于恢复她在外貌上的吸引力。这是滑稽愚蠢之举。你能想象念奴改换风格吗？舍高就低，那就不是念奴了，那也不再是自己。

天之生人，岂无深意？生如此之人，有如此技艺，却为何令她风尘漂泊、绛唇寂寞？竞逐浮欢靡侲曲，谁爱风流高格调？李白《古风》诗云："郢客吟白雪，遗响飞青天。徒劳歌此曲，举世谁为传。试为巴人唱，和者乃数千。吞声何足道，叹息空凄然。"这首诗，是取材于宋玉与楚王之间的一段对话。郢，即春秋战国时楚国的都城。楚王指责宋玉有招人非议的行为。宋玉答道："是吗，我讲个故事给大王听听吧。有个人在郢都唱歌，最初唱的是《下里》《巴人》，大概有数千人应声而和。尔后他唱起了《阳阿》《薤露》，大概有数百人应声而和。但当他唱到《阳春》《白雪》，应声而和的便只有数十人了。唱着唱着，那人引商刻羽，杂以徵声，这时还能应声而和的，不过寥寥几人而已。"楚王立即释然了，宋玉虽然是在借题发挥，但他不愧是第一流的文人，这番牢骚发得太有水平！世间能唱阳春白雪者，不但曲高和寡，且易招人非议。

曲高和寡，知音难觅。然而，既然明珠不肯暗投，则世间必有知音。若遇知音，又何惜遍唱阳春，毫无保留地向他展现自己。这副嗓音，只配知音聆听。一生炽情，只为知音盛放。若是知音，必不会在意自己是否貌美如花、芳龄永继。知音的目光中必当凝聚着惊喜、赏识、怜惜、肯定，那是她梦寐以求的一切。不恨相逢太晚，但恨从未相逢。这个年龄、如此身份，还做着这样幼稚可笑的梦，是不是太可悲了？纵有知音，奈何与她时空相错，交集不到一个正确的时间、合适的地点。

但这并不是梦。此人就在这里，在烛影摇红的华堂之上，在醉眼迷离的人群之中。他气度不凡、眉含郁然之思，如素雪出于焰火，又似浓翠千红之中的一树孤松。如果以曲来比，这满堂之人，多数也就是《下里》《巴人》那个级别罢了，少数仿佛《阳阿》《薤露》。而真正的《阳春》《白雪》，唯此一人，不作他想。这便是知音，是她寻觅半世不得，却因偶然成全的知音。他向她投来同情、了然的一瞥。只这一瞥，已不枉此生。人说，"士为知己者死"，而她所能做的，便是要以最饱满的感情、最投入的状态完成这场演出。这是她人生中最重要的一场演出，是生命的绝唱，以前未曾有，今后更不会有！

结束了，一声裂帛，直上九天。这是她最为满意的一场演出，然而，人们并不见得都这样认为。掌声不多，赏赐之物并不丰富。就连那个人，也并未对她赠之蜀锦、缠头。可她全不在意，那不是她所想要得到的。她所想要得到的，是尊重、是共鸣。只有知音可以给她，而她已经得到了，此心足矣。两行珠泪沿着脸颊滚落，是喜是悲，难以分清。就在此时，她想起了自己的"本分"。身为歌妓，她的第一要务是娱宾侍宴。以泪示人，此为大忌。热泪热肠会感动知音，但却无法感动世人。她没有任性忘形的权利，必须时时记得现实与世人。知音虽在，却遥不可及。在生命的绝唱之后，她还得回归正轨。于是，在世人的讶异中，在知音的注视下，罗巾掩泪、低垂双眸，她露出了已经排练过无数次的、无懈可击的微笑。借着这形同彩偶的一笑，合上了那一度开启的心扉。

以歌妓为描写对象的宋词不胜其多，然而，能道出"若有知音见采，不辞遍唱《阳春》"者，竟只晏殊一人而已。就连与歌妓走得最近的柳永，其词集中与歌妓相关者几乎触目皆是，但柳永对于歌妓的欣赏角度，也不过是其色艺、是其才华、是其性情，是其对于情感的专注与执着。柳永式的欣赏固然带有强烈的个人同情色彩，但终究是才子佳人模式的欣赏，而不是知音之间的欣赏。未能如此词一般，站在人格品质的高度给予关注与赞赏。

歌妓与文人能成为知音吗？宋词的兴盛，自是得益于宋代文人的生花之笔。但只有生花之笔而无唱响华夏的好声音，宋词又何以流传千古？宋词的流传，与歌妓的清歌妙喉是密不可分的。晏殊之子晏几道有首《浣溪沙》：

唱得红梅字字香，柳枝桃叶尽深藏。遏云声里送雕觞。

才听便挤衣袖湿，欲歌先倚黛眉长。曲终敲损燕钗梁。

歌妓精湛入神的演唱，让人情不自禁泪湿衣袖、敲损钗梁。这又是文人与歌妓心意相通的一个例子。

"万家竞奏新声"，在大宋的天空下，凡有井水饮处就有吟唱柳词的歌声，这是柳永的荣幸，也是宋词的荣幸。晏殊的社会地位远远高于柳永，"为别莫辞金盏酒，入朝须近玉炉烟"，其生活优裕、情趣清贵，亦非柳永能及。他不可能像柳永一样，出入市井之间，与歌妓过从亲昵。因此晏殊的词作内容虽也时常与歌妓关联，但他通常是带着一种居高临下、寄兴消遣的态度。其代表作：

> 一向年光有限身，等闲离别易销魂。酒筵歌席莫辞频。
>
> 满目山河空念远，落花风雨更伤春。不如怜取眼前人。

他的人生是得意的，得意中最大的烦恼便是，时光走得太快了。"一向年光有限身"，一不留神，人便老了；一个转身，便是知交零落、各奔东西。而他看似闲庭信步的人生，其实就与眼前的升平盛世一样，隐伏着太多的变数，想要深谋远虑吧，人算终不如天算，要善始善终地守护好千里江山，这样的重任谁能承担得起？位高权重却阻挡不了春残花落。"酒筵歌席莫辞频""不如怜取眼前人"，是薄情语，也是伤心语。它寄托的是晏殊且顾当前、及时行乐的思想。频频光顾酒筵歌席，随意怜取身边的歌儿舞女，说到底，是出于深彻的失望与软弱的逃避。

晏殊的词作在词牌名后很少加上副题，《山亭柳·赠歌者》是一个例外。其在词中表达的对于歌妓的平等相视、激赏共鸣之情，也是一个例外。这其实也不难理解。细推晏殊之生平，春风得意之时，正可拟作"蜀锦缠头无数，不负辛勤"。而失欢于朝廷之时，岂能无有"数年来往咸京道，残杯冷炙谩消魂"之叹？与"赌博艺随身"的歌者一样，他亦是毫不谦虚，极为自负。"花柳上，斗尖新。偶学念奴声调，有时高遏行云"，身怀绝技的歌者凭着真本事来抓牢观众，而晏殊的绝技与本事便是从政的经验与才干。"货与帝王家"，他的买主不是观众而是帝王，他的舞台不是普通的宴席而是庄严的庙堂。

然而，以相国之尊，他也不能避免遭误解、被贬斥的命运。"衷肠事，托何人？"这是锥心之痛，是血泪交织的呐喊。并不是人们以为的那样风光无限，他也有自尊受到伤害之时；并不是人们以为的那样地位牢固，他也有苦不堪言之时。屈辱、无助、失落、彷徨……对于盛年已过、风华不再的恐惧，这是歌者的心情，又何尝不是晏殊的心情？千般感慨凝于心头，化为一句"若有知音见采，不辞遍唱《阳春》"。这是歌者的终极梦想，也是晏殊的终极梦想。当歌者"一曲当筵落泪，重掩罗巾"之际，他也忍不住抬袖拭泪。这一瞬间，堂上不见了位极人臣的相国，堂下不见了身世飘零的商女。唯有知音泪眼相向，在阑珊灯火中。

游丝逐炉香，斜阳照深院

踏莎行

晏殊

小径红稀，芳郊绿遍，高台树色阴阴见。春风不解禁杨花，濛濛乱扑行人面。

翠叶藏莺，朱帘隔燕，炉香静逐游丝转。一场愁梦酒醒时，斜阳却照深深院。

至和二年（1055 年）正月，兵部尚书、临淄公晏殊病重。晏殊是在头一年的六月从河南洛阳回到汴京的。那时他已自觉身体状况大不如前，奏请皇帝准许他回京治病。宋仁宗同意了，年过六旬的晏殊终于踏上了返京的归程。离开汴京已有十年了。十年前，庆历四年（1044 年）正月的那天，他还在相府与翰林院诸贤聚饮叙怀、谈笑风生，且作《木兰花》词祝福新年的到来：

东风昨夜回梁苑，日脚依稀添一线。旋开杨柳绿蛾眉，暗拆海棠红粉面。

无情一去云中雁，有意归来梁上燕。有情无意且休论，莫向酒杯容易散。

但那一年的新春，却没有给他带来祥瑞。八月，晏殊即被人弹劾，罢相出京，前往颍州任职。

晏殊之所以惨遭罢相，与一个人不无关系。那便是欧阳修，他昔日的门生。晏殊初为宰相时，曾将欧阳修擢任谏官一职，这说明在当时，晏、欧二人还颇有师生之情的。可渐渐地，这对师生在许多政事上意见相左，欧阳修这个耿直小伙又特别较真儿，朝堂之上，时常当众与晏殊面红耳赤地发生争论，令"老恩相"简直下不了台。后来欧阳修被遣任河北都转运使，谏官们就一起上奏，要求朝廷将欧阳修留在京都，但朝廷没有同意。这时里里外外就有了一些难听的传言。说派遣欧阳修外任，这其实不是朝廷之意，而是晏殊之意。又说朝廷并不是不想挽留欧阳修，怎奈宰相不许，谏官们的上书这才打了水漂。说来说去，无非是晏殊容不得欧阳修，必欲对欧阳修达到眼不见心不烦的目的。晏殊为此头都大了，正是焦头烂额的当儿，那班不省事的谏官又出新招了。而这一新招还真奏效。谏官孙甫、蔡襄联名弹劾，告发晏殊欺君罔上，为李宸妃所作的墓志铭有所隐匿（未道出李宸妃为宋仁宗生母这一事实），又告发了晏殊别的一些牟求私利的行为。谋求私利之举，这倒不是什么重点，以晏殊的口才，甚至可以对此进行辩白。但为李宸妃所作墓志铭有所隐匿，这一打击实在太"精准"

了，不告诉皇帝他的亲妈是谁，你这宰相还能做得下去吗？

相传晏殊收到罢相"噩耗"，是在八月十六，也就是中秋后的一天。八月十五中秋节，晏殊的家中仍高朋满座。他邀请了"红杏尚书"宋祁宋子京，又是饮酒又是赋诗，我醉君复乐，却不知道这是他以宰相身份主持的最后一次家宴了。第二天，当罢相制书出来时，晏殊几乎不敢相信自己的眼睛。制书是宋祁起草的，中有"广营产以殖私，多役兵而规利"等语，这不是坐实且有意夸大了他"牟求私利"的罪状吗？更可气的，他后来又听说，宋祁在起草这篇罢相制书时，还直嚷嚷着头昏脑涨呢！他不头昏脑涨才怪，就在昨夜，红杏尚书还在他的家里喝了个酩酊大醉呢！他怎么下得了手，用那样重的语气来辱骂对他以诚相待的朋友？又或者，这是朝廷给他下达的任务。到晏府赴宴，他不得不来。为朝廷拟文，他不能不从。若是这样，却也怪不得宋子京了。但朝廷，朝廷真的就那样恨他？他以一生的精力为朝廷做事，虽无大功，亦无大过，谨小慎微了一辈子，难道就换得如此结果？不是他容不下欧阳修，是那些人容不下他这个占据着制高点的晏丞相。今日之祸，是自取，也是他取。

"君恩如水向东流，得宠忧移失宠愁。莫向尊前奏花落，凉风只在殿西头。"

以恋恋的眼神回望了一眼龙楼凤阁簇拥中的神京，他离开了，为后继者让出了相位。得撒手时且撒手，而这一撒手，就是十年的离别。十年的离别，增添了岁月，更增添了老病。去岁返京，经过一段时间的治疗，他的病情曾一度有所好转。为了表明不贪权恋位，他又奏请出守西京洛阳，皇帝却是真心挽留，只给他安排了一个经筵官的职位，让他在御前讲论经史，且以宰相之礼来优待他。罢相多年，在远离京畿与圣颜之地备感冷落,何曾梦想还能有这样的殊恩厚遇!说也奇怪,过去在朝为相时,作为股肱之臣,他与皇帝的关系只能以"敬而远之"一词加以概括,倒不如现在来得亲切自然。也许是角度变了。作为经筵讲官,他已无须直接加入那场胜负难定的权力的游戏,这是一个相对单纯的官职,既为皇帝讲读经史,且与皇帝谈论经史。与皇帝的关系,可以说是亦师亦友,而不是宰相之于皇帝、重臣之于至尊,看似风光八面,实则危机四伏。

山雨欲来、危机四伏,他这一生不就这样走过了吗?是到了归去之时,夕阳无限好,只是近黄昏。回京后还不到半年,总算享受到了这一生中从未真正拥有的安稳与恬适,不再大权在握却深受皇帝的尊重,那些久已疏散的亲朋旧友也得以重聚。"君莫笑,醉乡人,熙熙长似春",令他几乎忘记了老病侵袭,恍惚之中,又回到了芳春的牵绕围抱。然而,他忘却了老病,老病却不曾放过他。又一年的将尽,在新一年的春光展开她的柳眼梅腮之前,他知道,他的病情是再无起色了。躺在病榻上,他静静地等待着与生命告别。

前来探病的人络绎不绝。除了友朋,也有意想不到的宿敌。就连皇帝也从宫中给他传出口谕,说是准备上门看望。对友朋,他微微一笑,遗憾只能来世相见了。对宿敌,他也微微一笑,人之将死,还有何事不可和解,无法原谅?对皇帝,他却报以善意的欺骗:"臣又犯了旧疾,就快好了,请陛下不要为臣担忧。"

由于无人入内,外间对其病情并不清楚,只道他需要静养,不日将痊愈。但他分明听见有人在他的床侧低语:"相公病得这样重,却一再婉拒天子登门探视,这是有原因的。"

"什么原因?"另一个问道。

"宫中的规矩，天子但凡探视病重的大臣，都会携带纸钱。因为病重之人，随时可能一瞑不视。带上纸钱，正好一并祭奠。我们相公肯定是因为忌讳这个，怕天子带上奠礼来，这病就更加好不了了。"

他想呵斥他们。但只动了动嘴，已无力气发出声音。难道说，他真已病入膏肓？又或者，如他们所言，他对自己的病情仍抱有幻想？出于贪生畏死的心态，他才一再阻止了皇帝的探望。

谁不贪生畏死呢？是的，他还想活。然而，终有一死，这一关，他躲不过。对皇帝的善意欺骗，是他为君为国所能做的最后一件事。勿以他为念，勿以他为悲。人生的最后一幕应当由自己缓缓拉下，不要有太多的人为他送行。如果非得有个见证的话，他只需要一个春天的黄昏，一个暮春的黄昏。人生有四季，悲欢各自知。而最能代表他的生命，最能激发他的人生感触的，那一定是暮春，那一定是暮春的黄昏。窗外正是天寒地冻的一月，离暮春尚有三四个月的时间。暮春的脚步，终归是来晚了，怕是等不及了。他吟起了一首《踏莎行》，为自己送行："小径红稀，芳郊绿遍……"

小径上姹紫嫣红的花儿大多已经凋萎，只剩下稀稀朗朗的孤枝残朵，散落在绿草丰茂的郊野，这一点艳丽的凄凉，便格外惹眼。空气里开始弥漫起一股酒酿般浓醉的芬芳，碧荫也已渐渐长成，擎起伞盖遮住红日的灼晒，为画阁高楼带来了清凉与快意。

但这世上仍有扫兴之事，杨花就是这样一种无情无趣的事物。乱纷纷扑向行人的颜面，迷蒙如雪，拂之不去，越积越多。春风这是怎么了？也不约束一下这狂飞乱舞的杨花。难道她不知道，一味放任不管，只会助长杨花的肆意破坏。随着杨花越飘越多，这一春的韶华即将渐飘渐空，由盛转衰。快让杨花停下来吧，让春光停下来。让郊野的绿草别再侵占更多的空间，让那些所剩无几的孤枝残朵抖擞精神，重现万紫千红开遍的局面。

但春风，真的是力不从心了，这一春韶华，终于谢幕。翠树上不闻莺语，燕子被阻挡在珠帘之外。并非翠树无莺，莺也沉默，是因为再不能唤得春归；并非珠帘有意隔绝燕子的亲近，珠帘紧闭，是因为帘内沉重的心事已难以容纳青春的燕影。

还有多少不了之事，还有多少不了之愿，都将不了了之。他的时光之杯已在不知不觉中饮到涓滴不存。就如炉中燃起的那一缕香烟，游丝般飘飘转转，时光也随之转动，看似袅袅不绝，谁知炉香终有飘尽之时，时空也就此虚无。

总以为还是不久之前，其实已是许久之后。对于一个未涉世事的年轻人，生命的长度，应不会短于江河的长度；对于一个阅遍世事的过来人，生命的长度，则不会超过一场春梦的长度。矍然惊梦，问一生何似？此际的感怀，恰如多年以前，酒醒梦断，愁思愈浓，看那斜阳照在深深庭院。原来光阴若斜阳，我却如庭院，得失俱无凭，相对已忘言。

至和二年三月，晏殊病逝。欧阳修为其撰写《晏公神道碑铭》："公为人刚简，遇人必以诚，虽处富贵如寒士，樽酒相对，欢如也。得一善，称之如己出，当世知名之士如范仲淹、孔道辅等，皆出其门，及为相，益务进贤材。当公居相府时，范仲淹、韩琦、富弼皆进用，至于台阁，多一时之贤。"以书法见称的大臣王洙为书碑文，而宋仁宗则亲自以篆体字题写碑首。至此，欧阳修与晏殊的师生恩怨，宋仁宗与晏殊的君臣恩怨，均已落下帷幕。欧阳修还写下了《晏元献公挽词三首》，以表达对晏殊的缅怀之情。其中的一首挽词写的是晏殊的晚境：

四镇名藩忽十春，归来白首两朝臣。

上心方喜亲耆德，物论犹期秉国钧。

退食图书盈一室，开樽谈笑列嘉宾。

昔人风采今人少，恸哭何由赎以身。

另一首挽词则是对晏殊一生的概述与总评：

富贵优游五十年，始终明哲保身全。

一时闻望朝廷重，余事文章海外传。

旧馆池台闲水石，悲笳风日惨山川。

解官制服门生礼，惭负君恩隔九泉。

"解官制服门生礼，惭负君恩隔九泉。"欧阳修的悲悼中含有深深的自责与自愧。尽管晏欧在私人关系方面"磨合"欠佳，晏殊生前对欧阳修这个学生多有侧目相看之时，但九泉之下，晏殊若读到欧阳修为其所写的碑文与挽词，也该大感欣慰吧！"知我者，欧阳子。"晏殊当有此叹。

就连晏殊的这首《踏莎行》，在欧阳修的词集中，也能找到对应之作：

翠苑红芳晴满目。绮席流莺，上下长相逐。紫陌闲随金辔辘，马蹄踏遍春郊绿。

一觉年华春梦促。往事悠悠，百种寻思足。烟雨满楼山断续，人闲倚遍阑干曲。

末句"烟雨满楼山断续，人闲倚遍阑干曲"，对于已是接近人生终点的晏殊，怕是难有这种迎难而上、豁达闲适的心境了。然而，即以欧阳修的末句而言，这里面未尝不有一种宠辱不惊的思致，这对晏殊，亦当引为共鸣。

蝶恋花·春暮

李冠

　　遥夜亭皋闲信步。才过清明，渐觉伤春暮。数点雨声风约住，朦胧淡月云来去。

　　桃杏依稀香暗度。谁在秋千，笑里轻轻语。一寸相思千万绪，人间没个安排处。

　　在流光溢彩的宋代词人星群中，李冠是个不起眼的名字。古籍上找不到有关其生卒之年的记述，连《宋史》也只能大致推测出他在1019年（宋真宗天禧三年）前后在世。没考上进士，但却"得同三礼出身"。所谓"三礼"，即《周礼》《仪礼》《礼记》。其实宋代的科考，除了广为人知的进士科外，还有九经、五经、三史、三礼、三传、明经等科。考试的内容也称得上是五花八门，按照统治者的想法，只要学术有专攻，朝廷很愿意给你一个展示才华的舞台，你又何愁不能出人头地。简而言之，"三礼"考的就是礼学理论。李冠的"进士梦"虽然破灭了，可东方不亮西方亮，在"三礼"考试中，还是一个优胜者。李冠因此得到了"乾宁主簿"的职位。乾宁在今河北省沧州市青县，主簿嘛，也就是秘书之类的文吏。而李冠并未因此职位而官运亨通，这是史书中记载的，他唯一担任过的职务。

《宋史》又称，李冠与刘潜"同时以文名称京东"。别激动，这里的"京东"，可不是我们今天一打开网页就会不期而遇的京东商城。至道三年（997 年），宋太宗赵光义将全国的州郡分为十五路，也就是十五个行政区划，而京东路就是十五路之一，其治所在宋州（今河南商丘）。以此可知，李冠在当时还是颇有知名度的。然而，岁月流转，李冠与刘潜俱已默默无闻。刘潜又是何人呢？据《宋史》所记："刘潜，字仲方，曹州定陶（今山东菏泽）人。少卓逸有大志，好为古文"，进士出身，当过淄州军事推官、蓬莱知县。宋代陈师道则在《后山诗话》中说："冠，齐人，为《六州歌头》，道刘、项事，慷慨雄伟。刘潜，大侠也，喜诵之。"此处的冠，指的是李冠。齐人，也就是山东人。李冠与刘潜都是山东壮士，刘潜在仕途与官职方面比李冠"能耐"稍强，但二人却是气味相投。这个刘潜因母亲病故深感悲恸，且为之一恸而亡，随后刘潜的妻子又抱着刘潜抚尸哭号，亦因之气绝身死。在讲求礼学的宋代，刘潜夫妻"子死于孝，妻死于义"的事迹自此传开了，而刘潜在文学上的成就却不再为人提起。从这方面来说，李冠比起刘潜要"走运"一些。李冠留下了五首词、两首诗。虽然少之又少，可比之颗粒无存、完全被世人所遗忘，这已是莫大的慰藉了。

在李冠所留下的五首词中，有两首皆为《六州歌头》。这是两首咏史词。其一"秦亡草昧，刘、项起吞并……"咏叹的是西楚霸王项羽，楚汉相争中失利的一方。在李冠的笔下，为清除残秦势力，刘、项二人"鞭寰宇，驱龙虎，扫搀枪，斩长鲸"，气势夺人，实力相当。但当他们共同的敌人秦王朝土崩瓦解后，刘项立马撕毁同盟条约，开始了新一轮的中原大战。与秦王斗，项羽战无不胜。与刘邦斗，项羽却不为天时地利所佑，终至兵败如山倒、四面楚歌。"玉帐魂惊"，在那个充满悲剧气息的夜晚，虞姬含泪泣别、以身相殉；项羽走投无路却耻于偷生，英雄气短，最终在"水寒烟冷"的乌江边饮剑自尽。"胜负难凭"，历史对胜出者有多慷慨，对失败者就有多残酷。而胜与负，往往只在毫厘之间。胜之毫厘，失之毫厘。就是这毫厘之别，书写了天堂地狱的不同结局。

另一首《六州歌头》，起句是"凄凉绣岭，宫殿倚山阿。明皇帝，曾游地"。以华清宫的绣岭为出发点，由此追寻唐明皇与杨玉环的倾国往事。杨妃"玉泉新浴"，霓裳婆娑，君王之宠，一时无两。然而烽火骤起，纵有"情宛转"，却是"魂空乱，蹙双蛾"。马嵬坡下，妖丽委尘，以谢苍生。待到戡平战乱，唐明皇重回杨妃殒身之地，不见伊人之面，唯见陪葬的香囊，遗恨千秋。虽对那个自称"能使精诚致魂魄"的鸿都道士信任有加，可他真能凭借钿盒信物与杨妃再续前盟吗？不过是些以讹传讹的"假语村言"罢了，却使得世世代代从此路过的行人为之伤感不已。

两首《六州歌头》都写得不错，惜无创新之意。能道众人之共识，并无独到之己见。咏项羽的那首《六州歌头》还很有几分豪放词的风味。当然在那个时候，既没有豪放词的说法，豪放之风，也远未形成气候。

除《六州歌头》外，李冠还留下了两首《蝶恋花》。与沉甸甸的咏史情怀不同，李冠的《蝶恋花》走的是清丽温婉的路线，抒发的是个人情怀。如果说《六州歌头》是交响乐，《蝶恋花》则是轻音乐。《蝶恋花》之一，副题为"佳人"，这位佳人"愁破酒阑闺梦熟，月斜窗外风敲竹"。"熟"字用得很是到位，闺梦熟，意即闺人已是香梦沉酣。白日独影相对，因心有所思而无比愁闷，夜深酒阑，终于睡稳睡熟。此时斜月窥窗，风敲翠竹，似在守护她的一枕清梦。欧阳修《木兰花》曾有名句"夜深风竹敲秋韵"，很明显，这个名句是"月斜窗外风敲竹"的"精装版"，稍作改动，却使"平装版"的原句添姿生色不少。从另一侧面这也印证出，李冠并非无名之辈，既然连欧阳公都有词句脱胎于他的原创。

　　而《蝶恋花》之二，则是本词，副题为"春暮"。我觉得吧，从李冠仅存的五首词来看，很难说已达到第一流的水准。个人以为，其立意与用语都是"平淡型""平装版"的，但平淡、平装却并不平庸，尤其是本篇《蝶恋花》，颇有值得称道之处。"不惜歌者苦，但伤知音稀"，若无知音，李冠的心情一定是苦涩难过的。而我们欣赏此词，对于这位虽有一定才华，却早已在历史烟云中失去了定位的北宋文士，也算是一种特别的怀念吧！且让我们进入这首《蝶恋花·春暮》。

　　长夜漫漫，就像一场遥远的旅行，是一个人的旅行，穿过无数道孤寒的巷陌，却始终走不到东方放晓的彼端。辗转无眠，不如起身出门散散步吧！无目的地沿着临水一带走去，原来夜里的景色，并不像自己的心情那样糟糕。

　　算算日子，此时才过清明。但在他的感觉里，这就暗示着暮春将近了。因为清明时节，风雨开始加多加急，那满树的繁红新绿怎禁得住风吹雨打呢？一片片花飞，一叶叶飘零，人间无数座锦园绣苑从此萎靡不振。他的心亦是这样。他有一个深藏的梦想，期待着他与她，能徜徉在花好月明、满园春色之中，期待着与她喁喁切切、携手而归……但等来的却是风雨，花伤春暮，他的心，又岂能无惧春暮？现代人常说："你还未来，我怎肯老去？"在他，也有一样的祈愿。但时光与命运可不管你肯与不肯。如今看来，梦想与现实的距离就像长夜与晓日的距离，太长了、太远了，用尽一生，似乎也无法抵达。并且距离非但没有缩短，反倒在不断地延拓。而生命却不会延拓，时间溜走得太快。时光不等人，青春更不会等人。原本葱茏丰丽的梦想，就如风雨中的春花一般凋枯、残损，开始只是一片片，然后是一树树、一林林。速度惊人，场面惨烈。可眼前之景仍有可观之处。离真正的暮春毕竟还有一段时日呢！或许，春光也好，梦想也罢，不至于就到了穷途末路、无可挽回的地步。

　　说着风雨，真的就下雨了。他并不惊慌，因为雨下得不大，只疏疏落落洒在他的身上。一阵风吹，这淅淅沥沥的小雨很快就不知去向了。是夜风约束住了雨点的意外"袭击"吗？夜是那样宁静，如果烦乱的心思也能借助于外力被及时约束，这本该是一次相当愉悦的散步，本该是一个十分可爱的夜晚。可不是呢！疏雨之后，夜空中又出现了月轮。不是一轮明月，而是一轮淡月。朦胧中闪耀着忧喜不定的光华，而在月轮的四周，流云涌动，更为月光增加了神秘的色彩。一如他所想要探知的那段感情，一如那段感情的未来，一切皆是未定之数。

　　虽为未定之数，但希望仍在。不是吗？如此春夜，令人神清气朗，哪有暮春的衰落迹象呢？分明还不是暮春嘛，是他太过心急、太过焦虑了。又是一阵夜风吹来，带来了桃杏的暗香。这是春光犹盛的最好证明。娇桃艳杏，是那烟花三月的使者。

但在夜风里，这沁人肺腑的芬芳，除了桃杏，却别有所在。轻轻笑语飘若风铃，又似银色的月光洒在微波乍起的水面。探其声源，原来是来自那座秋千架。有女郎在秋千架旁说着体己话，那个声音、那个姿态，不由令他想起了她来。哎，为什么这秋千架前，站着的不是他与她呢？那么这个春夜，就将是他有生以来所能拥有的，极完美、极圆满的一个夜晚了。这是怎样的幻想啊！他其实知道，即使他愿意以生命中的许多岁月去交换这一个夜晚，那也是做不到的，一生何求，求之何难。

他还能赶在暮春之前与她相见吗？他们会在彼此的青春中深情凝视、相约同行吗？他的心事，没有被夜风约束住，一腔心绪，反倒被夜风吹得越发凌乱了。这一腔心绪，真有千丝万缕之多呢！无从梳理，亦无从处置。而究其根源，这千丝万缕不过是因那一寸相思而起。好比星火燎原、不可收拾，纵然寻遍人间，竟不能找到一个令其安然偃息的角落。

有人评价道："'红杏枝头春意闹''云破月来花弄影'，俱不及'数点雨声风约住，朦胧淡月云来去'。"

"红杏枝头春意闹"是宋祁的句子，"云破月来花弄影"则是张先的名句。有人评价道："此词与张先、宋祁作风极相类，设混于子野（张先字子野）词中，几乎无从辨认。"

说李冠此词与张先相类，这种看法笔者是认同的，但要说到与宋祁相类，笔者却并不认同。张先的词风以含蓄朦胧著称，"云破月来花弄影"，可以此一言概之。而宋祁的词风则以明艳放逸见长，"红杏枝头春意闹"，恰好是宋祁其人其词的写照。要说"数点雨声风约住，朦胧淡月云来去"胜于"红杏枝头春意闹""云破月来花弄影"，在笔者觉得这是过誉之词。当然，每个人的审美观点与角度都各不相同。有偏爱"数点雨声风约住，朦胧淡月云来去"者，请不必在意笔者的观点。至少我知道，《人间词话》的作者王国维先生对这首词就特别有感。其同名的《蝶恋花》是这么写的：

独向沧浪亭外路。六曲栏干，曲曲垂杨树。展尽鹅黄千万缕，月中并作蒙蒙雾。

一片流云无觅处。云里疏星，不共云流去。闲置小窗真自误，人间夜色还如许。

"独向沧浪亭外路"，起句沿用的正是李冠"遥夜亭皋闲信步"的句法。而"月中并作蒙蒙雾""一片流云无觅处。云里疏星，不共云流去"诸语，难道不是从"朦胧淡月云来去"中衍化而出？

对李冠这篇小词青眼相顾的，还不只是王国维一人呢！北宋与南宋词场的两大神级人物——苏东坡与辛弃疾，他们亦曾向李冠"偷师学艺"。东坡居士《蝶恋花》云"墙里秋千墙外道。墙外行人，墙里佳人笑"，与李冠的"谁在秋千，笑里轻轻语"岂无关联？而稼轩先生《青玉案·元夕》，在那"众里寻他千百度"的千古名句之前，还有一句便是"笑语盈盈暗香去"，这与"桃杏依稀香暗度"又何其相似。

此词最为出彩的一点，还在于其风格的变化。从"数点雨声风约住，朦胧淡月云来去"的低迷敛抑到"一寸相思千万绪，人间没个安排处"的痴狂热烈，中间只以"谁在秋千，笑里轻轻语"作为牵引。

动静之间，转化得巧妙而又自然。"一寸相思千万绪，人间没个安排处。"如此闹腾的相思，使深夜的寂静犹如火山的熔岩，于无声处积聚着令人惊怖的能量。经久的沉默，只是为了全力地喷发。这才是警句中的警句。怎么这句话，反倒无人"偷师学艺"呢？忽然想到了宋祁的一首词，也是一首《蝶恋花》，最末两句是"整了翠鬟匀了面，芳心一寸情何限"，但比之"一寸相思千万绪，人间没个安排处"，还是意韵稍逊。李冠，这个身殁名灭的北宋词人，凭着一曲别出机杼的《蝶恋花》，竟把"人间没个安排处"的相思烙在了万世千秋的寸心上、双眉间。

红杏春意闹，不负千金笑

木兰花·春景

宋祁

东城渐觉风光好，縠皱波纹迎客棹。绿杨烟外晓寒轻，红杏枝头春意闹。

浮生长恨欢娱少，肯爱千金轻一笑。为君持酒劝斜阳，且向花间留晚照。

人言"知识改变命运"，说到宋祁，更为准确的表述是，才学改变命运。宋祁的祖先可追溯到西周宋国君主微子。但历经岁月风雨之后，到了宋祁的这一支脉，已经很难说是名门望族了。宋祁之父宋玘于宋太宗端拱二年（989 年）明经及第，终其任不过是荆南节度推官，幕僚性质的小吏罢了。在宋祁的回忆中，父亲"雅性强记，暗诵诸经及梁《昭明文选》以教授诸子""薄于自奉，裕于施物，笥无兼衣，案无累肴。以己不知人为疚，不以人不知己为恨"。是个很有学问、十分廉洁而又谦虚正直之人。其生母钟氏"出高华之门，蹈柔嘉之则。来仪名伐，承训大家"，堪称大家闺秀。宋祁年幼多病，十三岁时生母就去世了，才到弱冠之龄又失去了父亲。父母双亡，令宋氏原本并不宽裕的家境雪上加霜，宋祁还有一个大他两岁的胞兄宋庠。兄弟两人所面临的前途，除了像父亲一样科考求仕，也着实找不到一条更好的出路。

宋氏兄弟的学问都来自其父所授，家学渊源的底子是有的。还有一个传说是，他们的母亲钟氏曾梦见一位朱衣人赠大珠一枚，钟氏纳珠于怀，醒来后还能感受到宝珠的温暖。不久后，她的大儿子出生了，那是宋庠。后来她又做了一个梦。还是梦见那个朱衣人，这一次，朱衣人给了她一部文选。梦醒后又生一子，这就是宋祁。为了纪念梦中奇遇，宋祁有了一个小字——选哥。

这大概都是附会之说，在宋氏兄弟科场扬名之后。宋仁宗天圣二年（1024 年），宋庠、宋祁在进士考试中神样发挥，备受瞩目。按照礼部拟出的名次，宋祁第一，也就是状元；宋庠第三，为探花。真若照此告示天下，这三甲之位，宋氏兄弟便占了两位，那一年的科考，简直是由宋氏兄弟霸屏了。但礼部拟出的名次还得经过当朝执政的刘太后认可。按理，刘太后也没有理由不认可。可她了解了一下这两兄弟的情况后，却认为不妥了。不妥在哪里呢？弟弟的风头竟然盖过了兄长，这就破坏了长幼有序的规则。兄在先，弟在后，这才是正理呢！刘太后提出修改名次。怎么改呢？把宋庠改为第一，把宋祁换到第三？不，这样改的话，未免太着痕迹了。她老人家的想法是，宋庠改为第一没问题，宋祁还得和他拉大差距。就把宋祁改为第十吧，休得让人说，除了宋家的这两兄弟，我朝便选不出更为出色的人才了。一个第一，一个第十，还是这样的结果看上去比较公正、公平。

于是，宋祁的名次由预定的第一变为了第十。亲兄弟，明算账。煮熟的状元飞到了哥哥的碗中，这对宋祁，是哭笑不得呢，还是如孔融让梨般不以为意？然而，天下没有不透风的墙。刘太后在状元位次上所做的这些"小动作"终究还是传到了世人的耳中，宋氏兄弟以此有"双状元"之誉。宋庠，那是刘太后遵从人伦礼法选出的状元；而宋祁，则是考官认定的状元。双状元中，谁更"货真价实"，这就不必说透了。

科考是一次绝佳的转机。借助这次机会，宋氏兄弟不但文运通达，仕宦亦极是显赫。宋庠官至宰相，宋祁官至尚书。在仕途上，宋庠真正当了一回状元。而这两人在仕途上的排位，无形之中，倒与当年刘太后所定的位次，一个第一，一个第十，颇有巧合之处。仕宦虽高，可惜这两兄弟在政治上均少有"亮点"。宋庠去世后，宋仁宗为其撰写"忠贞德范之碑"，在君主的眼中，他还算是一个中规中矩之人。这也是宋庠在世人眼中的形象。史称宋庠"俭约不好声色，读书至老不倦。善正讹谬，尝校定《国语》，撰《补音》三卷。天资忠厚，尝曰'逆诈忮明，残人矜才，吾终身不为也'"。这位宰相颇有学者之风。他艰苦朴素，嗜好读书，以校正古籍为乐。且是一个厚道的老好人，鄙视权诈之术。这样的"心太软"，难怪上天待其不薄。不独将宋祁的状元桂冠转赠给他，更在宰相之位上助攻一把。当相位出现空缺，宋祁本是受到推荐的热门人物，但仁宗皇帝就与当年的刘太后一样，相中的是宋庠而不是宋祁。一生中最重要的两次较量，宋祁皆败给了哥哥。如果周瑜曾有"既生瑜，何生亮"之叹，在宋祁，也许就该改叹"既生庠，何生祁"了。

但人生就是这样。失之桑榆，收之东隅。在功名上头，宋祁比之兄长略有不及，却在行乐方面，大大补偿了他的"遗憾"。"遗憾"是世人一般的看法，或许以宋祁的想法，这本来就无所谓什么遗憾。厚功名而薄行乐，他宋祁才不会傻得那样无药可救呢！

清代梁绍壬《两般秋雨庵随笔》记载了这样一则逸事："宋郊为相，俭约自奉，弟祁为学士，游宴奢豪，以十重锦幛覆屋，为长夜之饮。郊使人谓曰：'寄语学士，记当日读书某山，夜半啜冷粥时否？'祁答之曰：'传语相公，试问当日夜半啜冷粥，是为甚的？'"

文中的宋郊是宋庠的曾用名。你看，这哥儿俩哪像是出自一家之门？身为宰相的大哥过着简约低调的生活，而身为翰林学士的小弟却是高调张扬，经常出入游乐场合，家庭装饰极尽奢华，"为长夜之饮"，在今天，应当是与月光同进退的夜啤一族。

哥哥对弟弟的这种行为视之不惯，又不好板着面孔把他教训一顿，总得给翰林学士留些情面吧！想来想去，只得找了个人，向宋祁委婉地转达自己的规劝："宋大学士，还记得你我当年在某山读书时夜半喝冷粥充饥的窘事吗？"

宋祁一听，不以为愧，反以为乐。嘻嘻哈哈地让那人给哥哥传话："我的宰相大哥啊，你说我们当年夜半喝着冷粥刻苦攻读，这都图的是个啥呀？"

对哥哥的规劝，宋祁压根儿就没当成一回事。恰恰相反，在他看来，哥哥这个宰相当得束手缚脚，实在是死心眼，太可怜了。

有关宋氏兄弟成名之前的贫贱生活，除了夜半喝冷粥，还有一个有趣的传说。据说某年冬至，宋氏兄弟请了同学喝酒。宋庠对同学说："我们没钱过节。不过呢，可以变卖先人剑鞘上的裹银，足有一两的银子呢，用这过节，差不多可以应付过去了。"

同学一听，又是感动又是为他们担心："你们请我喝酒，用的也是剑鞘上的裹银吗？用得分文不剩了，过年时又该咋办呢？"

宋祁答道："这个呀，我们早想到了。过冬至时我们可以吃剑鞘，过年时就吃这把剑的剑身。可别小看这把剑。一身是宝，生财有道呢！"

这个传说体现了宋氏兄弟豁达风趣的一面。尽管一贫如洗，却还不忘苦中作乐，慨然变卖"祖传宝剑"来款待同窗、犒劳自己，很容易令人想起李白的诗句"五花马、千金裘，呼儿将出换美酒，与尔同销万古愁"。豪侠之气油然而生、扑面而来。

可这宋庠吧，会过苦日子，却不会过富日子。一旦既富且贵，就打出了"忆苦思甜、厉行节约"的旗号。这在宋祁无论如何是想不通的，穷有穷的活法，富有富的活法。富贵到手却消受不起，这是因为畏惧流言呢，还是对自个儿太过苛刻了？

宋祁是不怕流言的，他亦不肯苛待了自己。据陆游《老学庵笔记》记载："宋景文好客，会宾于广厦中，外设重幕，内列宝炬，歌舞相继。坐客忘疲，但觉漏长，启幕视之，已是二昼，名曰不晓天。"文中的景文为宋祁的谥号。这段内容，与《两般秋雨庵随笔》所记有重合之处。富贵后的宋祁款待客人，不再是卖剑沽酒，而是在他的豪宅提供一流的服务设施，优质的歌舞表演，以至于客人们乐而忘倦，不知不觉便度过了一个极惬意的夜晚。那个时候的人们看时间得靠刻漏，不像我们，只消低下头来瞄一眼手机或手表便心中有数了。在宋祁家里玩兴正高的人们连出去看个刻漏都嫌麻烦，为了验证对时间的推测，有人便掀开那曳地的锦幕向外一看。这一看可不打紧，原来又是一个大白天了。从此，宋祁的府第号作"不晓天"。如果我们把《夜上海》这首民国的流行歌曲改动一下歌词，那就成了北宋的流行歌曲：

> 宋祁府，宋祁府，你是个不晓天。
>
> 华灯起，车声响，歌舞升平。
>
> 只见她，频展眉，喜得他，不思归。
>
> 倾杯醉，全仗那，宝炬流辉。
>
> 漏长漏短且莫问，
>
> 且看不晓天连着不夜城。

是这样一个人写出了《木兰花·春景》，文如其人，真是没的说。"东城渐觉风光好"，东城是指何处呢？且看《古诗十九首》之一："东城高且长，逶迤自相属。回风动地起，秋草萋已绿。"诗中的东城，是洛阳东城。而李白《送友人》则云"青山横北郭，白水绕东城"，据说这里的东城即四川内江，也就是笔者的家乡。小时候每每写到关于家乡的作文，李白的这两句诗那是必须引用的，否则便是不学无术。而在引用的同时，心里总有一种美滋滋的快感，仿佛与诗仙一下子拉近了距离。而孟浩然的诗中也有一个东城。其在《清明即事》中说："帝里重清明，人心自愁思。车声上路合，柳色东城翠。"孟夫子所称东城，是长安东城。

诗文中的"东城"还有许多许多，有的是指国都之东城，有的却不是，比如李白的那首。但就宋祁的这首词来说，我认为，这个东城当指的是宋都东京。宋祁的一生，除了年少未第之前，以及被贬黜到州郡任职的经历，他的大部分人生，是在京城度过的。这一首词，不独写了京都的风光，亦且写到了京官的风流。以上列举的几首与东城相关的诗歌中，《古诗十九首》的东城是与秋风秋草联系在一起的，哀重厚郁，充满了古典悲剧的色彩。李白《送友人》的东城是与离别联系在一起的，后面接以"此地一为别，孤蓬万里征"，东城纵然一身清丽，却被离情降低了其观赏价值。而孟浩然《清明即事》的东城，则与记忆相连。回忆是自己的，繁华却是他人的。梦不完的长安道，回不了的帝城东。宋祁之词却一反常态，既不拟古也不恨别，那是一个喜气洋洋的东城。

好了，我们继续读词吧！"东城渐觉风光好"，"渐觉"一词，很是隽妙。犹如电影中的慢镜头在拍摄春天，从那还打着骨朵的花儿一分一寸地绽启到面如满月地怒放，从一朵花的开放到数朵花，乃至一座座花海的形成，是渐觉而不是速成，这就意味着，每一天的春光都能带给人不一样的惊喜。现在网络上有的读者看到喜欢的长篇连载，巴不得作者每天续写新文，作者若是做到了，这便叫作"日更"，若做不到，便叫作"断更"。一日不见，如三秋兮。真要断更了，那些入迷上瘾的读者便会"催更"，还有的为了达到"催更"之目的，"毅然"出资"打赏"。但作者毕竟不是写作机器，重赏之下，不免也有失信断更之时。春光则不同。春光是不会失信于人的，她是"日更"能手。如果你有充裕的时间，如果你有一双善于观察的慧眼，那你每天都能欣赏到春光的"日更"。"渐觉风光好"，非但每天更新的内容决不雷同，她所引发出的好感又是层层递增的，今天的风光胜于昨日，明天的风光又胜于今日。这么多美景佳致，还在源源不断地向着帝都东京荟萃。那是无穷无尽的美，那是无与伦比的城！我们大宋东京，乃是一座春光情有独钟、造化刻意经营的名都。

而打开春光的正确方式之一，便是泛舟游赏。冬去春来，季节嬗替，以水温水色的变化最具代表性。"东城渐觉风光好"，什么时候才算好到了极致呢？你看那"縠皱波纹迎客棹"，这就是达到了极致之景的一个标志。縠，古时指的是纤薄起皱褶的绉纱，当闪亮的春水荡漾出迷人的波纹时，竟与绉纱难分彼此。呀，这真是一个华丽的比喻。春水浩荡、尺幅千里，若尽以绉纱剪成，那是何样阔绰的大手笔啊！而它居然完成了，所以，在惊叹之余，请别再犹豫。盈盈縠波之上，一只只殷勤的船棹正随时待命呢。"上船吧，客官。领略春光，就从这里启航。"你能拒绝客船的邀召吗，你能无视春水的诱惑吗？你不能，谁都不能。于是，你欣然登舟、举目四顾，任那富有经验的船夫将你摇入柔波影里、春光浓处。

　　春光浓处，其两大招牌性的美点你有没有领略到呢？岂止是两大招牌，简直就是春光的两张王牌。头一张王牌，是那岸边的绿杨。绿杨笼于淡烟软雾之中，朦朦胧胧，挑动着人们心中那些似有若无的美好情愫。清晓的寒气仿佛被阻挡在了这片绿杨烟外，泛舟湖上，再不像往日那样缩手冻脚了，只感到一点微凉。而随着阳光升起，这点微凉也很快消散了，可以用全副的心情来体验春景。

　　至于春光的第二张王牌，则一定是红杏。唐代有个名叫高蟾的考生在屡次落第后写了一首诗："天上碧桃和露种，日边红杏倚云栽。"这个人不简单呢，就连发个牢骚，也是如此冠冕堂皇。他是说，我又不是天上的碧桃有仙露滋润，我也不是日边的红杏有云彩栽培。暗示自己一无背景，二无根基。天上碧桃，终归还是想象之物；而日边红杏，则是看得见的荣华。红杏花开，被那日色一照，那是云蒸霞蔚、丰神绝世。因此又有一种说法："春色满园关不住，一枝红杏出墙来。"红杏的大胆与热烈那是相当出格的。阻于高墙，园内群芳只得默默无闻地奉献芬芳，可红杏却不认这个理。她偏要探出头去，让每一个路过之人都看清并承认她非凡的美丽。"日边红杏倚云栽""一枝红杏出墙来"，前者特有势焰，后者格外俏皮，而在宋祁的笔下，却能将红杏的势焰与俏皮结合起来，这就是"红杏枝头春意闹"。"闹"字为常用语，但在诗词中以吉庆的姿态亮相，这却是有一无二的独例。"闹"者，按照惯常的理解，是为吵吵闹闹也。在高雅婉约的诗词之作中嵌入"闹"字，这是不讨喜的。但宋祁却打破了这一陈规。宋祁的性格，也是有如红杏一般大胆热烈的，所以他敢用这个"闹"字。经他一"闹"，整首词便活色生香起来。"闹"字将红杏拟人化了，每朵红杏都在争春较劲儿，力图呈现出生命力爆棚的自我。无闹不成春，千万朵红杏都这样给力，春光该是何等瑰丽呵。恰如王国维先生在《人间词话》中所评："'红杏枝头春意闹'，著一'闹'字而境界全出。"

绿杨如烟，红杏竞艳。红得明朗炽烈，绿得朦胧柔和，真是绝佳的搭配。对此天然画图，能不心旷神怡？然而，人生一世，如浮萍在水，随风漂流，转瞬成空。虽说转瞬成空，可又有谁知道，在浮萍短暂的生命历程中，将会遇到多少的艰难困苦？除却艰难困苦，当然也有欢欣合意之时。只可惜苦多乐少，乐不抵苦。昔日周幽王悬赏千金，烽火戏诸侯，却并未换取宠姬褒姒会心一笑。此事看似荒唐，却也可见欢乐之难求。是啊，浑浑噩噩、愁苦交加，人的一生说完也就完了。但是在这一生中，如果你还没有真正地笑过，如果你从来不曾见识欢乐的颜色、品尝欢乐的滋味，这不等于白活吗？既然如此，又何必嘲笑千金买笑的荒诞不经呢？如果能换来身心陶醉的愉悦，你何不仿效周幽王千金买笑的做法呢？再大的代价也是值得的呀，只要能得到一个尽情尽兴的欢笑，那才是人生的无价之宝。

所以，请放宽紧皱的眉头，请放下烦冗的事务。到大自然来，到春光中来。在耳目一新的欢娱中，找到让你永远年轻的秘诀，找到让你对抗沧桑岁月的勇气。不要说吧，这是无所事事的一天；不要说吧，又荒废了一个本该忙得上气不接下气的日子。那样的人生有意义吗？那样的人生有价值吗？你需要放松，你需要休憩，你不是一只在鞭打之下急速转动的陀螺，而是会泛动涟漪的春水，是柔美如烟的绿杨，是个性鲜明、敢作敢为的红杏。"红杏枝头春意闹"，你有没有对着春光发出真诚的赞叹与微笑？

你笑了，原来，不是所有的笑容都必以千金交换。轻而易举你便笑了，因为眼前的景物，这是春光的功劳。然而太阳又已偏西了，这么美好的一天，也即将结束。欢乐又一次地变作了惆怅。别难过，离太阳一沉到底还有一段时间呢！落日也是迷人的，甚至要比朝日更为可爱。那么，请继续斟满手中的酒杯吧，用那浓郁如酒的情意来挽留花间的晚照。

一句画龙点睛的"红杏枝头春意闹"为宋祁带来了特别的荣耀。这份荣耀，是他那状元哥哥也羡慕不已的。胡仔《苕溪渔隐丛话前集》讲述了这样一个故事："张子野郎中以乐章擅名一时。宋子京尚书奇其才，先往见之。遣将命者谓曰：'尚书欲见云破月来花弄影郎中乎？'子野屏后呼曰：'得非红杏枝头春意闹尚书邪？'遂出置酒尽欢。"

张子野郎中即词人张先。张先字子野，官至尚书都官郎中。而宋子京即宋祁，宋祁字子京。彼此闻名，却素未谋面。这两个人真有意思。宋祁找上张先的门，自报来意道："某尚书能否见一见云破月来花弄影郎中？""云破月来花弄影"，那是张先名作《天仙子》中的金句。张先一听这话，隔着屏风便嚷嚷开来："是哪个尚书？莫非就是那个红杏枝头春意闹的尚书吗？"

看来古人之间的交往，也并不需要正经八百地介绍啊！你的作品便是你最好的名片，宋祁据此赢得了"红杏尚书"的头衔。真是个销魂的头衔呵，红杏尚书，非宋祁谁能当之？"红杏枝头春意闹"，这实在是盛世风华的写照。且让人一看便知这是大宋的风华，而非汉唐的风华。

恨无双飞翼，
金玉苦为笼

鹧鸪天

宋祁

画毂雕鞍狭路逢，一声肠断绣帘中。身无彩凤双飞翼，心有灵犀一点通。

金作屋，玉为笼，车如流水马如龙。刘郎已恨蓬山远，更隔蓬山几万重。

郑愁予最著名的诗，大概是这首《错误》吧：

我打江南走过

那等在季节里的容颜如莲花的开落

东风不来，三月的柳絮不飞

你的心如小小寂寞的城

恰若青石的街道向晚

跫音不响，三月的春帷不揭

你的心是小小的窗扉紧掩

我达达的马蹄是美丽的错误

我不是归人，是个过客……

　　诗中描写一个异乡人从思妇的窗下打马而过，尽管窗扉紧闭，思妇的心扉也已长久地紧闭。然而，听到清脆的马蹄越来越近，思妇还是不禁心中一动。"是我的那个人回来了吗？有点像……不太像……哎，简直像极了……"然而，那只是思妇的幻觉。真相是令人唏嘘感叹的。那只是一个过客，不是她朝思暮忆的归人。在这明媚与凄寂并存的春天，过客的马蹄与她的寂寞合谋，制造了这场美丽的错误。

　　宋祁的《鹧鸪天》，原本也是一场美丽的错误，剧情却不是围绕异乡人与思妇展开，而是发生在两个不该相遇的人之间，结局更是一个难猜难料的大反转。南宋黄昇在《花庵词选》中透露了此词的创作背景："子京过繁台街，逢内家车子。中有褰帘者曰'小宋也'。子京归，遂作此词。都下传唱，达于禁中。仁宗知之，问内人第几车子，何人呼小宋？有内人自陈'顷侍御宴，见宣翰林学士，左右内臣曰，小宋也。时在车子偶见之，呼一声尔'。上召子京，从容语及。子京惶惧无地。上笑曰'蓬山不远'。因以内人赐之。"

　　宋都汴京昔有八景，分别是：繁台春色、铁塔行云、金池夜雨、州桥明月、梁园雪霁、汴水秋声、隋堤烟柳、相国霜钟。四个字的组合中，后两字是景，前两字却为地名。而繁台春色，就列于八景之首。繁台在汴京（今河南开封）东南，禹王台西侧，相传春秋时的音乐家师旷曾在此吹奏，有"古吹台"之称。后有繁姓居于附近，又被称作"繁台"。北宋时，此地更修筑起了一座九层繁塔，繁台一带，是一等一的繁华去处。繁台春色，更是不可不看。

于是有那么一天，风流无双、倜傥无群的红杏尚书宋祁宋子京正好出现在繁台的街市上。子京出来做什么呢？总不会是购物吧？手推一辆普普通通的帆布购物车，眼光只在"跳楼甩卖""吐血狂销"之类的条幅上瞄个不停。这样斤斤计较的小算盘，咱红杏尚书才懒得打呢！无趣，没味，自损形象！子京该是怎样的形象呢？手持玉鞭，骑马缓行，将繁台春色尽收眼底，这才是才子该有的风度与做派。说实话，他还另有正事呢！有诏令他进宫。可是慌什么？万一皇上因他迟到而怪罪，他早已想好了说辞，只因繁台车繁人密，臣得遵守交通规则，总不得乱闯红灯、飙车而至吧！

就这样走着走着，迎面驶来了一辆极华丽的马车。饶是在这天子脚下，以宋祁的见多识广，竟也有一瞬的失神。这是为何呢？因为这辆马车创下了奢华新高，就连宋祁挑剔的眼睛，也不禁暗暗称奇。车饰马鞍浑不似凡间之物，那么，敢是有天风吹落，神仙今日降都门？正自惊讶，那辆华车已是近在眼前了。繁台并不空阔，也许因为人流太多，他的马与那辆车竟然是狭路相逢，几乎不能同时通过。宋祁稍稍控马后退，欲为那华车让行。可就在此时，车帘竟然被揭起了，被一双纤腕素手。帘中有美人探首而出，目若秋波，向他仔细地、深深地投以一瞥。他亦向美人投以仔细地、深深地一瞥。两人虽是初识，两根心弦，却仿佛在此之前便已有过共鸣。

然后他听她轻轻地道了一声："这可不是小宋吗？"似肯定，又似疑问。宋祁有兄无弟，友人与同僚若是提到"大宋"，指的是其长兄；而提到"小宋"，则必然是他。

但奇怪的是，他与这位女郎素昧平生，她何以知道"小宋"之称？"你是何人？果然是天外仙姝，偶到人间？不然怎会称我为'小宋'？"宋祁自忖，"或者，我在哪里见过你，你也见过我，一时之间，却想不起来了？"

女郎的眼中却已换作矜持之色，且另有一种不能说、不可说的敛抑。他终于看清，她不是来自天庭，而是与他一样，身在人世。因为，她虽然很美，可以说是美得如仙如幻，但观其神情，却流露出充满人间气息的幽怨，全无天庭的超然与淡逸。而正是这张美丽却又幽怨的面容比起天女的璀璨玉貌更能将他打动。

小说《安娜·卡列尼娜》中是这样描绘安娜与其挚爱情人渥伦斯基初遇那一幕的："渥伦斯基跟着乘务员向客车走去，在车厢门口他突然停住脚步，给一位正走下车来的夫人让路。凭着社交界中人的眼力，瞥了一瞥这位夫人的风姿，渥伦斯基就辨别出她是属于上流社会的。他道了声歉，就走进车厢去，但是感到他非得再看她一眼不可；这并不是因为她非常美丽，也不是因为她的整个姿态上所显露出来的优美文雅的风度，而是因为在她走过他身边时她那迷人的脸上的表情带着几分特别的柔情蜜意。当他回过头来看的时候，她也掉过头来了。她那双在浓密的睫毛下面显得阴暗了的、闪耀着的灰色眼睛亲切而注意地盯着他的脸，好像她在辨认他一样，随后又立刻转向走过的人群，好像是在寻找什么人似的。在那短促的一瞥中，渥伦斯基已经注意到有一股压抑着的生气流露在她的脸上，在她那亮晶晶的眼睛和把她的朱唇弯曲了的隐隐约约的微笑之间掠过。仿佛有一种过剩的生命力洋溢在她整个的身心，违反她的意志，时而在她的眼睛的闪光里，时而在她的微笑中显现出来。她故意地竭力隐藏住她眼睛里的光辉，但它却违反她的意志在隐约可辨的微笑里闪烁着。"

一张富于表情的脸，胜于一切语言的叙说。从卷帘女郎的脸上，宋祁分明看出，那份矜持是违背本意的，就像安娜想要藏住内心的渴望与奔放的生命力，但却欲盖弥彰。仿佛是一瓮春酒，无论被雪藏多久，其奇香异馥终会因风散溢、不可抵挡。

然而，不容他再多想什么，绣帘忽地垂落，遮断了女郎的芳容。而那辆马车竟自向前而去，待宋祁反应过来，心中有些犹豫，欲待追随吧，毕竟冒失了一点。若是任它离去，则与帘内的女郎，岂非终身错过矣？谁知又有几辆马车从他身侧驶过。"还不闪开！"车夫神气十足，颇不耐烦。

宋祁惊奇地发现，在外观上，那几辆马车居然与前面那辆马车毫无区别。这是谁家的车队，如此盛大的派头，令他这个"不晓天"的主人居然自愧弗如、望尘莫及。的确是望尘莫及！终因不甘与那女郎缘悭一面，他鞭马向前，追了数步。但前前后后，只望见极其相似的车辆，那些几乎一模一样的骏马雕鞍。显然，女郎乘坐的那辆车，并非排在第一的顺序。因为这时他才看到，这是一个很长的车队，远不止区区几辆之数。在女郎与他擦身而过之前，车队中其实已有别的车辆经过了。但那些先过的车辆，为何他却全然没有注意到呢？想他红杏尚书，是一枚妥妥当当的风雅文士，而不是"我为车狂"的宝马迷、奔驰控。此番出行，原是为了选取最佳角度观赏繁台春色。一句话，他是来看景的，并不是来看车的。倘若那车中的女郎不曾褰起绣帘，不曾含情睇视，不曾道出那一声意犹未尽的"小宋"，不曾流露那样幽怨的目光，那么就像前面的车辆一样，他不会多加留意，甚至根本不知道在这世上，有她这样一个人。短暂的相遇，甜美的一瞬，点燃了她的期盼，也击中了他的衷怀。仿佛他就是她一直在寻找的人，仿佛她也是他一直在寻找的人。可遇不可求，却竟然是遇见了，终于是遇见了。但一瞬之后，一切就将清零。不，这不是他的本意，这也不是她的本意，甚至，这更不会是命运的本意。

可是啊，望着长长的车队，寻寻觅觅，他又怎能准确地找出女郎所在的车辆呢？"卷起帘来，请为我卷起帘来！"他在心中呼唤。然而所有的绣帘都严实紧密地掩上了，再没有那一双纤腕素手，挑帘睨视。他如同中了蛊，驻马不前，神情恍惚。

"哪来的狂生，如此胆大妄为！"

"是个傻子吧，瞧他那丢魂丧魄的样子，怪好笑的！"

绣帘虽未再次揭开，却有窃笑之声从帘内传出。窃笑者肯定不是她。那么，就让他挨个儿看过去。没有笑声的绣帘，当是伊人之所在。

但这只是他天真的想法。车队之中，忽然跳下几个侍卫打扮的人。"怎么着？还不肯走吗？你小子，要大祸临头了！"为首那人向他威吓道。

"我乃翰林学士宋祁。不知足下护送的，是哪家的贵眷？"

"原来是宋学士。"那人不似先前那样态度强硬了，微微一笑道，"这样的问题，倒不像出自翰林学士之口。奉劝阁下，非礼勿视、非礼勿动。"

"话虽如此，不过……"宋祁仍不肯放弃。

那人正了正脸色道："宋学士快些走吧，此非久留之地。这不是你该打听的。"又压低声音道，"你可知晓，蓄意高攀，必惹祸端。莫再问了，再问下去，恐怕你要悔之不及！何必无事生非、自寻其扰？！”

言毕返身上车。待宋祁再看时，车队已是杳然无踪。"身无彩凤双飞翼，心有灵犀一点通。"他忽然想起了李义山的这两句诗。繁台街依然车水马龙，但再多的车水马龙又何曾及得那一辆伊人乘坐的单车？再是丰艳绮丽的繁台春色，又怎能及得伊人顾盼的风华？"这可不是小宋吗？"言犹在耳，回味无穷。但每一次回味，只是使得伤感倍增。因为这样关切的声音，这样灵犀互通的目传意动，都不会再有了，不会再来了。如电光、如石火，耀亮了生命与灵魂。但在幸福地颤抖之后，这生命之光、灵魂之烛，仍然黯淡了下去。情为之迷，肠为之断，伊人已远，千呼不回，徒余牵念。

"蓄意高攀，必惹祸端。"话中有话，却无从索解。这位神秘的女郎，究竟身世如何？其所乘之车固已炫人眼目，穿戴之物亦大非寻常。若说是一贵眷，这是唯一合理的解释。然而那车队中的所有车辆都载的是贵眷吗？谁人竟然拥有这样为数庞大的眷属？珠围翠绕，便是稀世之珍也难展其特质与光芒。百木成林，何尝会关注一片绿叶的孤单与落寞。作为眷属之一的她，仿佛并不快乐。而金屋玉笼，又岂能锁住那锦心一颗。如果可以自我做主，她会逃离金屋、挣脱玉笼吗？什么也不要，只要金屋玉笼之外的湛湛碧空。

可惜即使站在湛湛碧空之下，如他，也并非完全自由。人生的愿望，总会受到不胜其多的羁绊与约束。李义山还说"刘郎已恨蓬山远，更隔蓬山一万重"。昔有刘晨、阮肇入天台山采药，途遇两位仙女，分别与刘、阮二人结为夫妇。半年之后，刘、阮二人思乡心切，仙妻为他们指引归路。回乡却发现，两人的亲友早已不在人世，在世者是他们的第七世孙。仙妻口中所谓的"刘郎""阮郎"，在人间俱已是高寿数百岁的刘翁、阮翁。但刘翁与阮翁却极不甘心。他们还想年轻下去，想要回到天台重访仙妻。但归来易，重寻难。往日采药时所惯识的天台山，如今却像传说中的海上蓬莱一般，云深雾远，仙径茫茫。刘郎只能怅叹蓬山路远，有负仙妻的殷盼。其实刘郎还算是个幸运儿。他怎知道，世上何止一座蓬山。有的人与他的意中人之间，甚至隔着一万重，不，是几万重的蓬山呢！

宋祁回来后就写成了这首《鹧鸪天》。宋祁的词，可不是写出来后当作大白话念念便得，而是要配乐传唱的。这一传唱，属于自个儿的隐秘不就曝光于众了吗？何况以宋祁这样高的知名度，那还不是十传百，百传千……后来竟然传入了禁宫，连仁宗皇帝都听到了。有时下了朝，随口哼哼小曲，一出口，竟然是"刘郎已恨蓬山远，更隔蓬山几万重"。这让皇帝本人又是好笑，又是好气，"这个宋祁呀，害人匪浅。外间传得沸沸扬扬，实在扰人心神。罢罢罢，朕倒要看看，此事是捕风捉影呢，还是有影有形？"

不妨从那昵称"小宋"查起。仁宗皇帝首先让人查看内人是在第七车，是谁唤了"小宋"？这里的"内人"，即宫人之意，而不是丈夫在别人面前称呼自己的妻子。

既然皇帝存心要查，那就是纸包不住火了。"是我。"终于有人出来怯怯地承认，"那日侍奉御宴，听见宣召翰林学士，又听得内臣们说召的乃是小宋学士……后来车中偶见，便随口叫了一声'小宋'。"

"好一个随口叫了一声'小宋'，跟朕随口哼哼小曲，不料却是'刘郎已恨蓬山远'，莫不都是巧合？天下的巧合也忒多了些个。"仁宗皇帝又问，"既系车中偶见，你又怎会将一个路人与朕所宣召的小宋联系起来呢？只怕朕往日召他入宫时，你已见过了此人吧？他不识得你，你却识得他。这一声'小宋'，唤得竟不是无缘无故。"

宫人深深垂首，不敢则声。

仁宗皇帝见此一笑，命人将宋祁召来。当宋祁从皇帝那里得知事情的经过后，正应了那句话，"几乎惊掉了下巴"。原来，他曾试图打听的那位"贵眷"，竟是九重天子的宫人。"怎么会是这样呢？！"细思极恐，宋祁多半已被吓蒙了。

有一出戏剧名为《红梅记》，讲的是南宋末年，奸相贾似道携一众美姬游赏西湖。而年轻的太学士裴舜卿也恰在此时游湖。一个名叫李慧娘的姬妾情不自禁赞了一声："美哉，少年！"贾似道既妒且恨，竟将李慧娘斩杀于剑下。

而那名聪明的宫人，虽对自己称呼"小宋"的行为进行了辩解，然而，以仁宗的智力，会相信这是无心为之吗？一声"小宋"，唤出了深宫女儿的多少寂寞与渴慕。若不是为了引起所关注者同样的关注，她又安敢在稠人广众之下自掀垂帘、露出真容？

仁宗皇帝与奸相贾似道可不能一概而论。再说了，李慧娘是贾似道的姬妾，那一声"美哉，少年"，是颇不得当的精神出轨，至于宫人，既非妃嫔之列，叫一声"小宋"，这又算得了什么呢？宫中说是有粉黛三千，其实当宫女年长时，皇帝放出外嫁也是常有之事。作为一代明君，仁宗皇帝又岂会爱惜一个宫女而对宋祁有所责罚。如果真是爱惜宫女，那就不如称了她的心愿。看到宋祁那副面无人色的狼狈样，仁宗越发和颜悦色："宋学士，蓬山并必很远呢！"又指着宫人说，"你瞧，她不就在眼前吗？"

就这样一言为定了，仁宗将内人赐予了宋祁。有皇帝做月老，这段姻缘能不美满吗？

这首《鹧鸪天》的艺术价值并不高，以今天看来，甚至大有身陷"抄袭门"的尴尬。"身无彩凤双飞翼，心有灵犀一点通。"这原封不动就是李商隐的诗句好不好？"刘郎已恨蓬山远，更隔蓬山几万重。"李商隐原诗中是"更隔蓬山一万重"，就改了一个字，把"一"改成了"几"，敢情这是玩数字游戏？抄了一半李商隐，然后又有一句"车如流水马如龙"，明明是人家李后主所创嘛，他也照抄不误。所谓"得志猫儿胜过虎，落坡凤凰不如鸡"。被宋祁这样公然欺负，李后主可未必乐意。宋祁才不管他是否乐意呢！"咱这叫集句，不叫抄袭。"谁让皇帝的宫女都倾心于咱，集成这么一阕小词，借他人酒杯抒本尊情怀，有何不可，有何不妙？

话又说回来，此事若真有之，笔者推测，小宋与这位宫人的姻缘也不能美满到哪里去。据明朝张岱《夜航船》记载："宋祁修《唐书》，大雪、添帷幕，燃椽烛，拥炉火，诸妾环侍。""诸妾环侍"，宋祁的派头真是不小。那么多的红袖添香，哪里还用得着皇帝另遣红装？

宋人魏泰亦在《东轩笔录》中载道："宋子京多内宠，后庭曳绮罗者甚众。尝宴于锦江，偶微寒，命取半臂，诸姬各送一枚，凡十余枚，皆至。子京视之茫然，恐有厚薄之嫌，竟不敢服，忍冻而归。""半臂"，又被叫作"半袖"，类似于我们今天的短袖背心。宋祁某次在锦江赴宴，席上感到有点冷，就让人回家给他取衣服。结果他的姬妾每人送了一件，一共给带了十多件来。宋祁一瞧，犯愁了。穿哪一件好呢？若是只选一件，就怕会辜负了落选者的心。统统加在身上呢，一来形象不雅，二来在技术层面上也不易做到，三来嘛，铁定要得热伤风了。于是宋祁一咬牙，愣是一件也不穿，归来时差点把自己冻成了一只寒号鸟。

那些衣物中，可有一件是出自当初揭帘轻唤"小宋"的那名宫人之手？如果有，她还会感慨"更隔蓬山几万重"吗？或者又该怨怼"金作屋，玉为笼"了。红杏尚书，是多情之人，却不是专情之人。红尘相遇，曾把芳心相许。但这终究还是一场美丽的错误。

海棠胭脂透，
携醉寻芳酒

锦缠道

宋祁

　　燕子呢喃，景色乍长春昼。睹园林、万花如绣，海棠经雨胭脂透。柳展宫眉，翠拂行人首。

　　向郊原踏青，恣歌携手。醉醺醺、尚寻芳酒。问牧童、遥指孤村道，杏花深处，那里人家有。

　　一看到《锦缠道》，我的耳边就会响起昆曲中的一段唱词："望平康，凤城东，千门绿杨。一路紫丝缰，引游郎，谁家乳燕双双？"这段唱词，描述的是复社名士、翩翩才俊侯方域前往秦淮访翠时的欢欣与期待。

　　但《锦缠道》不单是曲牌名，且又是词牌名。此词一说是宋祁的作品，被收入《宋景文公长短句》中，另一说是作者不详，为无名氏之作。说是无名氏之作，大概会令人心生猜想，这个无名氏在生前是何等样人呢？不会是引车卖浆之流，《水浒传》中卖饼鬻梨的武大、郓哥之列，不会是如李逵、鲁智深那样的鲁莽汉子，当然也不会是像宋江、卢俊义一般无聊禁欲的家伙。他想是出自"有闲阶级"，知情识趣。体其词意，当是一个风华傲人的宋代小哥，对赏春行乐，极是在行。如果硬要拽上《水浒传》，须是"益州古调，唱出绕梁声，果然是艺苑专精，风月丛中第一名。听鼓板喧云，笙声嘹亮，畅叙幽情"。哈哈，这不是小乙哥燕青吗？要说燕青这小哥吧，吹拉弹唱自不在话下，可要说到填词，还真没听说燕青有这样的技能。那么就剩下了另一种可能，这个所谓的无名氏并非无名氏，而是一个有名有姓的人，他会是谁呢？在清代舒梦兰所编的《白香词谱》中，此词的作者便标注的是宋祁，且在《锦缠道》的词牌名后有一副题"春游"。这是宋祁的作品吗？就整首词的风格看来，的确很像。"什么很像？这本来就是我宋某人的手笔嘛！"隐约之中，仿佛听得宋祁这么说。"真是你写的？"待要进一步求证时，那个声音已消失在历史的虚空。

还是专注于词作的本身吧，让我们从头读起。"燕子呢喃，景色乍长春昼"，呢喃，是象声词。这个词语不仅用来形容人与人之间的轻声交流，也常常用于形容燕子的叫声。"燕语呢喃明似剪"，"巧燕呢喃向人语"，在宋词之中，呢喃燕语随处可见。"呢喃"不仅是燕子之间的互动互语，也是燕子与人的互动互语。这呢呢喃喃，充满了亲昵的意味。如果我们的每一天清晨都能在燕子的呢喃中醒来，岂不比任何一种设定的闹铃音乐都更美妙悦耳？"起来啦，贪睡的懒虫！起来啦，宝公子，林姑娘！"那娇软的叫声痒痒地拂荡在耳边，假如你睡意正浓，枕边却忽然响起手机的铃声，你将何以处之呢？你只有两种选择：一是不胜其烦地摁下按键，倒头继续遨游于黑甜乡；二是一边既惊且怒地咒骂着这机械似的人生，一边无可奈何地穿衣着裳。但唤醒你的并不是电子铃声，而是窗外的燕子，你探头向外一看，纵有满腔的怨气，又该发向谁呢？冲燕子生气，你才不会呢！这调皮的小东西有多招人喜爱。黑亮的翅膀一扇一扇的，还在那儿切切诉说。她以为，你能听懂她所有的话。这倒是的，她的话不难听懂。她一个劲儿地说着说着，并不是在催促你尽快投入繁忙沉闷的工作，而是在催你春游。"怎么这时候才起来呢？忘了你的春游计划了？可看的地方多着呢，还不跟我同去？别怪我没提醒你，去得迟了，晚上不一定能赶回来哟！"

于是，在燕子的引导下，你开始了春游。一路上燕语就没停过，不断向你介绍着这儿那儿的景点。真是燕也得意，人也精神。白昼的时间明显增长了，也幸好是白昼增长了，不然那么多的春景春色，怎能在一日之内全收眼底？呀，看那一座座名园芳林，如同一幅幅由万花绣成的帛画，气象华美，令人称叹。《桃花扇》中的侯方域曾在赏春时感言："你看梅钱已落，柳线才黄，软软浓浓，一院春色，叫俺如何消遣也。"而本词的作者，却是很知道该如何消遣。他眼中的春光，也不是初春时的"梅钱已落，柳线才黄"，而是"海棠经雨胭脂透。柳展宫眉，翠拂行人首"。海棠，是花中的贵妃，天姿国色，冠于群芳。宋代释惠洪《冷斋夜话》记载了这样一则逸事："（唐）明皇登香亭，召太真妃，于时卯醉未醒，命力士使侍儿扶掖而至。妃子醉颜残妆，鬓乱钗横，不能再拜。明皇笑曰'岂妃子醉。直海棠睡未足耳'！"将睡意惺忪的美人比作星光月色中的海棠，堪称语妙天下。

一般的花卉，愁风怕雨。可海棠花她不怕。春雨是她最好的化妆师，一场春雨之后，她的美颜才会趋于顶点。这个时候的海棠，远比春睡之中更为动心悦目。试想胭脂一样的颜色，均匀鲜润地敷于美人之面，这样的镜头怕是一刻千金吧？而镜头所摄的，还不是一个单一的美人，而是一群群、一队队美人，这蔚为壮观的海棠花啊，简直就是春天的颜值担当。

这样的说法也会引起异议。至少柳树是不能答应的。"什么，要说春天的颜值担当，竟能将我等冷落一旁？"从唐诗宋词中走出的古典美人，一定要有一双弯如柳叶的细眉。而宫廷，那是美人的集邮册。集邮册里的美人纵然有着奇巧不一的眉妆，但杨柳宫眉，仍然是眉妆中最受欢迎的选项。

然而再是精益求精的模仿又怎能及得天然赋予的那番风采？镜中的美人争画宫眉，杨柳本身却是无须修饰。眉不点而翠，不描而弯，那颜色、那形态，入骨风流却又浑然天成。柳树，生来就是一个眉妆名模，柳展宫眉，百媚俱生。这个顶级眉模并不是高冷型的，而是甜美型的，当她展眉而笑时，还会俏皮地在你头上轻轻拂动一下，是撩拨，是牵留？此中深意，且自领略。

面对海棠经雨胭脂透的魅惑，面对柳展宫眉翠拂首的撩拨，宋祁是"自投罗网、欣然中招"。李白有词云"乐游原上清秋节"，下一句却是"咸阳古道音尘绝"。又是清秋节，又是音尘隔绝的咸阳古道，真不知乐从何起。这哪是什么乐游，分明是伤心之游，伤不起的清秋节，还得加上伤不起的咸阳古道。而在宋祁看来，这乐游原嘛，选址没错，但季节也不应选错。选在芳春而不是清秋，"乐游原"何愁不能美梦成真？"向郊原踏青，恣歌携手"，这才是名副其实的乐游原呢！乐游原，不是独自偷欢寻乐，而是要与人分享。与谁呢？亲朋、邻居、同事、恋人？这可以是个单选题，也可以是个多选题。与他（她）一起，与他（她）们一起，尽情迷失在郊原的花光草色里。手携着手，从未感到如此刻一样接近、一般亲密，在大自然的家园，在春光的围抱中，有无数欢唱的心灵。而在那些欢唱的人群中，又怎会了缺少了你我？唱吧唱吧，别担心走腔跑调，唱出满心的喜悦，释放浑身的光华。唱吧唱吧，为春光歌唱，为春光举杯，这是再充分不过的理由。"九州四海常无事，万岁千秋乐未央。"让我们唱响天下，一饮再饮，其乐未央。

但乐未尽时，那呢喃的燕子又在耳边念叨起来。这一次，是在催他回去了。"天色不早，该回家啦。明天还得早起呢，不然可要误了正事。你呀，玩心太重，就不能稍加克制吗？真是的，这么大的人了还管不好自己。"

对于燕子的"规劝"，这一次，他却没再听从。"燕子啊燕子，这就是你的不对了。你倒是来去自在，潇洒一身轻。可笑我们人类，反倒不能'海阔凭鱼跃，天高任鸟飞'。平日里一味地迎合时务，言不由衷、身非得己。但今天可不行。今天，我的快乐我做主。来一场忘乎所以的狂欢，再休提，适可而止、见好就收。"

"喝醉酒了吧？你这醉汉，满口胡言乱语些什么？只怕照着镜子都不知道自己姓甚名谁了。"竟被燕子谑笑了一下。

"我才没醉呢。不照镜子，我也知道你的姓名不是宋祁，而是燕子。来来来，我告诉你，李白斗酒诗百篇，醉了怕什么？敢醉才是真名士，不醉的是假名士。清明时节雨纷纷，路上行人欲断魂。欲断魂，断什么魂啊，高兴还来不及呢！雨助胭脂海棠娇，再来一场胭脂雨吧。海棠未眠我欲醉，哈哈，还能喝它三百杯呢！有好酒，尽管取来！怎么，酒已售罄？晚来一步，好不恨煞人也。啊呀，游兴正浓，岂可戛然而废？这没有酒呵，'我好比笼中鸟有翅难展，我好比浅水龙被困沙滩'。借问酒家何处是，借问酒家何处是？有了，正巧有个牧童路过，待我问他一问：'前面可有什么地方能买到酒吗？'"

醉眼蒙眬中，但见牧童扬鞭遥指孤村，给出了那首经典唐诗中的答案："杏花深处，那里人家有。"

萋萋迷远道，归期何不早

苏幕遮

梅尧臣

露堤平，烟墅杳。乱碧萋萋，雨后江天晓。独有庾郎年最少，窣地春袍，嫩色宜相照。

接长亭，迷远道。堪怨王孙，不记归期早。落尽梨花春又了，满地残阳，翠色和烟老。

《全宋词》只收录了梅尧臣的两首词。其存词之少，比起我们前面说到的李冠，"一寸相思千万绪，人间没个安排处"的作者更为稀缺，在宋词名目里，似乎可以列入"濒临灭绝品种"。

可比起李冠来，梅尧臣亦算得是个有名人物了。梅尧臣不以词名，却以诗名。梅尧臣诗存近三千首，量多质高，称得上是北宋诗坛的一面旗帜。其诗与欧阳修齐名，并称"梅欧"，甚至有人将他视作宋诗的开山祖师，亦有人以其律诗为"有宋第一"。梅尧臣是宣州宣城人。宣城古称宛陵，梅尧臣遂有宛陵先生之称。元代龚啸在《宛陵先生集附录》中称赞他："去浮靡之习，超然于昆体极弊之际，存古淡之道，卓然于诸大家未起之先。"无论是梅尧臣这个名字还是宛陵先生这一别号，都给人一种斯文俊逸之感。然而，梅公若是有知，对这样的"以名猜人"，大概会报以一哂。宛陵先生为人为诗，皆质朴平淡。如果要将梅公比作梅树，那他定是在那路旁墙角"凌寒独自开"的老梅，要不则是杜甫诗中"幸近幽人屋，霜根结在兹"的苦竹。

梅尧臣生于宋真宗咸平五年（1002 年）。其父梅让躬耕乡里，叔父梅询则在宋太宗端拱二年（989 年）高中进士，曾任翰林侍读学士，是宣城梅氏的骄傲。梅询进士及第后，常年仕宦在外。而年幼的梅尧臣并不是生长在父母身边，而是跟随叔父游历四方。父母可能也是为了他的前途考虑，跟着这样一位叔父，非但有益于读书上进，还能开阔眼界，比囿于穷乡以致孤陋寡闻可要强出许多。这段生活在梅尧臣的诗歌中也有反映："少也远辞亲，俱为异乡客""少客两京间，熟游嵩与华"。

梅尧臣"幼习于诗，自为童子，出语已惊其长老"。天资不错、勤奋好读，再加上眼界见识要高于同龄学子，按说梅尧臣很有少年成名的潜质。这不，十六岁的梅尧臣参加乡试了。然而这次初试，却以失败告终。现代人爱说："年轻，不怕失败。"的确，对于一个十六岁的少年，这第一次的失手又算得了什么？搁当今，高考成绩不理想，咱还可以复读嘛！但梅尧臣却选择了另一条道路。放弃了复读，依赖叔父梅询的恩荫当上了太斋侍郎。

恩荫制度是宋代官吏选拔制度的一项重要构成部分，这是专为中高级官员发放的一项福利，他们的子弟、亲属可凭恩荫补官。这也就是说，如果一不留神穿越到文采风流的宋代，你却不是一块读书的料，这还不算糟糕透顶。只要在穿越之前，你选对了家世，那就一切"OK"。识字不多这也无妨，考试总不及格也不必痛心疾首，因为，除了科举入仕的"正途"，咱还有"恩荫补官"的"后门"呢！话虽如此，作为一个自尊要强的读书人，谁愿意走此后门呢！梅尧臣的心中想必是不愿的。可作为一个远离父母的农家子弟，长年依附于叔父生活，对他来说，哪怕只有十六岁，面对科举"马拉松"，所将付出的时间与最终的结果仍是不堪设想的，他不敢孤注一掷地冒险。以恩荫入仕，对于家境贫寒的梅尧臣，应当是综合考虑后的明智之选。

太斋侍郎是太庙中的管理人员。在担任太斋侍郎之后，梅尧臣又先后出任桐城、河南、河阳县等地的主簿。正是在出任河南主簿期间，宋仁宗天圣九年（1031 年），梅尧臣与欧阳修相识。欧阳修时任西京留守推官，与梅尧臣一样，官轻职微，两人都还不到三十岁。梅欧志趣相投，二人很快结成了挚友。在梅尧臣的记忆里，那是"春风午桥上，始迎欧阳公"。而在欧阳修的记忆里，那是"逢君伊水畔，一见已开颜"。梅、欧二人与一班志同道合的青年发起了诗文革新运动，对后世产生了深远影响。在这个过程中，梅尧臣的诗风也在不断地改进、日趋成熟。欧阳修见证了梅尧臣诗风的转变："其初喜为清丽闲肆平淡，久则涵演深远，间亦琢刻以出怪巧，然气完力余，益老以劲。"

欧阳修要比梅尧臣小五岁，同样是出身贫寒，却在与梅尧臣相识的头一年考了进士，时年欧公二十三岁，堪称少年进士。三十年后，宋仁宗嘉祐六年（1061 年），欧阳修任参知政事，已是官至副相，而梅尧臣已于此前一年去世。梅尧臣官至尚书都官员外郎，只是个从五品的文官。纵观梅、欧二人的仕途，可谓有着莫大的落差。欧阳修曾在《宛陵梅公诗集序》中为其鸣不平："予友梅圣俞（梅尧臣字圣俞），少以荫补为吏，累举进士，则抑于有司，困于州、县几十余年。年今五十，犹从辟书，为人之佐，郁其所蓄，不得奋进于事业。"彼时梅公尚且在世。五十岁了仍为人佐吏，"困于州、县几十余年"，这基层工作一干就是一辈子啊！后来梅尧臣任职国子监直讲，靠的就是欧阳修的力荐。虽说国子监直讲也不是什么高官，但像这种"学院派"的职务，应当与梅尧臣的才学与性情是颇为相宜的。

梅、欧二公多有诗文唱和。而要说到梅公的词，与欧公也有一段联系。宋代吴曾《能改斋漫录》中曾有记载："梅圣俞欧阳公座，有以林逋词'金谷年年，乱生春色谁为主'为美者，圣俞因别为《苏幕遮》一阕云云。欧公击节赏之。"这段文字是说，梅尧臣与欧阳修二人都在座时，有人称赞林逋的词作"金谷年年，乱生春色谁为主"写得极妙。梅尧臣就写了《苏幕遮》一词，欧公读罢，为之击节叹赏。

先来看看林逋的原作，那是一首《点绛唇》：

金谷年年，乱生春色谁为主？余花落处，满地和烟雨。

又是离歌，一阕长亭暮。王孙去，萋萋无数，南北东西路。

林逋在《全宋词》中存词三首，比梅尧臣只多了一首。这首《点绛唇》咏的乃是春草。对于林逋，梅尧臣不但闻其名，且也识其面。众所周知，林逋是个啸傲于西湖孤山的隐士，可他与梅尧臣之间，却特别投缘。宋仁宗天圣四年（1026年），梅尧臣曾与僧人虚白同访林逋，且在《林和靖先生诗集序》中追忆对林逋的印象："天圣中，闻宁海西湖之上有林君，崭崭有声，若高峰瀑泉，望之可爱，即之愈清，挹之甘洁而不厌也。"而林逋的诗集中也有一首题为《和梅圣俞雪中同虚白上人来访》的五言律诗：

> 湖上玩佳雪，相将惟道林。
> 早烟村意远，春涨岸痕深。
> 地僻过三径，人闲试五禽。
> 归桡有余兴，宁复此山阴。

别忘了，梅尧臣以梅为姓，与林和靖的"爱妻"同姓哦！是不是这层关系，他们之间，有一种奇妙的互动？因此一当别人赞美起林逋的《点绛唇》来，梅尧臣就有些"小激动"了。很少写词的他几乎一蹴而就，以一阕《苏幕遮》来回应林逋的佳作。

刘禹锡有首《踏歌词》："春江月出大堤平，堤上女郎连袂行。"春江升明月，堤岸平如镜。女郎联袂来，特地踏歌行。梅尧臣的《苏幕遮》也是从一平如镜的堤岸写起，但他所写的不是明月下的春江，而是晨曦里的春江。有一种植物凝结着露珠，遍布堤岸。而在更远一些的地方，隐隐显现庐舍的形状，望之烟光迷离。烟光其实也是那种植物所诱导出的独特视觉。它长势繁盛，因风摇曳，长长短短，起伏不平，但却别具一种错落零乱的诗情画意。

如此诗情画意的一幕，怎能缺少关键人物的登场呢！《踏歌词》中登场的人物，是一队珠喉如莺的女郎，而《苏幕遮》中登场的人物，却不是一队女郎，而是一群男生。准确地说来，是这群男生中的某一个人。在这群男生中，有一个人最为年少，其风采有似南朝辞赋家庾信。庾信出身名宦之家，自幼聪敏绝伦、仪容不凡，是个人见人爱的"高帅富"。凭着父亲是东宫太子亲信这层关系，庾信时常跟随其父出入宫禁，深得皇恩眷顾。这庾信还有一个特长，他写得一手花团锦簇的好文字，世人誉之为"庾体"。"每有一文，都下莫不传诵"，根本无须借助家庭这个强大的后盾，庾信自带磁场，老早便已名满天下。

我们来看一首庾信年轻时所写的诗：

> 结客少年场，春风满路香。
> 歌撩李都尉，果掷潘河阳。
> 折花遥劝酒，就水更移床。
> 今年喜夫婿，新拜羽林郎。
> 定知刘碧玉，偷嫁汝南王。

李都尉，即汉武帝时代的李陵将军。而潘河阳，则指的是潘安。潘安曾任河阳县令，堪称"河阳一县花"。极品美男子啊，谁道男子不如花？而当这位"县花"级的美男子乘车出门时，常被他的女粉丝掷果以赠，每次回家后，时鲜水果都装了一车。估计潘安夫人从来不用到集市上采购水果，愁的是潘安每出门一次，家里就会引发一次"果烂陈仓"的悲剧。

庾信此诗，刻画的是少年的风流。他既有李都尉的英迈，又有潘河阳的俊逸。那股踌躇满志、荷尔蒙飞溅的劲头，曾令多少佳人意乱情迷。而梅尧臣词中这位神似庾信的少年郎，亦是风姿出挑、佼佼不群。一样是身着曳地的长袍，独有他能穿出那份潇洒出尘的气韵，即使万人之中，你也不会将他认错。这是因为，与他人相比，他长袍的颜色最为青嫩，与足下所踏的那种植物相映成趣。

这样的一个人物，会不会让你想起诗经中的句子呢？"青青子衿，悠悠我心""青青子佩，悠悠我思"。那么，究竟是什么植物，时而凝露惹烟，时而"乱碧萋萋"，与那袭潇洒出尘的"窣地春袍"形成绝妙的呼应，"嫩色宜相照"。应当不难猜到吧！张先的《菩萨蛮》中也曾提到过它：

> 忆郎还上层楼曲，楼前芳草年年绿。绿似去时袍，回头风袖飘。郎袍应已旧，颜色非长久。惜恐镜中春，不如花草新。

这种植物名叫芳草。春来年年绿，绿得就像郎君离别那天所穿的长袍。忘不了你回头时满眼的不舍，更忘不了你那飘荡在风中的衣袖。不知道你已走了多久，却忽然想到，你离别那天所穿的长袍早已被时光洗旧、被风尘泛黄了吧，那样翠绿的颜色，岂能一如当年？而揽镜自照，却又有了一种更深的恐惧。即使郎君的衣袍一如当年，郎君的情意一如从前，可镜中的自己呢，还是那年春天的模样吗？别再自欺欺人了。谁的青春能像花草一样，随着春天的到来而循环更新。

人生能有几回等？等老了时光，等老了容颜。长亭连长亭，远道向天涯。"王孙游兮不归，春草生兮萋萋。"这是《楚辞》中的名句，后世文人争相激赏。在林逋的《点绛唇》中，将此化用为"王孙去，萋萋无数"，而梅尧臣的《苏幕遮》却化用为"乱碧萋萋""堪怨王孙，不记归期早"。

王孙，自然指的是词中那位庾郎。年少英俊、志气高迈，这样的天之骄子是断然不肯留在故乡那样的小地方寂寞终老的。为了学业、为了理想，从很早起，他就背井离乡来到异地。他是一个极有抱负的人，却在很长一段时间内，只为一展凌云之志，放弃了生命中太多值得珍爱、守护的事物，甚至因之迷失了自我，遗忘了故乡。

而在多年之后，当他再一次出现在以露堤烟墅为背景的春晨，晨光中的他，虽如往年一般，仍然身着曳地长袍。前度庾郎今又来。只可惜，曾经丰神飘逸、秀出班行的庾郎已难重现当年的风采，清俊稚嫩的眉目已深深染上了霜尘，青春的气息与豪情也已消磨一空。纵然美景如画，可就一个画家的眼光看来，已不宜将他选作画中人了。是的，属于他的时代早已过去了。又一年的春分到来了。二十四番花信风，不用等到开到荼蘼，当雪白的梨花落了一地，春光便已大势去矣。人生又何尝不是如此？理想、抱负，俱如梨花落尽、春光飘零。可怜春似人将老。为什么总要到了此时才会对故乡涌动起深沉的依恋与浓烈的思忆呢？归去来兮，归去来兮！此时归去，已是太迟！来不及了，赶不上了。那个最好的自己，早已交给岁月，早已虚掷在异地他乡。而他一生之所得，不过是与满地的残阳相依为伴，在对故乡无穷无尽的思念中度过余年。

"谁说你只有满地残阳为伴，还有我呢！"足下传来轻微的抗议声。低头一看，原来是那些小草。他不觉心中一动。"只有你们，还像从前一样。一如故乡的草色留给我的最初印象。"但定睛细看，却摇头而叹，"何止是岁月不饶人，岁月也不会饶过每一棵小草。故乡的小草怕也失去了新嫩的色泽吧？人与草，无不走向同一结局。"

暮意渐深的残阳中，有人独立在芳草碧烟里，就这样寂寞地老去。此人是庾信呢，还是梅尧臣自己？庾郎、梅郎，他们的青春在此交集又从此分离。

前面说到欧阳修对梅尧臣此词极为欣赏，其实在欧阳修的词集中，便有一首《少年游》，亦为咏草之作：

阑干十二独凭春，晴碧远连云。千里万里，二月三月，行色苦愁人。

谢家池上，江淹浦畔，吟魄与离魂。那堪疏雨滴黄昏，更特地、忆王孙。

这首词莫非就作于梅尧臣之后？梅、欧二公还真是心心相印呢！据王国维《人间词话》记载，林逋的《点绛唇》、梅尧臣的《苏幕遮》，以及欧阳修的《少年游》，被并称为咏春草三绝调。王国维认为这三首词与冯延巳的"细雨湿流光"五字，皆能摄春草之魂。

三首之中谁为最佳呢？读者诸君自可品评。

采桑子

欧阳修

其一

轻舟短棹西湖好。绿水逶迤，芳草长堤，隐隐笙歌处处随。

无风水面琉璃滑。不觉船移，微动涟漪，惊起沙禽掠岸飞。

其二

春深雨过西湖好。百卉争妍，蝶乱蜂喧，晴日催花暖欲然。

兰桡画舸悠悠去。疑是神仙，返照波间，水阔风高扬管弦。

其三

画船载酒西湖好。急管繁弦，玉盏催传，稳泛平波任醉眠。

行云却在行舟下。空水澄鲜，俯仰留连，疑是湖中别有天。

其四

群芳过后西湖好。狼藉残红，飞絮濛濛，垂柳阑干尽日风。

笙歌散尽游人去。始觉春空，垂下帘栊，双燕归来细雨中。

其五

何人解赏西湖好？佳景无时，飞盖相追，贪向花间醉玉卮。

谁知闲凭阑干处？芳草斜晖，水远烟微，一点沧洲白鹭飞。

其六

清明上巳西湖好。满目繁华，争道谁家，绿柳朱轮走钿车。

游人日暮相将去。醒醉喧哗，路转堤斜，直到城头总是花。

其七

荷花开后西湖好，载酒来时。不用旌旗，前后红幢绿盖随。

画船撑入花深处，香泛金卮。烟雨微微，一片笙歌醉里归。

其八

天容水色西湖好。云物俱鲜，鸥鹭闲眠，应惯寻常听管弦。

风清月白偏宜夜。一片琼田，谁羡骖鸾，人在舟中便是仙。

其九

残霞夕照西湖好。花坞蘋汀，十顷波平，野岸无人舟自横。

西南月上浮云散。轩槛凉生，莲芰香清，水面风来酒面醒。

其十

平生为爱西湖好，来拥朱轮，富贵浮云，俯仰流年二十春。

归来恰似辽东鹤。城郭人民，触目皆新，谁识当年旧主人。

打开中央台纪录频道，一组清丽的镜头扑面而来，一支醇美的歌曲绕耳而至：

我的心中有一座湖，

远山近水入画图。

桃红柳绿春来早，

客来客往船如故。

山外山，楼外楼，

留下浪漫爱满湖。

天上明珠，人间西湖，

多少美丽传说，风流千古。

我的梦中有一座湖，

清风白月入画图。

丹桂飘香秋意浓，

桥断魂牵山不孤。

山外山，楼外楼，

留下诗篇写满湖。

天上明珠，人间西湖，

多少传奇故事，绝唱千古。

歌中反复吟唱的"山外山，楼外楼"出自一首无人不知的宋诗"山外青山楼外楼，西湖歌舞几时休"。可要说起西湖，在那些"留下诗篇写满湖"的济济文士中，人们首先想到的，一定是那位曾经出任过杭州太守的东坡居士。而要说起西湖的诗篇，你首先想到的，也定然是东坡居士的神来之笔："水光潋滟晴方好，山色空濛雨亦奇。欲把西湖比西子，淡妆浓抹总相宜。"

　　年少时，虽未到过西湖，但每每读到先贤才俊描写西湖的作品，便向往不已。家父是去过西湖的。但他提起西湖时，并不如大多数人那样，将东坡的"欲把西湖比西子"挂在嘴边，他所盛赞的，是另一个人，另一组词。这个人就是欧阳修，而这组词，则是《采桑子》。

　　"一定要去看看西湖。欧阳修的《采桑子》，真是把西湖的好处说尽了。"

　　其实家父弄错了，他所称的西湖，他所到过的西湖，是杭州西湖。而欧阳修这组《采桑子》所写的西湖，却是颍州的西湖。年少时，我亦不曾发觉。一看此词的开头"轻舟短棹西湖好""春深雨过西湖好""画船载酒西湖好"……既是满目皆为"西湖好"，便想当然地"直把颍州当杭州"了。

　　这种事情若是搁在东坡居士的身上，那是断然不会发生的。东坡除了当过杭州太守，也曾当过颍州太守，且有诗云："太山秋毫两无穷，钜细本出相形中。大千起灭一尘里，未觉杭颍谁雌雄。"在东坡心目中，杭州的西湖，颍州的西湖，那是分庭抗礼，难分雌雄。东坡的心目中可以容纳、并存两座西湖。"欲把西湖比西子"，如果说"西子"是个特指的人名，指的是春秋时期的红颜西施姑娘，地名"西湖"则非为特指，可以说是不胜其多。史书上记载以"西湖"为名的，便有三十六处。在众多西湖中，排名前三甲的当数杭州西湖、颍州西湖、惠州西湖。于是又有人说了"天下西湖三十六，就中最好是杭州"。这样看来，还是分出了雌雄啊！杭州西湖，天下第一。

这话别人听见倒不要紧，但若传到欧阳永叔的耳朵里，可就大为不妙。什么，杭州西湖第一，那将颍州西湖置于何地？就欧公而言，即使像东坡那样将杭颍西湖并列为"绝代双娇"也是做不到的，何况直接以杭州西湖马首是瞻呢！"我的眼中只有你"，欧公的眼中只有颍州。"汝阴西湖，天下绝胜"，请听欧公对颍州西湖的怒赞。天下"西子"有一无二，天下"西湖"也有一无二。最爱颍州西湖者，古往今来，除欧公之外，不作第二人想。

欧公是不是有些偏心眼啊？天下西湖三十六，那不过是遥远的传说吧，我们现代人所知道，所公认的西湖，只会是杭州西湖。颍州西湖，当初它是怎样排进"三甲"名单的？是不是欧公做了手脚，暗里买通了"西湖评委会"？别太认真，说笑而已。在今天，颍州西湖虽已声名黯淡、不甚出彩，但倒退到唐宋年间，颍州西湖还真是一块魅力四射的宝地呢！在唐代李吉甫所撰《元和郡县图志》中，可找到对于颍州的记载："颍州，禹贡豫州之域。春秋胡子国，楚灭之。秦并天下，为颍川郡地。在汉则汝南郡之汝阴县也。魏、晋于此置汝阴郡，司马宣王使邓艾于此置屯田。后魏孝昌四年，改置颍州。"

颍州可谓历史悠远。大禹将天下分为九州，而颍州，则为九州之一的豫州之城。春秋之时，周康王册封妫髡于此建国，称胡子国，后为楚国所灭。秦始皇统一天下后，设三十六郡，颍川便是其中之一。在汉代，这里成了汝南郡的汝阴县。至魏、晋，由汝阴县升为汝阴郡。后魏始置"颍州"郡。从此，颍州这一地名就正式出台了。而在今天，它的地名是安徽阜阳。

据传，早在胡子国国君妫髡（音同归昆，多别扭的名字）时期，颍州西湖已有雏形。妫髡在此筑台建囿，流连忘返。除妫髡本人，他的两个女儿，一名敬归，一名齐归，也是西湖的常客。妫髡曾为爱女建造女郎台，以便吸引潜在的女婿鲁襄公。让我们想象一下，当远道而来的鲁襄公在西湖的女郎台上与那两个如花似玉的女郎相亲时，可会觉得不虚此行呢？欢喜之余，免不得要虚心请教岳父大人："如此规格的御花园所费为几？"而妫髡则得意地笑答："不足为道，但娱身心耳。"怪不得胡子国只是一个名不见经传的小国呢，妫髡的心思都用在打造享受"西湖假日"上了，"君王从此不早朝"，最终被楚国吞并，亦是情势所宜吧！

在那些风雨飘摇的年代，江山易主虽是常事，但颍州西湖历代的主人都对它爱如奇珍、勤加呵护，西湖之水未断疏浚，更不时增修楼台亭阁，使之成为旅游胜地。到了宋代，颍州西湖进入了一生中的盛年。可以说，当欧阳修与苏东坡遇到颍州西湖时，那正是颍州西湖的双十芳华。"何处偏宜望，清涟对女郎。"美目盼而巧笑倩，西子之美，一顾倾人城，再顾倾人国，三顾倾人肠。

既然有湖，那就不能离开水。颍州西湖，是汝水、西溪、三清河、白龙沟、小汝水、焦陂等支流交集而成，明代《正德颍州志》说其"长十里，广三里，水深莫测，广袤相齐"。按此计算，在其全盛之时，颍州西湖应该有30平方千米的面积。而我们今天所看到的杭州西湖，其面积不过才6.5平方千米。这么说来，颍州西湖岂不是杭州西湖的4倍有余。谁雌谁雄，这不是一目了然吗？然而，好汉不提当年勇，唐代的杭州西湖那是有着近11平方千米的规模呢，到了宋代，已缩减至不足 10 平方千米。至于颍州西湖呢，其"缩水"状况则更为严重。在宋代，颍州西湖已缩减为 15 平方千米。即使如此，按照宋代的真实数据显示，颍州西湖的面积应当是完胜杭州西湖的。但东坡却难辨雌雄，可见东坡的目测并不精准。而在此后的朝代，颍州西湖的缩水幅度远超杭州西湖，今天的颍州西湖已经不及杭州西湖的一半了。杭颍西湖雌雄之争，以现状而论，是颍州完败于杭州。

颍州西湖经历了一个由盛而衰的过程。但它为何而衰呢，缩水那样厉害，既是天灾使然，也有人祸的因素。历史上黄河曾屡次改道，滔滔泛滥的黄河水使得淤泥山积，填平了颍州西湖秀美如镜的湖面。而在北宋末年，随着金军南下，"颍州兵乱已无家"，普通老百姓无不面临家破人亡的惨境，颍州西湖又岂能独善其身？至近代抗战时期，为阻止日军西进，国军党炸毁花园口黄河大堤，淹没豫、皖、苏 44 县，颍州西湖也在这场灭顶之灾中遭到了伤筋断骨的打击。幸好，欧阳永叔不曾亲眼看见这样一场悲剧的发生，亦不必经受炼狱般的悲怆苦痛。

现在，让我们回到宋代吧，回到《采桑子》这组词的作者欧阳修的身上。宋仁宗皇祐元年（1049 年），欧阳永叔从扬州太守移任颍州太守，时年四十二岁。他写了一首诗《初至颍州西湖，种瑞莲黄杨寄淮南转运吕度支发》：

> 平湖十顷碧琉璃，四面清荫乍合时。
> 柳絮已将春去远，海棠应恨我来迟。
> 啼禽似与游人语，明月闲撑野艇随。
> 每到最佳堪乐处，却思君共把芳卮。

欧公写此诗时，已是春末夏初。在颍州西湖种下瑞莲（即并蒂莲）与黄杨树，欧公于心旷神怡之际想起了自己的好友，时任淮南转运度支的吕发，只恨人生中幸福指数最高的时光不能与好友共享，不禁暗生惆怅。

但也有人认为，欧阳修初至颍州西湖，是在皇祐元年之前。据宋人赵令畤《侯鲭录》记载："欧公闲居汝阴时，一妓甚颖，文忠歌词尽记之。筵上戏约：他年当来作守。后数年，公自淮扬果移汝阴，其人已不复见矣。视事之明日，饮同官湖上，种黄杨树子，有诗留题撷芳亭云'柳絮已将春去远，海棠应恨我来迟'。"按照这一说法，在出任颍州太守前，欧公与颍州已结下一段"天赐良缘"。他在颍州遇到了一名歌妓，能将他的词作一字不漏地唱出，堪称是"铁粉"级别啊！欧公大为感动。某次宴席之上，这名慧黠的歌妓就开着玩笑说"您若真是喜欢颍州，我猜将来有一天，颍州太守定会非您莫属"。后来果如其言。但当欧公当上颍州太守后，这名歌妓早已失去了踪影。欧公感慨之余，便在颍州西湖的撷芳亭留诗题咏"柳絮已将春去远，海棠应恨我来迟"。这两句点明了自己的遗憾与无奈。望断春踪，美人何处？迟来一时，错失一生。

赵令畤为宗室之裔，比欧公晚生了半个世纪，堪称是欧公的近代人。从时间上分析，他的记叙不应视为空穴来风。可问题是，如果以"赵氏语录"为准，那么欧公所自题的"种瑞莲黄杨寄淮南转运吕度支发"又作何理解呢？难道欧公是在有意掩饰？"每到最佳堪乐处，却思君共把芳卮。"明明是在思念那名曾成功预言自己荣任颍州太守的歌妓，"最佳堪乐处"，只愿与伊共之，却因此种深情"不足为外人道""不敢令外人知"，遂托称此诗是写给好友吕发的。真是这样？

我认为不会。在宋代，士大夫阶层与歌妓情投意合，这根本无须避讳，非但无伤大雅，且往往传为美谈。如果欧公与那名颍州歌妓果真彼此有意，欧公大可明明白白地直抒胸臆，哪里用得着这样半遮半掩地弄出一条"移花接木"之计，把写给恋人的诗篇戴上一顶为友人制作的帽子。"柳絮已将春去远，海棠应恨我来迟。"在我看来，欧阳永叔到颍州任职虽是二月春犹早，但也许是因为公务繁剧，直到夏风拂面，才有了到颍州西湖亲手栽种并蒂莲、黄杨树的休闲时光。发现颍州西湖的美，这是他生平中的头一遭吧！但美中总有不足。他感叹道："真可惜啊，我没能赶上颍州西湖的春天，性急的柳絮带走了一湖春色。"而"海棠应恨我来迟"，也并非是以海棠暗喻赵令畤所说的那位锦心解语的美人，却以海棠代指百媚千娇的迎春之花。错过了颍州西湖的春天，却恰好遇着了颍州西湖的夏天。这，其实与欧公的年龄也不期暗合呢！前面说到过，欧公这时是四十二岁。对于古人，通常来说，四十二岁当然不是"春龄"，说是"夏龄"吧，仿佛也不确切，应当是夏秋交接之龄。可欧阳永叔虽是古人，但却不是一般人啊！他是朝廷大员，即使对于古人，一位四十二岁的朝廷大员仍然是风华可羡、前程未可限量。

　　这终究是我们的一种想象。真实情况是，四十二岁的欧阳永叔，并不是人们所想象的中年帅大叔。早在四年前，宋仁宗庆历五年（1045年），欧阳在长女夭折后曾写过一首《白发丧女师作》，诗中说自己"泪多血已竭，毛肤冷无光。自然须与鬓，未老先苍苍"。痛失爱女，令他自感气血衰竭、皮肤枯冷。而在别人的眼中，也是须发皆苍，哪里像是一个不到四十岁之人。还记得那篇《醉翁亭记》吗？"苍颜白发，颓然乎其间者，太守醉也。"这位苍颜白发的太守，即是欧阳修的自画像。《醉翁亭记》写于欧阳修痛失爱女后的第二年。仕途的险恶与个人生活中的不幸令欧阳修的"早衰"之状极为突出。到颍州任太守，这其实并非朝廷的本意。用欧阳修自己的话来说，这是他自求而得——"昨以目病为梗，求颍自便。养慵藏拙，深得其宜，泛舟长淮，翛然其乐。"早衰的不单是欧阳修的外貌，就连视力，也大不如前。欧公话都说到这个份儿上了，真是令人闻之心酸。"我老眼昏花，做不了什么事了。只求到颍州养老，仰仗朝廷的恩典，当个吃空饷的太守罢咧！"

这样看来，欧公之所以来到颍州，理由只有一个，那就是，他把颍州当作疗养院，安安心心要在此当一闲官。可问题也就来了，真若病体不宜，何不请长期病假或办理提前退休手续呢？欧公毕竟也才四十出头啊，对于这名曾经参与"庆历新政"的能臣，当朝帝君宋仁宗又怎肯就此将他视为"弃子"？再说了，欧公此举，未必不是出于"以退为进"的考虑。当"庆历新政"遭遇保守势力的横加阻挠与激烈抗拒，欧公也因之深受冲击。所谓"自请到颍州任职"，这或许是欧公与宋仁宗君臣之间心照不宣的一种默契。远离了龙争虎斗的帝都，这既是对欧阳修的一种保护，也是在为革新力量保存实力。

然而，欧阳永叔还是可以有别的选择，天下多佳地，为何自求到颍州任职呢？仅是因为听说了颍州的风土人情之美，油然而生向往之心？这不大可能吧！按照正常的逻辑推想，在出任颍州太守之前，欧阳修必是去过颍州，甚至是在颍州生活过一段时间的。由于有过十分美好的亲身体验，欧公才会在人生忧患交加、身体发出报警信号时将颍州选定为理想中的任职之地。至于他与颍州歌妓之间的那段往事，则是后人的附会了。当然，你若愿意信之一二，就把它算作欧公与颍州情缘的一段"预热"吧！

我们知道，想象与现实往往有着很大的出入。欧阳永叔怀着那样高的热情、那样大的期许到颍州任职。现实中的颍州有没有令他失望呢？没有，永远不会，从来没有！欧公曾在《思颍诗后序》中写道："皇祐元年春，予自广陵得请来颍，爱其民淳讼简而物产美，土厚水甘而风气和，于时慨然已有终焉之意也。"来颍州不久，欧公就被这儿淳朴的民风、丰饶的物产、甘美的水土、温和的气候所牢牢吸引，不再把颍州当作临时避祸休养之地，而是希望终老是乡，"不辞长作颍州人"。

但欧阳永叔并未能如愿在颍州长住。这期间，他也有被调往外地任职的经历。其在《续思颍诗序》中有言："皇祐二年，余方留守南都，已约梅圣俞买田于颍上。"你看，欧公在颍州任职才一年就被调到了南都（即河南商丘，宋时称南京为应天府，一度与东京开封府两京并立）。按照识时务者的看法，南都无疑是个更高的任职平台，其重要性是颍州难以企及的。但欧公人虽到了南都，仍一心盘算着在颍州安家置业，甚至约上了好友梅尧臣在颍州买田投资。典型的"身在曹营心在汉"，所思所想，无不离"颍州"二字。

皇祐四年（1052年），欧公的母亲去世。几经考虑，祖籍江西庐陵的欧阳永叔虽将母亲的灵柩送回老家安葬，却将守孝之地选在了颍州。按制须守孝三年，这也意味着，他有三年的时间能留在颍州了，而这正是欧公所一心希望的。守孝期满，欧公回京任职。十余年后，由于受到不同政见者的攻讦弹劾，欧公再次以请任外官自保，先后到过亳州、青州、蔡州等地。到亳州之前，他恳请皇帝准予他"过颍稍留"，皇帝满足了他的这一请求。欧公对颍州是绝对真爱啊！绕道上任，只为多看颍州一眼。蔡州与颍州相邻，思颍心切的欧公又想出了新花样。借口自己的腿脚有毛病，不良于行，在颍州愣是蘑菇了一个多月后才到蔡州上任。欧公把自己的意图表达得再明白不过了，他一心所求的，无非是留在颍州。终于，在熙宁四年（1071 年），年将六十五岁的欧阳永叔获准退休。"终当自驾柴车去，独结茅庐颍水西。"欧公夙愿竟成，结束了对颍山颍水的长相思。"自驾柴车"，这当然是自谦之词。归心似箭的欧公对京都已是了无沾恋。六月退休，七月归颍。他恨不能把余生的每一个日子都留在颍水之畔、西湖之旁。

欧公为颍州写下了数量惊人的诗词作品。咏颍州、晒颍州，几乎已成为欧公的日课。终于该讲到这组《采桑子》了。欧公以《采桑子》为题的颍州专咏其实是有十三首。但起句中含有"西湖好"的，却是不多不少，正好十首。

就从第一首说起吧，"轻舟短棹西湖好"。轻舟配短棹，自有一种简约之美、轻装之美、低调之美。轻舟短棹，是休闲游的出行工具。独行应当是个不错的选择。如果觉得独行寂寞了一些，那就邀上一两个好友吧！尽情欣赏你的美，但却不惊动你的美，这是西湖休闲游的正确开启模式。

深吸一口无公害、无污染的新鲜空气，闭目感受短棹划出的幽约韵律。多美啊，这西湖的水。蔚然凝碧，回环成趣。多美啊，这西湖的堤。长堤如带，芳草便是缀满堤岸的珠翠，与一湖绿水这边唱来那边和，无论湖水流到哪儿，哪儿都有芳草的陪衬与呼应。而形成呼应的并不只是湖水与芳草，这边唱来那边和，湖上处处都能听到笙歌。今日的笙歌也格外贴心应景，不是以重金属敲击的"rock music"或是粗莽豪放的"西北风"——"我家住在黄土高坡"。秀丽如佳人的西湖，以安神为目的的出游对此类演出必须绕道而行。今天的西湖，今天的你，更适宜推荐轻音乐的陪伴。而这湖上，有的恰是轻音乐的陪伴。隐隐约约，不太真切。似乎是《潇湘水云》，又似乎是《渔舟晚唱》……侧耳听时，却又什么都没有。也许本来就没有乐曲，在这"原味"的西湖，本色的西湖之上，若有声响，那其实也一直都是短棹所划弄出的水韵。而自己却用视觉与听觉为它谱上了词，隐隐笙歌，这是当西湖之心与游人之心在奇妙邂逅之时所创作出的合奏。

今天的西湖真是太静了，静得甚至没有一缕风。湖水光滑得如同琉璃，你便置身于这块巨型琉璃之中。虽然听得桨声不断，但眼中所见，无一不是晶莹可爱的湖面。这似乎只能得出两种结论，不是湖面太宽，总也划不尽头，便是船夫并未向前划行，小船始终停留原地，所以眼中的湖景并无丝毫改变。然而，静极思动。在静物画中沉浸得太久，你又不肯"安分"了。再是神光陆离、吸睛引目的琉璃，也不能一眼不眨地看个没完吧！这时间长了，眼睛累了心也累。于是，你想到了要脱离琉璃的怀抱，脱离这过于单调的温柔陷阱。"走了吧，别老待在这儿。"你忍不住对船夫发话道。

"这不一直在走吗？"船夫很是惊奇。

"是吗？西湖真大，划来划去还是它的地盘。"你只好解嘲道，"我还当是你们偷懒，划桨只是虚虚地做了个姿态而已，并不真的在划。"

"不敢偷懒，更不敢诳骗先生。这西湖虽大，咱的这只船，差不多也绕着它走了大半圈了。先生游倦了吗？若是倦了，这就回去如何？"

"也好。"你点了点头，"不知不觉，倒绕了西湖大半圈了。从没见过这么安静的西湖，都静得有点不真实了。"

"不真实？"船夫反问道。

"是啊！我总疑心自己是在做梦。湖面无风、湖水不动，我要不问你们呢，你们就只一味地默然无语。除了做梦，哪能觅得这样彻底纯粹的清静？"

"倒不是我们不肯开口。看先生的神色，似乎是喜欢清静的。就怕一张口，会打断了先生的静思。"

"清静固然很好，时常求之不得。可我今天已独享了太多的清静，反倒想要撵走清静了。如果湖上能够再来一阵风，那就更妙了。吹破一湖寂静，向我证明今天的一切不是梦思幻觉，而是一场极为真实的身临其境。原来，西湖真的可以这样美；原来，人生中真有至乐的存在。"

"先生说这些话，听来真如梦呓。"船夫好笑道，"你刚才埋怨船没有走，其实船一直在走。你又遗憾湖上无风，其实湖风也是一直都有的呀！只是先生不曾留意罢了。你一直都在静思，所以呢，既感觉不到船行，也感觉不到湖风。"

"哦，我是这样的反应迟钝吗？这还是第一次有人告诉我。"你不由大吃一惊，"让我好好地感觉一下……湖风，湖风自何处来呢？东边，西边？还是感觉不到啊！难道我仍在做梦？"

"什么做梦不做梦的！"船夫抬桨指着前方的水面，"先生你看！倘使无风，水上又哪来的那些波纹？俗话说无风不起浪。先生定要说是无风，这水上的波纹又作何解释呢？"

"言之有理。涟漪既起，这便是湖风在场的一大证据。尽管风力微弱，但却不能视而不见啊！"你豁然而悟。

"湖风在场，这儿还有别的证人呢！"船夫又一次扬桨遥指，你也随之朝其所指的沙洲望去。但见一群水鸟拍翼疾飞，从沙洲向着两岸四逸，锐声发出警觉的啼鸣。

"不错，这水上沙禽，是湖风在场的另一见证。而这个证人可要比我敏感多了。今日之游，不但领略到了西湖静之极致，亦且领略到了西湖动之极致。是静亦佳，动亦佳，吾无憾矣！"朗声说笑中，你与船夫俱展欢颜，尽兴而归。

第二首，"春深雨过西湖好"。春雨与秋雨，是两种不同的走势。有道是一场秋雨一场寒，秋雨每落一场，就会加快降温的速度。而有关春雨的说法则是，一场春雨一场暖。春雨每落一场，气温便会"蒸蒸日上"。所以，与秋雨的不招人待见形成鲜明对比，春雨是人人欢迎的。因为春雨的联袂而至意味着春光与芳华正在步步登高，进入丰收之季。

而春雨之后的西湖，愈加"美貌"非凡，百花竞放，妖娆毕现。若是要你从中评选出花王，该把手中的选票投向谁呢？

"选我！"杜鹃理直气壮地仰首召唤。

"选我！"心高气傲的粉桃急切地探过头来。

"选我！"韵致楚楚的芍药也不甘示弱。

"选我！"这自惭形秽的角色，从来都轮不到牡丹来扮演，何况是盛年绮貌的牡丹。

是啊，该投给谁呢？给杜鹃吧，岂不冷落了粉桃？给粉桃吧，岂不委屈了芍药？给芍药吧，岂不贬低了牡丹？给牡丹吧，还有那许许多多叫得出名儿的、叫不出名儿的奇品异卉，比并来看，谁也不比谁逊色。于是，你只好宣布弃权了。花王争霸战，没有最终的胜者。其实更应当说，每朵花都是最终的胜者。这一宣布虽然让你如释重负，但对群花来说，却颇为失望。每朵花仍然固执地对于自我的容颜信心满满，认定自己乃是百里挑一的无冕之王。

苏东坡说，"乱花渐欲迷人眼"。其实为花所迷的，何止是游人。娇花争妍之处，还有一群更为活跃的宾客，那便是蜂蝶。欧公曾有一首《望江南》词：

> 江南蝶，斜日一双双。身似何郎全傅粉，心如韩寿爱偷香。天赋与轻狂。
>
> 微雨后，薄翅腻烟光。才伴游蜂来小院，又随飞絮过东墙，长是为花忙。

"何郎""韩寿"，是风流郎君的代称。何郎是三国时的何晏，生就白里透红的肤色，却总是被魏明帝怀疑在脸上涂了粉，就此落下了傅粉何郎之名。而韩寿是西晋人，鬼使神差被权臣贾充的小女儿给一眼看中了。情窦初开的贾小妹为了取悦意中人，时常以家中的名贵香料相赠。这种香料是西域的贡品，皇帝爱惜非常，除御用之外，只把它赠给了贾充与另一位大臣。贾充的大女儿嫁给皇帝做了皇后，作为皇帝的老丈人，贾充接受皇帝的特别馈赠那是顺理成章、理所当然啊！于是见证"奇迹"的一刻到了。当一个浑身上下散发着西域异香的美男子神清气爽地走进贾府时，所有的人都惊呆了，这也包括贾府的主人贾充。

"好香啊……这种香气，似乎与贾国丈身上的一样！"

"谁说不是呢！不是一家人，不进一家门。你我休要小瞧了韩生，他与国丈大人只怕渊源不浅呢！"

贾充本已揣着一肚子的疑问，又听得几句风言风语，这疑心更是重了。暗地一查，哪里还能查出什么好结果来？原来自己的爱女早就"胳膊肘子朝外拐"，与韩寿眉来眼去得火热。贾充只得自认倒霉。这也怨不得啊！女大不中留，家里养着一个春思脉脉的少女，迟早要成祸害。好在那姓韩的小子长得还真不错，家世体面（韩寿是韩信的后代），人也机灵。罢罢罢，不痴不聋，不做家翁。若要认真追究起来，自家的闺女也难脱干系。不如吃了这个哑巴亏，就将女儿嫁与他吧！

何郎傅粉，韩寿偷香，这其实是讹传。人家何郎是面如傅粉，并未进行任何人为的加工。而韩寿也从未盗走贾府的一针一线，更别说是偷香。偷香是别人为他做的。不是受到他的指使或胁迫，而是有人心甘情愿地为他偷香。偷香者不是韩寿，却是那位爱韩至深的女郎。

传来传去，就传变味了。传者无心，听者有意。何郎不曾傅粉，而别的那些注重仪表的少年，受到面如傅粉的启发，还真的试验起了傅粉之效了。不试不知道，一试都叫好。试验证明，"傅粉"能明显提升肤质肤色，男女皆宜，为扮俏之必备神器。从此"油头粉面"一族也应运而生。而偷香呢，则为风月之徒学了个正着。不是学贾小妹为爱人偷香，而是到有女怀春的人家去窃取芳心，这又诞生了一个新词"偷香窃玉"。

欧公在《望江南》中所写的蜂蝶，"天赋与轻狂""长是为花忙"，不无嘲弄之意。这里的"花"，是在隐喻如花的妙龄女子。欧公提醒她们，美丽的姑娘，你可得注意啊，看人不能只看外表。那些居心不良的男子，有的打扮得比何郎还要俊雅，有的把自己装成是对你一见钟情的韩寿。而他们的本质，只是一群生性轻浮的狂蜂浪蝶。甜言蜜语，从无实话。从东家飞到西家，不知何谓一心一意，即兴将你找寻，又随时将你抛下。

而在这首《采桑子》中，欧公同样写到了蜂蝶。这里的"蝶乱蜂喧"却丝毫不带讽刺的色彩。这里也同样写到了花，是开在自然界的鲜花，词句中并无以花喻人的告诫。既然百卉各逞其艳，芳菲袭人，则那些多情蜂蝶，又怎能无动于衷呢？嗅一嗅杜鹃，看一看粉桃，品一品芍药，问一问牡丹……这只蜂与蝶，那只蜂与蝶，看来它们的意见并不统一。还真是哎……这花王之选，不但令游人苦费评章，就连阅惯春色的蜂蝶也莫衷一是。这般甜蜜的烦恼，令蝶儿兴奋得手舞足蹈、醉态可掬，令蜂儿激动得你言我语，议论不停。是呀，花王的桂冠当归属于谁呢？春雨之后，晴日弄晖。每一朵花，都在晴日之下焕发出亮丽的异彩，将游人的情思与蜂蝶的爱美之心瞬间点燃。春风含情，春阳催妆，使得原本平淡无奇的人间百卉变为了阆苑仙葩。这里没有谁是花王。万紫千红总是春，每一朵花都有其存在的独特意义，少了任何一朵都会使得春光失色，春心怅惘。

当美丽的春天来到美丽的颍州，赏花之外，又怎可缺少了游湖的乐趣呢？兰桡画舸，每一只游船都是那样悦人心目。说是相邀也好，说是"引诱"也好，令你于受宠若惊之际完全想不出拒绝的理由。于是，连平时最是善于自我约束、最是拘谨古板的灵魂也不禁飘飘然起来。"游湖怕什么？这上得是画船，又不是贼船。咱也要纵情尽意地快活一回。人生朝丝暮雪，何必总是瞻前顾后、作茧自缚？且抛下万千愁绪，爱此逍遥游，身似湖中仙。"可惜这神仙般受用的时光又要匆匆溜走了。落日越来越低，随时能有可能宣告这美好一天的结束。这让人既是留恋又是伤感，而落日，也仿佛感染了游人的心情，与游人依依惜别，徘徊无语。忽然之间，那原已渐暗渐弱的日光猛烈地晃荡起来，似乎是在调动、在燃烧其全部的精气神，落日以此最后一搏、最后一拼来回报游人，营造出西湖一天中最是辉煌、最是惊艳的时刻。就像风姿绝代的洛神在临去前的深情回眸，夕照反顾波间，那一种风情，那一种韵华，便用尽一生来回味，那也是意犹未尽。

既然人与落日都意犹未尽，又何必急于挥手道别呢？"且尽今日欢，为君起浩歌！"船上管弦嘹亮，湖面水阔风高。水助丝竹，风吹弦歌，游湖之乐，更胜于前。

第三首"画船载酒西湖好"。这一首，仍写的是带着音乐之声游湖。其游湖的工具则是"画船"，有一种豪华的、讲究的味道。除了音乐之声，在这首词中，又还添加了一物，那就是酒。"画船载酒"，令人不但大饱眼福，且可大饱口福。欧公虽不善饮，但是善醉。"醉酒"，那是深合欧公理想的一种生活状态，也是欧公心驰神往的一种精神境界。是啊，这游湖之乐，不仅乐在耳目，也应乐在肺腑。画船、美声，再加上琼酿，有此三者相伴，才算集齐了人生之精彩。

画船载酒，当然须得浅吟细斟，而不是仰脖狂饮，瞬时间已喝得晕头转向、烂醉如泥。就像《水浒传》中护送生辰纲的兵士，不多工夫便已"倒也倒也"，非但醉相难看，并且愚蠢得令人发指。若教《红楼梦》中的妙玉看见，定会又是蹙眉又是掩鼻："不上台面的村夫，这与口渴的骡马又有什么两样？"而欧公，那是资格纯正的文人雅士一枚，是有品位、有修养的颍州太守，他可不是什么不上台面的村夫。欧公不是村夫，与他画船同游的朋友当然也非俗物。文人雅士载酒游湖，那是斯文之盛事。斯文之盛事，必定有觞有咏。即兴而作、赋就新词，那侍立一旁的美人早已暗记于心，檀口清唱，配以竹丝管弦的芳音妙律，令在座诸君无不魂飞意动、情转思扬。

"不是这般的好词，怎配得西湖这般的风华？不是这般的佳音，又怎配得西湖的绝色？来来来，再唱一遍！再饮一杯！再看一回！人生能得几回醉？为西湖而醉，得其所哉，在所不辞！"

"来来来，醉乡梦稳宜频行。将进酒，杯莫停。今日正好新桃换旧符，试一试最近兴起的行酒令。我就抛砖引玉自荐为令官吧。你们须得听我号令。"

"今日酒新景新，连行酒令也是新的，自然再好不过。奏乐、喝酒，根本停不下来呀！连眼睛也停不下来，西湖忒煞迷人。看在眼中也是醉，品在心中更是醉！"

虽不像绿林豪客那样一干而尽，但文士亦有文士的潇洒与旷逸。金樽玉盏，那是永不枯竭的欢乐之泉。众人传杯递盏，比赛着酒量、酒德以及饮酒的姿态……有人唱起了杜甫的《饮中八仙歌》：

> 知章骑马似乘船，眼花落井水底眠。
>
> 汝阳三斗始朝天，道逢曲车口流涎，恨不移封向九泉。
>
> 左相日兴费万钱，饮如长鲸吸百川，衔杯乐圣称避贤。
>
> 宗之潇洒美少年，举觞白眼望青天，皎如玉树临风前。
>
> ……

酒兴上来，每个人都已有了不同程度的醉意。深的有那八九分，浅的也有三四分吧！有的仍有较强的自制力，有的却已无法不持了。酒客之中，还真有人像贺知章那样摇晃着身子，头昏眼花就是掉进了井里也茫然不觉。也有人活像汝阳王李琎，闻着酒香便已流出了口涎。还有人饮姿"壮丽"，复活了左相李适极为有名的长鲸吸纳百川之态。

更有人年轻俊丽，举杯望青天，酷似一代美少年崔宗之，玉树临风、神采不凡。

至于欧公，他的酒量酒态如何呢？莫不又是颓然醉矣，与"饮中八仙"的第一幅肖像恰好吻合，那不正是贺知章的画像嘛，"饮中八仙"中的第一仙！众人还在把酒品评，但品评之中，似乎感到少了一个声音。"太守游湖，一向兴致极高。怎么这会儿他却一言不发呢？欧阳太守到哪里去了？人呢，明仗着西湖太大，寻人非易，难道太守还会玩失踪不成？"

一时间停杯住盏，众人寻找起太守来。寻来寻去，偏是在那隐蔽的一角，发现有个人正半坐半卧，是俗话中的"坐无坐相，睡无睡相"。这等姿态虽令人不敢恭维，却是随意至极，且也看得出来，这位半坐半卧者也是舒服至极。他的脸上有笑纹轻展，宛似西湖上"惊起沙禽掠岸飞"的微妙涟漪。

"原来太守却在这里！欧阳太守不胜酒力，这么快就'逃之夭夭'了？"

"他呀，竟然已经睡着了。'眼花落井水底眠'，此正欧阳太守之谓。你们信不信？这会儿就把欧阳太守扔进西湖，他也照常睡得四平八稳。瞧他脸上的笑容，定是做了好梦了！能醉即是福，醉眠更是无上之福！对欧阳太守的陶然醉眠，我们是只有羡慕的份儿了！"

"韦端己说得好，'春水碧于天，画船听雨眠'。有雨无雨，能得画船一晌眠，也应抵过十年的风尘奔波。欧阳太守虽有心向闲却难得清闲。就让他在睡梦里好好地体验一番西湖的温情吧！我们且自走开，莫要惊扰了太守的一晌清梦。"

放开了欧阳太守，众人又回去继续行乐。湖面风平浪静，欧公这一舸清梦，果然做得酣畅已极。补足了精神，恢复了元气，无人催唤，他一觉睡到自然醒。醒来的第一眼，看见朵朵玉雪般的云在船底流动，恍惚之中，分不清是船在行呢，还在云在行……"我们的船这是到了云端之上吗，莫非已至天界？"虽惊喜无比，却是不能相信。

于是抬起头来，向那鲜丽澄净的天空望去。青天在上，白云也仍在头顶。可这船底的行云又是怎么一回事呢？他忙又低头，足底却是鲜丽澄净与天空不相上下的西湖之水。抬头、低头；低头、抬头。就这样反复了好几次，头脑似乎清醒了些，终于弄明白了天上有云、水中也有云的奥妙。青天之上，是白云真身，碧水之中，是白云投影。青天之上的行云与碧水之中的行云究竟谁更令人着迷呢？抬头，低头；低头，抬头。反复再三，心中仍无定论。青天之上的行云与碧水之中的行云都让他舍不得目光暂离。也许，还是爱那水中的行云多一点吧！尽管已经完全清醒，还是忍不住像个孩子一样陷入天真的奇思异想：除了头上有青天，又怎知湖中就没有青天？谁说湖中的行云是头上行云的投影？据我看来，这湖中的行云也与头上的行云一样地真实。这不更加印证了湖中别有天的猜测吗？

第四首"群芳过后西湖好"。"群芳过后"，那就是"百卉争妍"已经成为过去式了。大红大紫的场面一下子冷落下来，哪里还有往日那"蜂乱蝶喧"的场面？蜜蜂多半是没心情了，彩蝶也淡漠得很，这是它们的天性，花开而来，花谢即去。既然眼前已无"晴日催花暖欲然"的景象，蜂蝶行迹渐疏也在情理之中了。

在惜春之人看来，"群芳过后"可不是个好兆头。对他们而言，如果说春天是一部制作精良的大片，当其进行至"群芳过后"一章，便已结束高潮，且即将在屏幕上显现出"全剧终"的字样，令人无奈又倍添惆怅。杜甫曾说过"一片花飞减却春，风飘万点正愁人"，诗圣目光之敏锐，的确远超常人。还不用等到"群芳过后"，眼里才见一片飞花，便已惊惧不已。这一片飞花便是春光减色的证明，很快地，很快地就要"风飘万点正愁人"了。无数飞花都要紧步那第一朵飞花的后尘，直至枝头飘尽，春归已无花。"一片花飞减却春"，就如"一叶落而知天下秋"一样，具有浓厚的宿命感，令人心碎神伤。

但欧公此处却道"群芳过后西湖好"。竟然不以群芳过后为意，反而认为百卉凋零后的西湖更有值得称道之处，这是为何？群芳过后的西湖好在哪里呢？"狼藉残红，飞絮濛濛，垂柳阑干尽日风。"群芳极盛之时，严妆凝彩、丰容靓饰，极易引来礼赞的目光。可当一个"云髻峨峨，修眉联娟"的丽人忽遇变故而髻乱发散、仪容不整了呢？你还会以之为美吗？大多数的人，可能早已掉头不理了。但也有那么一些人，他们的目光不同于常，见解也不同于常。因此有人说过"王嫱、西施，天下美妇人也。严妆佳，淡妆亦佳。粗服乱头，不掩国色"。这番审美理论，应当是合于欧公之意。在欧公眼中，"狼藉残红"乃是一种凌乱的美，比之严妆整饬之容华，更有一种自然呈现的率性。

我们今天常说，自然老去，那也是一种从容，一种优雅，一种对于生命的领悟与认知。欧公在颍州任职，早已过了不惑之龄。他之所以能以一种淡定的态度去欣赏狼藉残红，这与他的年龄与生命体验是深有关联的。残红临风起舞，即使到了生命中的最后一刻，也要积极热烈地拥抱生活。

然而，青春毕竟消失得太突然了，蒙蒙飞絮似乎在为青春与残红送行，飞絮有太多的不舍，太多的不解与困惑。是呵，即使已到不惑之龄，属于青春的困惑仍停留在那最初的地点。最初的梦想去了哪里呢？回答他的，只是垂柳栏杆吹来的一阵又一阵微风。这样的微风，从早到晚都吹着。而他，也不知不觉地在这儿凭栏而立，从早到晚，过了一天。这一天多像是他整个青春时代的缩影啊！飞絮告别了残红，垂柳告别了东风。而他，却用独自凭栏的沉默，告别了青春的忧伤与欢乐。

西湖也在告别青春吗？今天的西湖，不再有笙歌萦绕，不再有游侣言笑，好客的西湖也有她的寂寞之声。青春的回忆不总是美丽动人的，梦想、奋斗、成功、失败、荣耀、屈辱……形形色色、百味俱尝，就这样日积月累地构筑起了过往。从前那样耿耿于心、念念不忘的事物他都得偿所愿、追求到手了吗？有的得到了，有的至今仍未得到。但得到的意义又是什么呢？是否人生的每一个愿望都要以实现、得到来证明它的价值呢？是的，在他所走过的并不太长的人生旅途中，他虽遭受了种种挫折，但归根到底，还不算一个太倒霉的人。不然也做不到颍州太守这个如此可喜的职位，不然也不能来此与这可遇不可求的西湖相知相识。回望过去，梦想也好、欲望也罢，都不是那么重要了，就像春天里的群芳，次第开谢，虽则让人惊觉年华疾逝，却也有了一种如释重负之感。"已得到的终将还是会失去，君不见，群芳开尽、春色成空，哪一种拥有能够长久？可如果能将失去视为放下，不就一劳永逸地斩除了烦恼的根源吗？"

微风之中，细雨渐起，一点一滴，润湿了垂柳栏杆。那个凭栏久立之人此时已打开心结。他悄然一笑，垂下帘幕，且看双双燕子自斜风细雨间翩然归来。

第五首"何人解赏西湖好"。"解赏"，那是心领神会的懂得与欣赏，非知音不能为之。那么，谁是既懂得西湖又善于欣赏西湖之美的知音呢？"何人"一词颇耐寻味。已经读过了前面四首《采桑子》，抱着先入为主的想法，也许性急的读者会说，真是的，何必多此一问呢？这"何人"不是您欧阳先生还会是什么人？左一个"西湖好"，右一个"西湖好"，不都是您欧阳先生在对着西湖自言自语、陶醉不已吗？要说"解赏"西湖，那是您欧阳先生的特权啊！

"错矣，大错特错！"欧阳永叔听到这种论调，不以为是对他的恭维，反倒认为是对西湖的轻视。"请读完了全篇再来发表看法吧！这首《采桑子》很短，不会占用你太多的时间。读完此词，你自能明白'何人'是老夫自谓呢还是另有他人。"

读者的急性子暂时被好奇心压了下去。怪了，解赏西湖，难道除了你欧阳先生竟还别有高人？那位高人是谁？他既如此解赏西湖，为何不写上一打的《采桑子》词，与你欧阳先生一决胜负？

越是好奇，怎奈欧阳先生并不立即揭晓。你看他只管闲闲写道："佳景无时，飞盖相追，贪向花间醉玉卮。"一年四季，你任何时候来到西湖都会被飨以耳目一新的佳景，每一次都将心满意足，每一刻都不曾虚度。西湖，这颍州的西湖呵，从不会令你乘兴而来，败兴而归。西湖，这颍州的西湖呵，为何总能吸引满城的车马竞相飞驰，如同一个魔法巨大的磁场？任何时节、任何时候，在去往西湖的大道小径都是香尘不绝。你若问他们去向何处？回答是一致的："去西湖啊！"你若问他们返自何处？回答也是一致的："从西湖回来啊！"

去西湖做什么呢？赏花品酒啊！来往的车马闻得见芬芳隐隐，来往的行人则无不喜动眉梢。然而往返的车马与行人仍是能够区别的。来时正当清晨，那车中马背，载动的是朝花晨露的幽芳，行人的脸上，全是跃跃欲试的希望。返回之际，却是暮云渐暗，车中马背，沾染了落花晚风的气息，行人的脸上，尽是浓浓酽酽的醉意。哈，这可是抵赖不得的了。不是到西湖去了，哪来这浓浓酽酽的醉意？

但西湖的一花一叶、一波一纹也是断不可少。若无西湖之水、西湖之花相陪，哪得生成心中这十分醉意？能在西湖之滨做一酒徒，真比成仙得道还要快活呢！

是啊，谁能不为西湖的风花雪月醉而忘我呢？与其说是你贪杯，不如说是贪看西湖的绝美姿仪。然而，并非每一个前往西湖的人都会"贪向花间醉玉卮"，或者应当说不是每一次都会以"贪向花间醉玉卮"为西湖之行的收梢。"贪向花间醉玉卮"，自是"何不潇洒走一回"的行事风格，脱略形骸，但图一时之痛快。可要说到格调，这"贪向花间醉玉卮"毕竟还是浅露了一些。只图一时之快而一饮而尽的酒，终究少了点品咂与念想，不够绵长有味。那么，怎样才能做到有格调地品读西湖、品味西湖呢？且看那"谁知闲凭阑干处？芳草斜晖，水远烟微，一点沧洲白鹭飞"。

有那样一个人，闹中取静，栏杆独倚。和别人不同，他所着眼处，不是西湖边那场无比绚丽的花事，而是那一带的迷离芳草与脉脉斜晖。芳草与斜晖并不能带给人热烈的情感，却是那样温柔怅然。也许，在经历了一些世事，在到达某种年龄时，那些凌云风发的意气，如百花各逞其艳的好胜心性已不复存在。是啊，也曾"贪向花间醉玉卮"，以为能够拥有梦想，以为可以得到一切。可有醉就有醒，梦有开始，也有结束。如果是在从前，梦断酒醒，心中未免会感到难堪的失落。可现在不同了。阅历与岁数的增长并不全是坏事，它也许会令人变得世故，可也会令人变得豁达、变得聪明。不再因为一己之得失祸福而怨天尤人，不再追求那些轰轰烈烈却是转瞬即逝的事物。时光已无多，嗟叹又如何？正因如此，更要好好珍惜当前，斜晖之中，无须羡慕群芳的鼎盛韶华，就做一株随遇而安、天姿淡泞的小草吧！小草的幽香淡而持久，未必不如那些灿若明星却也凋若流星的名花。在这个人的眼里，西湖最美的风韵便在于"水远烟微"，引得一行行白鹭在水天之间此起彼落、御风而飞。

"沧洲"一词，让人不禁想起《水浒传》，林冲被高俅诬陷，八十万禁军教头只落得"发配沧州"，成了有口难辩、名誉扫地的"贼配军"。《水浒传》中的沧州在今河北北部，临近渤海，宋代为辽宋边境，荒寒无人烟，故而成为发配犯人的"理想"场地。但欧公此词写的是"沧洲"，并非"沧州"。"州"字前面加了三点水，同音却不同字。此"沧洲"与彼"沧州"截然不同。这里的"沧洲"并不是特指某一地名，而是泛指颍州西湖区域的水边之地。"一点沧洲白鹭飞"，这是幽人雅士的思致与情怀，至于那个背负着深冤奇耻的林教头，在风雪肆虐的沧州，料来既没有心情，也无福看到"水远烟微""白鹭翩飞"。"一点沧洲白鹭飞"，这是改写了张志和的《渔父词》"西塞山前白鹭飞"。因为水远，因为烟微，"沧洲"缩为"一点"，意境尤为高旷。

最后，让我们再次回到篇首那个问题吧——"谁人解赏西湖好"？是那些"贪向花间醉玉卮"的酒徒花客呢，还是"闲凭阑干"识得"水远烟微"的幽人雅士？你眼中的西湖，我眼中的西湖，有着怎样不一样的感动？

第六首"清明上巳西湖好"。虽说西湖佳景，无时不好，无时不妙，但节日的西湖更有一番令人心喜的风貌。什么节日呢？清明与上巳，这本应是两个不同的节日。宋代的清明是在冬至后的第一百零八天。至于上巳呢，自魏晋之后便定在旧历的三月三日。尽管宋代的清明每年的具体时日多有变化，但清明到来时，总是与旧历的三月三日极相接近。这样一来，清明与上巳就成了近邻。这有点像我们当今的中秋节与国庆节，这两个节日也时常碰在一起，首尾相连。

且来看看孟元老在《东京梦华录》中是怎样描写宋人眼底舌尖的清明："凡新坟皆用此日拜扫。都城人出郊，禁中前半月发宫人车马朝陵，宗室南班近亲亦分遣诣诸陵坟享祀……节日亦禁中出车马，诣奉先寺道者院祀诸宫人坟。莫非金装绀幰，锦额珠帘，绣扇双遮，纱笼前导。士庶阗塞诸门，纸马铺皆于当街用纸衮叠成楼阁之状。四野如市，往往就芳树之下，或园囿之间，罗列杯盘，互相劝酬。都城之歌儿舞女，遍满园亭，抵暮而归。各携枣䭔、炊饼、黄胖、掉刀、名花异果、山亭戏具、鸭卵鸡雏，谓之'门外土仪'。轿子即以杨柳杂花装簇顶上，四垂遮映。自此三日，皆出城上坟，但一百五日最盛。节日坊市卖稠饧、麦糕、乳酪、乳饼之类。缓入都门，斜阳御柳；醉归院落，明月梨花。"

这段话很有意思。我们先来看看宋代朝廷官方的活动。这个节日的重头戏是从扫墓仪式开始的。半个月前就遣发宫人祭扫陵墓，宗室贵戚也积极响应朝廷的号召。到了清明节的正日子，宫中更是兴师动众地大秀排场，宫人们华丽地外出上坟。"金装绀幰"，"绀幰"是那天青色的车幔，一个个天青色的车幔中坐着一个个打扮不俗的女郎，哪一个不是"彩绣辉煌，恍若神仙妃子"？锦额珠帘遮藏不住她们秀艳的丰姿，绣扇叠合掩盖不了她们明媚的笑颜。在那一对对纱笼的引导下，她们由远而近，又由近而远，迷乱了无数行人的望眼。

宫廷自带高不可攀的气度，民间亦有民间的繁华。多热闹的清明节啊！无论是有身份、有地位的"士"，还是平平庸庸的"庶"，全都出动了，谁也不会宅在家里，那会成为全城的笑柄。街上到处都是用各色纸物扎成楼阁形状的商铺，引得"士"争购，"庶"争看，各有所乐，各有所获。更有一班歌儿舞女，不仅取悦于"士"，亦且取悦于"庶"。她们以轻歌曼舞装点着园林与亭阁，比起那些时隐时见于珠帘之后的禁宫佳人，别有一段活色生香的风流。士庶之人无不来到郊野，或是就着芳树而坐，或是临近园圃开席。他们携带着枣𪌊（以面做成的蒸饼）、炊饼、名花异果等食品，还带上五花八门的玩具，比如说，掉刀（一种外形如桨的长刀），绰号为"黄胖"的泥偶，山亭（泥制风景建筑物）。不得不说，宋人玩心太重，不就是出个门透透气嘛，还带上那么多名目新巧的玩具，甚至还有鸭蛋和小鸡，真够奇葩的，令我等现代人莫名其妙。可他们却管这叫作"门外土仪"，意即带到外边以佐游兴的土特产。直玩到日暮方休，兴尽方归。

但这还没说完呢！孟元老还写到了清明节时人们所坐的轿子。轿子以杨柳杂花为饰，"四垂遮映"，既抢眼，又别致。清明节三天，出城上坟的士民不绝于路。这样就有了一个问题，这些人难道都是冲着上坟而出城吗？不见得吧。借上坟之便而行郊游赏春之乐，这才是宋人之真实意图。节日的内容丰富多彩，人们在大饱眼福之余又还大饱口福。稠饧（一种厚厚的饴糖）、麦糕、乳酪、乳饼，诸如此类曾有幸被收录在宋人的美食榜。清明节其实也是美食节。谁说"清明时节雨纷纷，路上行上欲断魂"来着？清明节，未必非得有那纷纷细雨，行人也未必断魂。讲真的，他们快活着呢！看那斜阳御柳，依依不舍地飘曳在都门，当人们必须与这个节日说再见时，无不醉归院落，将一腔欢情和着一帘幽梦带入明月下的烂漫梨花中。

再来看上巳。上巳节，官方仍有庆祝活动。这在欧公的诗句中有所反映，欧公有一首诗，名为"和昭文相公上巳宴"，是与时任昭文馆大学士的朝琦唱和之作。其诗云：

> 一雨初消九陌尘，秉兰修禊及芳辰。
> 恩深始锡龙池[1] 宴，节正须知凤历新。
> 红琥珀传杯潋滟，碧琉璃莹水氲沦[2]。
> 上林未放花齐发，留待鸣鞘出紫宸。

而韩琦的原作为：

> 春光浓簇宝津楼，楼下新波涨鸭头。
> 嘉节难逢真上巳，赐筵荣入小瀛洲。
> 仙园雨过花遗屑，御陌风长絮走球。
> 禊饮不须辞巨白，清明来日尚归休。

从欧阳修与韩琦的诗中，我们可以看到在上巳的这一天，宋代君臣联欢同乐的光景。柳永在《破阵子》一词也有记录"时见凤辇宸游，鸾觞禊饮，临翠水、开镐宴"。可那时的柳永只是一介平民，只有旁观的份儿，没有参与的份儿。不比欧、韩二公，能以大臣之尊分得"皇恩浩荡"。

总结一句吧，对于宋人，清明与上巳的接踵而至，那就意味着春

---

[1] 龙池，当指汴京的金明池。

[2] 氲沦，音 yūn lún，这里用来形容金明池水深且广。

光王者归来，是一年中最可期待的佳景。说到这里，我们也即将正式讲到欧公的这第六首《采桑子》了。

西湖之清明上巳，尤有可观可赏之处。人心欢洽，耳闻目睹尽是繁华气象。而这繁华，非是京都皇城的繁华，而是水城颍州的繁华。这个颍字与聪颖的颖并非同一个字，聪颖的颖在匕下为禾，而颍州的颖却是匕下为水。清明踏青，上巳修禊，这修禊之义便是要到水边嬉戏、洗浴，以驱除不祥。颍州得天之美，有那样现成的一大片西湖，环湖踏青，临水修禊，仿佛天生就是为清明上巳二节而设立。没有机会到颍州过清明上巳节，这只能自叹运气不佳。而一旦生为颍州人，能年年岁岁在颍州亲历清明上巳节，这难道不是人生的一大快事吗？更何况，没准儿你会在此碰到颍州太守欧阳修。如果你是一名资深的宋词迷，再或者，你对欧公格外怀有一份钦慕之心，"转身遇见欧阳修"，这大概是你终生难忘的记忆吧？

是的，在踏青修禊的人群中怎可缺少欧阳修的身影呢？此时的欧阳修，身在颍州西湖的欧阳修，远要比在汴京金明池陪侍御宴更有幸福感与成就感。他就像是离网的鱼、脱笼的鸟，在颍州这方天空，在颍州这方水土，得以全获自由、施展身手。不必再担心京中同僚的猜忌、恶人的攻讦，在颍州，他是绝对的主人；在西湖，他是纯粹的诗客词家。据《正德颍州志》记载，在颍期间，欧阳修"明不致察，宽不致纵，因灾伤奏免黄河夫万余人，筑陂堰以通西湖、引湖水以溉民田……"为颍州的民生与西湖做了许多实事、好事，堪称政绩突出。欧公曾有诗云"年丰千里无夜警，吏退一室焚清香"。年丰岁稔，清明上巳出游，只觉西湖一带繁华耀眼，欧公这可不是"王婆卖瓜，自卖自夸"，而是眼见为实，欣喜无比。这颍州的繁华也有他的一份功劳呀！

一路赏看西湖风光，一路构思诗情词境。每每觉得西湖的好处说不完、品难尽，却又时常觉得敲诗裁句，难得新意。这时无端响起一阵吵闹声，如同静夜里忽闻蝉声大作，令欧公雅趣全消、好生心烦。

"什么人在此喧哗，挡了太守的道？"差役赶紧呵斥道。

"太守？车中坐的真是太守？"吵闹顿时平息下来。一群人你看看我，我看看你，眼中有惊疑，也有畏惧。

"何事吵闹？"欧阳修问道。

见太守并无生气之色，有人壮着胆子回话："素闻太守清正公允。小人的车马本来走在前面，却有两家后来的车马硬要挤到小人前面去。想是他们有钱有势，故此欺凌小人。小人心中不忿，才与他们争辩了几句。不知惊了太守的驾，还望太守公断。"

"明明是你抢了我的道，怎的反倒告状在先？"另有人说。

"走在最前面的是我的车马呀！你跟他，你们还讲不讲个先来后到？真是的，无理的竟成了有理的，这不是无理取闹吗？"第三人拍着胸脯道。

原来西湖上的吵闹声不是无端而是有端。谁对谁错，谁先谁后，却是难断。路上既无摄像镜头，你叫欧阳太守如何裁处呢？

太守笑道："争道西湖，诸公岂无'焚琴煮鹤'之感？何况这节日里，谁肯破坏和为贵？谁先谁后真是那样要紧吗？须知我等是来观景的，又不是赶路的。岂不闻'陌上花开缓缓归'？像我，倒是宁可落在后面，不受他人影响，可以从容地赏，自在地看。我既不能断定你们谁先谁后，也不知我是先来呢还是后到。这样好不好？我且让你们先行过去，我最后才过。至于你们的行进顺序，就让各位商量着办吧！"

太守既出此言，争道之人不约而同都后退几步，满面羞惭，不作声了。

欧公心知其意，又是一笑："看来你们是不想争了？怎么，齐打伙儿让起我来？那好，我便先行一步，你们若有兴趣，不妨与我同游。不要太落后呵！虽说'陌上花开缓缓归'，可清明上巳俱是难得，佳节佳景并不待人。莫要错过，莫要落后。"

绿柳之间，欧公所乘之车徐徐驶过。听说欧公从此路过，许多原本不打算取道于此的，也急忙驱车而来，意欲一睹太守风采，其中不乏富贵之家。一时间引来无数骏马雕车尾随于后。但都秩序井然，不再扰攘争道，而是鱼贯而行。欧阳修偶一回头，但见身后的车队朱轮宝饰与绿柳相映，艳丽新奇、煞是好看。心中一动，忽得妙句"争道谁家，绿柳朱轮走钿车"。

是呀，在清明上巳的西湖，连争路抢道也是那样诗意盎然。俗人亦有不俗之处，"出门俱是看花人"，为赏花观景而争道，与那些因琐屑小事而引发的市井纠纷毕竟不在一个层次的。

日暮时分，游人开始散去。不是一哄而散，而是"相将去"，或二人一组，或三五一群，你有你的亲眷队，我有我的朋友圈。虽已日暮，而游兴未减。一路谈论着这一天的见闻，越聊越起劲儿，越聊越高兴。

"不，你说错了。"有人纠正道，"你今天喝了太多的酒，总是说些不着边际的话。"

"你才不着边际呢！就你那酒量，这里头第一个醉倒不是你还会是别人？"

"咦，我们这是走到哪里了呢？这种浅粉淡紫的花不是才看过了吗？绕了一大圈，怎么又回到了原处？看哪，这堤岸竟然是斜的，危险得很。为何以前就没注意到呢？得赶紧禀报太守啊，得想法把堤岸给修平。"

"又一个喝醉了酒的。听听这话就知道，你连回家的路多半都不会认得了。"

马蹄嘚嘚而行，转过一个弯儿，又是一条道，不断给人以柳暗花明的惊喜。有在车上东倒西歪的，有那醉眼迷离的，却也有神色自若举止无差的，是醉是醒，不难辨认出来。可无论醉者与醒者，明显都比平日的话多，是这清明上巳的春游极大地释放了他们的生命活力。而这日暮归途的喧哗，又正好与来时的"争道"互为押韵。

"其实他说的也不是全无道理。"一个声音悄悄道，"我真的没醉，信不信由你。我是这么觉得的。我们颍州的道路，春天里是极易混淆的，你哪能分清楚东南西北呢？往东边是看花，往南边也是看花，往西边是看花，往北边还是看花。说句不夸张的话，直到城头总是花。这不，绕了一大圈，我们看花去。绕了一大圈，我们又看花回了。"

第七首"荷花开后西湖好"。柳永有《望海潮》一词，是为名城杭州特别制作的一期风雅颂节目，而杭州西湖尤能代表风雅颂的精华。精华何在呢？君不见"有三秋桂子，十里荷花"？更有那"羌管弄晴，菱歌泛夜，嬉嬉钓叟莲娃"。万顷烟波之上，其登场的主角必当是丰容俊颜、浩荡如云的荷花。原因很简单，荷花是天生的水上女王，别的花再怎么努力，但要说到在水一方，却断然压不过荷花的气场。所以有个极美的词"出水芙蓉"，以出水之姿而名标盛夏收视率榜首的，只能是荷花，他花不敢近前争艳。

北宋周敦颐有《爱莲说》一文传诵千古。"予独爱莲之出淤泥而不染，濯清涟而不妖，中通外直，不蔓不枝，香远益清，亭亭净植，可远观而不可亵玩焉。"这是《爱莲说》中最传神、最有味的句子。其实，在周敦颐之前，欧阳修也曾写过一篇《荷花赋》，其辞云：

> 步兰塘以清暑兮，飒苹风以中人。撷杜若之春荣兮，寨芙蓉于水滨。嘉丹葩之耀质，出渌水而含新。荫曲池之清泚，漾波纹之翕沦。披红衣而耀彩，寄清流而托根。挺无华之浅艳，靡竞丽乎先春。抱生意以自得兮，及薰时之嘉辰。若夫夏畹兰衰，梦池草密，惨群芳之已销，独斯莲之迥出，可以嗅清香而折醒，可以玩芳华而自逸……

欧公笔下的荷花，"披红衣而耀彩，寄清流而托根。挺无华之浅艳，靡竞丽乎先春"。读来又何尝不令人怦然神往？有出类拔萃的美质却无夸炫之意，不与众芳竞逐三春的奢华，在清寂的时光中自珍自守，只为那"薰时之嘉辰"。对荷花来说，是"薰时之嘉辰"，对他花而言，则是"惨厉之酷辰"。炎炎大暑之下，他花都蔫头耷脑、无精打采，只有荷花无惧无怨，是所谓"惨群芳之已销，独斯莲之迥出"。荷之超群绝伦，必于夏时赫然可见。作为一名爱莲者，悄然品取荷之清香，那无疑是世间最妙的解酒之物，怡然眷恋荷之芳华，难道还能想象出比这更为甜美的欢乐？

年少时读到席慕蓉的一首诗《莲的心事》：

> 我
> 是一朵盛开的夏莲

多希望

你能看见现在的我

风霜还不曾来侵蚀

秋雨还未滴落

青涩的季节又已离我远去

我已亭亭　不忧　亦不惧

现在　　正是

最美丽的时刻

重门却已深锁

在芬芳的笑靥之后

谁人知我莲的心事

无缘的你啊

不是来得太早　就是

太迟

　　前面提到过欧公的一首诗"初至颍州西湖种瑞莲"中有"柳絮已
将春去远，海棠应恨我来迟"之句。然而，欧公虽是错过了颍州西湖
的柳絮与海棠，却并未错过颍州西湖的荷花。"初至颍州西湖种瑞莲"，
看这题目便知，欧公与颍州西湖的荷花极其有缘，是"有缘的你"，
而不是"无缘的你"。"在芬芳的笑靥之后，谁人知我莲的心事？"
颍州西湖的荷花，不当有此幽叹。欧公没有来早，也没有来迟，盛开

在宋朝的那朵夏莲，盛开在颍州西湖的那朵夏莲，等来了她的知音。

"花如佳人，深得我心。"荷花对欧公绽启了心事，欧公亦对荷花敞开了胸襟。

人与荷花的对话，须以酒为媒介。待得荷花开遍西湖，又是欧公画船载酒之时了。瞧他那副喜不自胜的样子，一迭声地只道："携带酒具，上西湖避暑去！"

仆役想笑却不能笑。这大热的天，哪儿不是暑浪袭人？西湖未必真如清凉世界，只怕是有暑难避，西湖也无能为力。然而太守既已发话，谁敢驳他？驳他那就是扫了太守的兴啊！太守百忙之中还有这个兴头，何况是烈日当空还有这个兴头，多难得啊！得由着他，附和着他。

"是的，太守。这就给您准备出门的仪仗去。"仆役应道。

"仪仗？我只让你带酒具，没叫你带什么仪仗。快些准备去！"欧公催促道。

"酒具不可少。仪仗也不可少。太守出门，旌旗、车幔、伞盖……诸如此类皆须备全啊！太守今天一时兴起，不曾提前预备。准备您的仪仗，还得费些时间。要劳您多待了。"

"何用那样麻烦？若要等你备好备齐，岂不把我游湖的时间挥霍殆尽矣？收拾酒具，这就出门，其他的一概不用。"

"这，这怎么行？"仆役面露难色，"按照咱大宋的惯例，以太守的品级，没有仪仗怎可出门呢？"

"如何就不能出门？"欧公笑道，"我衣冠不整乎？出门必得有仪仗前呼后拥，那'太守'二字是不是也应写在脸上？"

"小人失言，可是惯例……"

"惯例也有打破之时啊！就比方说这炎天烈日，并不是开花的好时候。群花不开，荷花偏爱开在此时。荷花能打破惯例，我又为何不能打破惯例？走吧，时已不早。再要遵循惯例，仪仗倒是备得一丝不差了，但西湖上的荷花只怕等不得了。若到了湖上荷花已谢，我要拿你是问。"

仆役知道，太守一旦任性起来，那真是无理可讲。"领导的意见永远是正确的，以下犯上，没这个必要！"为此，他颇为识相地闭嘴不言，利利索索地收拾起太守素日心爱的酒具。酒，当然也得带够。太守虽是"量不胜蕉"，与他的那班朋友们一起，哪一次到西湖饮起酒来不是超常发挥？

一到湖上，仆役便傻了眼。原来，不是太守任性，亦不是太守无理可讲，而是自己"见识短浅"，比太守差得远了。盛夏的阳光虽然十分厉害、极其毒辣，却对满湖的荷花荷叶无可奈何。人在花间、置身叶底，非但不觉酷暑难耐，反倒是在享受从头到脚的透体凉快。怪道西湖的游人比起春三月时未见减少，可喜俺颍州西湖，那是上天赐予的一个避暑胜地！

湖上的游人却也认出欧公来了。"来者可是太守大人？"有人在船上殷勤问道。

"兄台在何处见过我来？"欧公问道。

"那年春天，清明还是上巳，太守曾为几个争道者公断。好些人跟在太守的车轮后看花，我也曾斗胆追随了一小会儿呢！这一路上朱轮钿车虽多，总不及太守所乘之车醒目。怎么，欧阳太守今日微服出行，弃车登船而游，却怎的连些帘幔旌旗也没有挂出？莫不是怕人相扰，不欲身份泄露吗？"

问得虽是直接，欧公却不以为忤。笑答："不是你想的那个缘

172

故。你以为，必得配以朱轮钿车、竖旗张伞，才是欧阳修的做派？欧阳修的做派可繁可简，却从不喜欢，也用不着故意隐匿身份。何况我这次游湖，是与从前一样的帘幙无数、仪仗齐整呢！难道兄台竟视而不见吗？"

"帘幙无数？哪来的帘幙？"这下轮到发问的人发呆了。

欧公指向荷花荷叶道："看这满湖的纷红骇绿。这红花便是我的帘幙，绿叶便我的伞盖。这般仪仗，还不足以将颍州太守前呼后拥，衬托得气派非凡吗？"

"是呵！有什么竟比红菡萏、碧玉叶更能胜任映衬太守气度的职责？这红菡萏与碧玉叶才是咱颍州太守最合适的仪仗啊！得之天然，无须强求。"发问者笑着点了点头。

连那一湖的荷花荷叶，也自含笑点头呢！含笑的是红菡萏，点头的是碧玉叶。

欧公亦开怀大笑，命船夫划入荷花深处。越是深处，花香越是清烈，佐以金杯旨酒，堪称味美绝伦。

荷花深处，翠盘蔽日，消磨多时却不自觉。直到杯中酒空，这才吩咐划出花丛。呀，那来时当空的一轮骄阳竟已不见，取而代之的是一湖烟雨。烟雨之中笙歌缭绕，如梦如幻，似啼似笑。就这样带着失落的梦境，带着些怅惘的滋味，再别西湖，携醉而归。

李易安有《如梦令》词：

> 常记溪亭日暮，沉醉不知归路。
> 兴尽晚回舟，误入藕花深处。
> 争渡，争渡，惊起一滩鸥鹭。

忽然觉得眼熟起来。莫不是脱胎于欧公此词的下片"画船撑入花深处。香泛金卮，烟雨微微，一片笙歌醉里归"？同样是荷花深处，易安是"误入"，欧公却是"撑入"，易安无意之中见到了荷花最美的状态，而欧公却是用心寻找着荷花最美的状态。在易安，是巧得；在欧公，却是智取。

第八首"天容水色西湖好"。长空如洗，云水相拥，物象新丽，凝于眸中。欧公既说过："无风水面琉璃滑。不觉船移，微动涟漪，惊起沙禽掠岸飞。"还说过"芳草斜晖，水远烟微，一点沧洲白鹭飞"。以上诸句皆是以动衬静，将西湖的幽雅描绘得沁人心脾。

这首词的上阕也是如此。但其表现手法与"惊起沙禽掠岸飞""一点沧洲白鹭飞"却是背道而驰。在这首词中，鸥鸟不再像易惊的沙禽只因水面的一点涟漪泛动，便惶惶不安，白鹭呢，也不是"一点沧洲白鹭飞"中的那群白鹭了。无论鸥鸟还是白鹭，无不自得其乐，闲眠不起，就跟词人一样，"急管繁弦，玉盏催传，稳泛平波任醉眠。"想来，"惊起沙禽掠岸飞"中的沙禽与"一点沧洲白鹭飞"中的白鹭都不是西湖的"原住民"吧。"惊起沙禽掠岸飞"中的沙禽时刻都有高度警惕的心态，而"一点沧洲白鹭飞"中的白鹭呢，则于闲适之中不忘高飞远举之志。

或许，欧公初到颍州之时，也曾有过"惊起沙禽掠岸飞"的惶恐，也曾有过"一点沧洲白鹭飞"的奋进与自我激励。但当他写出"鸥鹭闲眠，应惯寻常听管弦"时，心中已少有世务牵虑，那一腔进取之意也逐渐被隐逸之气所取代。这份隐逸之气是由衷而起的，绝不是所谓的以退为进，装装样子。

欧公一生中有过数次被贬经历，其中最"难忘"的应当有两次。

一次是在景祐三年（1036年），范仲淹因上书言事得罪了宰相吕夷简，被贬为饶州知州。一个名叫高若讷的谏官公然拍手称好。而欧阳修作为范公的好友与最坚定的支持者，对高若讷的言行怎能忍而不发呢？他给高若讷写了一封信，信中写道："足下犹能以面目见士大夫，出入朝中称谏官，是足下不复知人间有羞耻事尔。"骂人真是骂绝了，我们今天骂人时所用的"不知人间有羞耻事"，原来是出自欧公之手、欧公之口啊！

让我们设想一下高若讷读到这封信后的反应，是否"恼羞成怒"，又是否"想死的心都有"？"恼羞成怒"那是一定的，"想死的心都有"，这未免低估了高若讷脸皮的厚度。高若讷将欧公的信直接交给了皇帝。皇帝的心里当然也不好受。贬黜范仲淹，这其实不是皇帝的本意，可人家吕夷简树大根深，一时半会儿还动他不得，范仲淹直言无忌，又何曾想过这里头的轻重利害呢？现在可好了，又加入一个猛张飞欧阳修，还嫌朝廷里闹腾得不够？假如对欧阳修视若不见，岂不是在对吕夷简等人暗示，对范仲淹的惩处是"情非得已"？那么欧阳修会得到怎样"待遇"呢？跟范仲淹一样，他也被贬官了，贬为夷陵县令。

还有一次是在庆历五年（1045年），这一次贬官也跟范仲淹有关。推动"庆历新政"的核心人物杜衍、范仲淹、富弼、韩琦等人为保守势力不容，以勾结朋党的罪案相继被逐出朝廷。欧阳修在第一时间写下了《论杜衍范仲淹等罢政事状》一文，为杜衍范仲淹等人鸣冤。这一来，欧阳修也"荣幸"地被保守势力视作了"庆历新政"朋党群中"不可救药"的一员，必欲除之而后快。他们很快"找"到了机会。这机会就是欧阳修的一首词《望江南》：

江南柳，叶小未成阴。人为丝轻那忍折，莺怜枝嫩不胜吟。留取待春深。

十四五、闲抱琵琶寻。堂上簸钱堂下走，恁时相见早留心。何况到如今。

有没有看错，一首词也可以罗织罪名？度其词意，无非是以江南柳拟喻一位年方十四五的少女。弹着琵琶，玩着簸钱的游戏，娇小可爱，一派天真，即使有人喜欢她却未必自觉。

罗织罪名者说，词中这个年约十四五的少女就是欧阳修的外甥女张氏。张氏与欧阳修并无血缘关系。原来，欧阳修有个妹妹嫁给了一个姓张的人为继室。此人名叫张龟年，与前妻生有一女，即张氏。欧阳修的妹妹成了张氏的继母，欧阳修也就成了张氏的舅舅。张龟年去世后，欧阳修的妹妹就带着张氏住到了欧阳修家。欧阳修将张氏养育成人后，把她嫁给了侄子欧阳晟。但这张氏不安分，与欧阳晟的仆人有了私情。私情暴露后被诉上公堂，审理的结果是出人意料的，张氏竟然供出自己与舅舅欧阳修亦已私通。

这显然是欧阳修的政敌做了手脚，且以"江南柳"作为欧阳修"盗甥"的"铁证"。"莺怜枝嫩不胜吟。留取待春深。""恁时相见早留心。何况到如今。"这些词句足以坐实欧阳修对小萝莉的垂涎之心，好一出宋代的《洛丽塔》。耸动听闻的"盗甥门"事件将皇帝也惊动了。尽管皇帝并未因此质疑欧阳修的人品，可终究是人言可畏呀，同时也是出于对欧阳修的一种保护吧，为了让他远离流言蜚语，宋仁宗将其贬到了滁州。

对于欧阳修这样的文人名士，尽管有着"忘身为忠"的热血与志向，有着"不避群邪切齿之祸，敢干一人难犯之颜"的胆力与意气，但政治争斗的残酷与丑恶还是超出了他的想象与心理承受能力。当年，他曾怒斥高若讷"不复知人间有羞耻事"，非但没有引发高若讷的愧悔之心，反倒与高若讷的同类结下了深仇大恨。他们不择手段，连"盗甥"的"罪状"都能构陷出来。果有"盗甥"这样的丑闻，则"不复知人间有羞耻事"的主体究竟为谁那不是一目了然吗？"不复知人间有羞耻事"者不是别人，恰恰是他欧阳修啊！

欧阳修认输了。是的，他惹不起，但至少躲得起。塞翁失马，焉知非福？许多年后，当欧阳修慨然兑现其终老颍州的诺言时，他早已与西湖那群"应惯寻常听管弦"的鸥鹭结为挚友。闲眠西湖的不仅是那群鸥鹭，也是欧阳修的自我写照啊！对于欧阳修，有鸥鸟为伴，有西湖陪着，这样慢慢变老也没什么不好。"我能想到最浪漫的事"，这支歌若由欧阳修演唱，它的歌词就应当是：

　　　我能想到最浪漫的事

　　　一定要以西湖的天容水色作为背景

　　　永如初见　光影常鲜

　　　我愿化作那群居近湖滨的鸥鹭

　　　任那管弦之音将梦魂吹远

　　　我能想到最浪漫的事

　　　哪能离开西湖那些风清月白的夜晚

　　　湖若琼玉　水翻琅玕

　　　无须羡慕那些得道骖鸾的传说

人在舟中绝似羽化登仙

第九首"残霞夕照西湖好"。这一首要分为两个时间段。一个时间段是傍晚的西湖，一个时间段为月出后的西湖。

上半阕为第一时间段。西湖笼于残霞夕照之中，花坞蘋汀，俱皆染就奇彩嫣红。花坞，即筑土为障的花圃。蘋汀，即长有蘋草的水中小洲。蘋是一种水生蕨类植物，春末夏初，会开出一种白色的花。古人常以采蘋暗喻相思怀远，柳宗元被贬岭南柳州后，写有一首诗《酬曹侍御过象县见寄》。诗中言道"春风无限潇湘意，欲采蘋花不自由"。这位曹侍御途经象县，与身在柳州的柳宗元相距不远。但柳宗元作为贬谪之人忧谗畏讥，虽然很想亲手采集蘋花去送别远道而来的友人，却瞻前顾后不敢率意而为，最终还是抑制了采蘋相送的心愿，只能以诗代蘋，聊以相赠。这在柳宗元，既有遗憾，也有"不得自由"的牢骚与苦衷。

欧公此词，可会也如柳宗元所诉"春风无限潇湘意，欲采蘋花不自由"？西湖水洲所生长的那些蘋花蘋草可曾唤起欧公对于京都往事、京中故人的思念吗？或许有之，或许已经淡化了。残霞里、夕照下，欧公静静地感悟着得失取舍。"欲采蘋花不自由"，那是对他从前的生活而言。但在颍州西湖，他却得到了另一种自由，是真正意义上身心有托的自由。为了这种自由，没有什么是他不可放弃，没有什么他不能失掉的。

"真不明白你看上颍州什么了，一门心思地想在这儿发霉养老。论年纪，你也不算太大，还可以有番作为。即使对京城的人事'心有余悸'，以你的资历与才干，要换个好地方仕宦并不太难吧，何必自屈如此呢！"出于好意，有人曾为欧公指点迷津，"我看你在扬州就做得不错，扬州也与你的资历才干颇为匹配。有没有想过回到扬州？"

"噢，回到扬州，这我怎么就没想到呢？"欧公做思索状，"回到扬州是好。可惜回到扬州后，我就不得亲近这西湖的十顷秋色了。"

"小意思罢了。难道扬州的二十四桥月色，竟还不如颍州的十顷秋水？"

"你别说，还真是不如！"欧公微微一笑，吟出一首诗来：

> 菡萏香清画舸浮，使君宁复忆扬州？
> 都将二十四桥月，换得西湖十顷秋。

"吾既在颍，不复思扬。宁将二十四桥月换西湖十顷秋。"

"拿天下闻名的二十四桥月去换颍州西湖之秋？就世人看来，你这笔交易肯定要亏本。"

"可我觉得很上算啊！世人笑我有眼无珠，我笑世人常为买椟还珠所误。"

"难道在你的印象中，二十四桥月居然只是虚有其表的椟？"

"别歪曲我的本意。二十四桥月，自然也是世间难得的宝珠。可此珠终不是彼珠。我所最爱者，唯颍州西湖这一颗宝珠。纵有二十四桥当前，也不能移我情之所钟。"

此时却并非西湖之秋，仍当西湖之夏。唐人韦应物说"野渡无人舟自横"，欧公却将它改了一字"野岸无人舟自横"。此时的西湖最为幽寂，十顷波平。白天齐来观赏"红幢绿盖"的人们已各自归家，那些"硕人其颀"的荷花、晴碧连天的莲叶会陡生寂寞之感吗？不会的。这是因为，野岸看似无人，却有一舟横陈。小舟恋恋不去，小舟的主人也应恋恋不去吧！它的主人是谁？可会就是颍州太守欧阳修？众人皆去他却独留。西湖终于归他一人所有了。他快乐吗？当然快乐！他知足吗？他不知足。因为他知道，西湖还能给他更多，他还可以从西湖得到更多……为此，他停舟小立；为此，他若有所待。

该讲到下半阕了，进入此词的第二时间段。那个停舟小立的人，那个若有所待的人，他的期盼没有落空。傍晚过尽，西湖之夜全方位降临了。西南方向则是良夜的开端。面向西南，看那一弯新月渐升渐高。月出云散，散去的不仅是天际的浮云，更有盘旋在心空的浮云，那形成已久、无计驱除的阴影。但这无所不能的西湖的月光呵，有什么是她做不到的呢？明月一出，万物生辉。阴影不见了，心空变得如天空一般澄净。闲凭水亭，襟袖间已满是凉意。更可喜莲芰解语、芳馨似诉，有风自湖上来，沾润着阵阵荷香，顷刻间已吹散酒醉后双颊滚烫的晕红，恰似宁静的明月逐走了喧嚣的浮云。

第十首"平生为爱西湖好"，这是十首《采桑子》的压轴之作。欧阳修对颍州西湖的感情既不是起于一朝一夕，也不是止于一朝一夕。而是"平生"，对西湖的热爱持续了一生。主动要求到颍州当太守，觅其根源，在当初不是没有远祸避害的打算。然而，天下有的是远祸避害的奇山异水，欧公却独爱颍州，如此深宠执迷，除了颍州西湖得天独厚的风光外，大概只能归结于"缘分"一词吧！令欧公得遇西湖，诚为欧公平生第一件可意之事；令西湖得遇欧公，也是西湖千古荣耀之所在。一句话，欧公与颍州定是前生有缘。

对于当今的人们，"颍州"这一地名可能是印象淡薄，甚至是毫无印象的。雨打风吹繁华落尽。今日之颍州西湖与杭州西湖早已不能相提并论。"未觉杭颖谁雌雄",苏轼这句"强强对话,不分胜负"的论调早已过时,欧公那句"汝阴西湖,天下绝胜"的评语更是没人理会了。有人理会的话,那也是起哄,"得了,得了,得了!欧阳修,你是哪个时代的人,说出这样令人大跌眼镜的虚话假话?把颖州西湖说成'天下绝胜',作为引领风骚的一代文宗,你的眼光与鉴赏力实在不咋样啊!"

众心不服,欧公还能怎么说呢?"我眼中的西湖,与你们眼中的西湖,大概并不是同一座湖。"记忆把欧阳永叔带回了皇祐元年(1049年),那是他出任颖州太守之时。然后是皇祐四年(1052年)到至和元年(1054年),他回到颖州为母守孝。再到熙宁四年(1071年),在屡次向朝廷上书告老之后,终以观文殿学士、太子少师的显赫身份正式退出职场。皇帝在敕书中高度评价了欧阳修的一生,称其"文章学问,远足以知先王;德义谋猷,近足以宜当世",对于这位辅弼之臣的辞官诉求,皇帝是极为不舍的。感叹"虽朕之眷遇有加,亦终不能易尔志",明白欧阳修去意已定,决定予以成全。为表达对这位老臣的喜爱留恋之情,不惜"用度越常典,以荣尔归",赐赠衣带、器币、牲饩等物,堪称丰盛可观。

归去来今,欧阳永叔既没有回到他的出生地绵州(今四川绵阳),也没有回到祖籍所在地吉州(今江西吉安)。一片归心,如离弦之箭向着颖州飞去。"汝阴西湖,我回来了!汝阴西湖,你远方的游子归家长住矣!"

六月出京城,七月至颖州。七月的颖州,又到了"荷花开后西湖好"的季节。他兴高采烈的就跟一个孩子似的,又是命人开船,又是吩咐载酒,迫不及待地要去会一会他日思夜想的西湖。还像当年那般,将画船撑入荷花深处，沐烟雨、听笙歌，微醺之中，他却于心不足。忽然忆起那年清明上巳，绿柳之下尽是朱轮钿车，春风拂面，"直到城头总是花"。不到此地，不知人世竟有如此之风流繁华！就让往日再来一次吧，就让往日的情怀再来一次吧！

"上岸，系舟，吾将携汝登车游湖。"欧阳永叔激动起来。

"天气热，倒是坐船要比乘车舒服。为少师的尊体着想，您还是留在舟中吧！"

"这不是欺我老迈吗？我偏要乘车。西湖游，乘车之乐必不可少。不乘车怎么算是到过了西湖呢？"欧公坚持道。

于是，人们给他找来了车。他却摇首道："这个不好。质地似非精良，颜色更是不行，跟西湖的景色不般配呀！"

"您就将就一些吧！您以前不曾说过吗——'不用旌旗，红幢绿盖前后随'。"

"我是说过这话。可这话放在湖上合适，放在岸上却不合适。"欧公反驳道，"何况，人的心情是会变化的。有时喜繁，有时爱简。人老了，又想重温一下那种韶华盛极之感。找辆精致一些的车，能与湖景相得益彰的车，这难道是件大难事吗？"

"若说平时里，自不是什么难事。可是这个季节里，谁会顶着日头在岸上乘车呢？还真有些难办。"

"那别人怎么办到了？"欧阳修遥指停在前方的一辆车，"这个颜色便好。朱漆鲜亮，是所谓朱轮华毂。以此游湖，方称尽善尽美！"

"原来您是看上了这辆车！果然好眼力！您知道坐在车里的是谁？是当今的颍州太守啊！"

"当今的颍州太守？"欧公惘然道，"那么我呢？"

"您也当过颍州太守，远在二十年前。"

"真有这么久了吗？"欧公自问，"二十年了，这么久，却又这么快！快得只如俯仰之间，却发生了那么多的事，历经了那么多的忧喜。俯仰之间，仿佛已走过三生三世。"

"这二十年间，您时而高居庙堂，时而远黜江湖。那么多的风险、风波，毕竟让您安然度过了。如今，您已是德高望重的太子少师，天子待以优渥之礼，规格之高，四海之内又有几人能够看齐？您何须歆羡一辆太守所御的朱轮华毂呢？"

"我不是歆羡他的朱轮华毂，而是歆羡他此时的身份。"欧公叹道，"富贵在我如浮云，升降于我也已失去一切意义。因为我的仕途已抵达终点，我的人生也能望到彼岸了。当我回首之际，并不在乎所曾经历的风险之艰、风波之恶，我只是在追寻那段流失在西湖轻波细浪中的岁月。那时我是颍州太守。真想再年轻一些啊，那么，我或许还能再做一回颍州太守，这可是天底下最令人乐意担当的职位。"

"太守来了，太守来了！"突如其来的欢呼令欧公一怔。这是一群年轻人。一张张朝气蓬勃的脸庞、一双双熠熠生辉的眼眸，清新得就像西湖上的晨风晓露。那是些什么人呢？他在哪里见过吗？欧公在脑海中努力搜寻着，却是一无所获。

再一看时，那却不是在欢呼他的到来。人们欢呼与致意的对象乃是前面那辆朱轮华毂的主人，当今的颍州太守。时光究竟无情还是有情？虽然已有心理准备，但他仍被一个简单的事实所深深震动了：他当颍州太守，居然已是二十年前的事了。

"你们知道吗？我就像是古籍中所说的那只辽东鹤，归家之后才发现，他已离家千载。虽然城郭仍是他离家时的样子，城中之人他却一个都不认识了。"欧公自嘲道。

他所提到的古籍名为《搜神后记》。其故事是：有个名叫丁令威的辽东人去往灵虚山学道。修成仙道后化作一只鹤飞还辽东，停在故乡城门的华表柱上。有少年见鹤暗喜，举弓欲射。可这只聪明的鹤早已腾空飞走，且念念有词道："有鸟有鸟丁令威，去家千年今始归。城郭如故人民非，何不学仙冢垒垒？"

"城郭如故人民非"，在欧公亦有同感。岂止人民非，连自己，也不复当年的神采。出任颍州太守时，他才四十出头，仍当壮盛之年；如今却是望七之龄。纵使故人当前，可还会认得他，认得颍州西湖昔日的主人？

富贵浮云，人生如寄。去日迢迢，来日无多。也许，在这个年龄，到这个阶段，已不该再计较什么了。只要能眠于西湖之畔，此生便当圆满收官。

一年后，欧阳修病逝于颍州。

"俯仰流年二十春"，弹指之间，早又过了二十春，二百春……千年之后，颍州西湖的风物与声誉已远非欧公当年可比。倘若欧公化鹤归来，看见自己心爱的西湖因天灾人祸而屡受重创，他的感慨，就不会是那"城郭如旧人民非"，而是"城郭人民俱已非"。他的双眼，不会再有"触目皆新"的惊喜，而是伤心惨目、痛不愿言。

但乌云背后总会看到幸福线。细数颍州西湖的绚丽与沧桑之后，在新的世纪，我们迎来了新的希望。敲开互联网的一扇门户，笔者了解到，安徽阜阳复原古颍州西湖的规划已在紧锣密鼓的实施之中，复原后的水域面积将达到 6.6 平方千米，超过杭州西湖的面积。那时再来看欧公的评语"汝阴西湖，天下绝胜"，你还会认为那是一句"假大空"的信口吹嘘吗？待得大功告成之日，剪彩无忘告欧公："归去来兮，欧阳太守之魂。试看今日西湖，可还留有他年梦痕？"

水远烟微，一点沧洲白鹭飞。细看来，不是白鹭，而是一只白鹤。那是欧阳太守所化吗？他真的归来了——"去家千年今始归"？

问鹤无语，笙歌又起。天容水色，芳草长堤。轻舟短棹划动着清欢，也划动着浓愁。谁是当年旧主人，谁识当年旧主人？

朝中措·送刘仲原甫出守维扬

欧阳修

平山阑槛倚晴空，山色有无中。手种堂前垂柳，别来几度春风。

文章太守，挥毫万字，一饮千钟。行乐直须年少，尊前看取衰翁。

当说到《采桑子》组词之九"残霞夕照西湖好"时，曾提及欧公的一首诗"菡萏香清画舸浮，使君宁复忆扬州？都将二十四桥月，换得西湖十顷秋"。欧公恨不得向全世界宣称颍州是其一生的最爱。爱到了何样的程度呢，他作了一个比较，拿颍州与扬州比。"青山隐隐水迢迢，秋尽江南草未凋。二十四桥明月夜，玉人何处教吹箫？"唐代诗人杜牧的这四行诗，使得扬州声名大噪，几乎成为风雅之士眼皮供养、心坎温存的一方"圣地"。假如你从未去过扬州，从未因那二十四桥明月而停留，那简直没法自称是个文艺青年。再假如，你连扬州都没听说过，那就更是"罪不可赦"，如此低级趣味，只怕为诗人词客脱靴擦鞋都不配。

"我承认都是月亮惹的祸，扬州的月色太美太温柔。哪禁得玉人的妙手将箫声拨弄，再怎么心如钢铁也成绕指柔。我承认都是月亮惹的祸，扬州的秋色太美太风流。青山绿水只待木兰舟，早忘记世间有白头……"小杜犹自得意地唱个不休。

路人皆驻足谛听。每个人都跟着小杜的节拍唱了起来："我承认都是月亮惹的祸，扬州的月色太美太温柔……我承认都是月亮惹的祸，扬州的秋色太美太风流……"

冷不防，却有一个人道："不见得吧。扬州何及颍州？吾兄所谓太美太风流的秋色，不在二十四桥，却在汝阴西湖十顷雪涛中。"

"你是何人，有何资格口出扫兴之辞？"小杜怫然道，"你可知本官是谁？扫了本官的兴，你担待得起吗？"

"倒要请教兄台在何处高就，官居何品？"那人长揖为礼、貌甚谦恭。

"官居何品，问得真是俗气。不过呢，就告诉你也无妨。杜某时下在淮南节度使扬州府中做一掌书记。你呢？"小杜仍是一脸傲慢的神气，眼角扫了下这个扫人意兴、衣貌皆无惊人之处的"村老"。

"在下欧阳永叔，庐陵人，曾任颍州太守……"

"啊，怪道你对颍州恁般看重。"对面前的"村老"，小杜不免刮目相看起来。

"在这之前，我也曾任扬州太守。"欧阳永叔又道。

"你是扬州太守？我怎么不知道呢？"小杜呆住了。

"在下要比兄台年轻二百岁呢！兄台不知，亦在情理之中。"

"你竟比我年轻二百岁？那你如何长得如此着急，生得如此老相？"小杜不禁顾影自怜，"这年头时兴穿越之术，简直乱了套了。想我翩翩小杜、青衫落拓，竟然被你这个鬓发如霜的太守'晚辈'称为兄台，我是该喜极而笑呢，还是该绝望到欲哭无泪？"

"兄台奈何以貌取人？"欧阳永叔睨了小杜一眼，"是啊，兄台的形象在扬州可谓无人不晓、'永不磨灭'呢！'十年一觉扬州梦，赢得青楼薄幸名。'当真是翩翩公子，世上无双。"

"你这是在奚落我吗？欧阳老弟，此话有欠厚道呢！"小杜竟也失了"翩翩"之态，露出一脸的窘急，"大丈夫志不得酬而寄情声色，这也是无奈之举，何用横加指摘？杜某纵然不才，对于提升扬州的知名度，毕竟不是全无贡献。不是我小杜的口气大，我那一句琅然天成的'二十四桥明月夜'还不足以抵消'赢得青楼薄幸名'的消极影响吗？倒是欧阳太守你，你自称做过扬州太守。历任扬州太守者多得数都数不过来，却有几人还能被扬州士民想起呢？请问欧阳太守，你在扬州有何建树啊？"

"我在扬州的时间，比起杜兄可要短多了。杜兄'十年一觉扬州梦'，而我，我这扬州太守只做了一年。说到建树，那真是惭愧。在扬一年，不过是推行宽简为政、安民为本。也许，与杜兄的风流遗韵相比，在下的确乏善可陈……"欧阳永叔不觉着慌起来。

"欧阳兄谦虚过分了，连我，都看不下去呢！"忽有一人闪身走出，对欧阳永叔拱了拱手。

"你是？"

"在下刘敞，表字原甫。"

"原甫，竟然是你！可叹我老眼昏花、神志衰退，连你都认不得了！"欧阳永叔叹道。

"你又是谁？"看着欧、刘二人重聚的场面，一旁的小杜感到自己完全变成局外人了。

"刘敞见过杜兄。正像杜兄适才所说，历任扬州太守者不可计数，我也算是滥竽充数的一个吧。我为扬州太守，是在欧阳兄离任扬州七年之后。"

"敢情这是扬州太守的聚会日吗？那么，没我的什么事儿了。"小杜的脸上不大自在起来。

"杜兄休走。"见小杜挥袖欲去，刘敞忙道，"与世人一样，与欧阳兄一样，在下对杜兄的'二十四桥明月夜'也极是羡赏。然而，说到风流遗迹，在下虽是无一可称道，但欧阳兄并非不能与杜兄抗衡。"

"是吗？你那欧阳兄拿什么来抗衡我那'二十四桥明月夜'呢？"小杜忽然来了兴趣。

刘敞朝欧阳修笑了笑，欧阳修已知其意。

"平山堂？"欧阳修用目光再次确认。

"平山堂。"刘敞肯定地说，"杜兄，我到扬州任职前，前任扬州太守欧阳兄曾赠我一词，名为《朝中措》。你且听听此词，当真不如你的'二十四桥明月夜'吗？"

"平山阑槛倚晴空，山色有无中……"刘敞情深意切的吟诵之声，将欧阳修带回了平山堂，带回了扬州。

扬州西北郊有一片山丘，绵延四十余里，名为蜀冈。南朝宋大明年间，蜀冈中峰之上，建起了一座大明寺。唐代著名高僧鉴真大师曾任大明寺住持，使得这座寺庙名声远扬。庆历八年（1048年）二月，欧阳修出任扬州太守，于大明寺中构建厅堂，建成后"江南诸山，拱揖槛前，若可攀跻"，因起名为平山堂。

平山堂规模如何，是何情状呢？请看叶梦得在《避暑录话》中的回忆："欧阳文忠公在扬州做平山堂，壮丽为淮南第一堂。据蜀冈，下临江南数百里，真、润、金陵三州，隐隐若可见。公每于暑时，辄凌晨携客往游，遣人走邵伯湖，取荷花千余朵，以画盆分插百许盆，与客相间。遇酒行即遣妓取一花传客，依次摘其叶，尽处则饮酒，往往侵夜载月而归。"

"壮丽为淮南第一堂"，欧阳修在平山堂倚栏而望，可以一览"江南数百里"，而临照这数百里土地之上，却是晴空无际。明明是在群山的环抱中，可因为站得太高、离得太远，视觉里的山峰俱是朦胧隐约的，胸中荡起一股浩瀚之气，仿佛是站在天地之外看这世界。功名也好、毁誉也罢，都如朦胧隐约的山色那样能迷糊处且迷糊了。云淡风轻，笑解万虑。晴空之下，只有水流花开的喜悦，只有面对自然的真诚与坦白，再不会为以往的不幸而暗自神伤，再不会为人间的琐事而心存芥蒂。

欧公酷爱荷花。这一爱好在平山堂岂无"用武之地"？炎天暑日，欧公与来宾凌晨便来到平山堂。事先会派出"探花特使"前往邵伯湖采折品相极佳的荷花千余朵，插在百数以上的花盆中，再将这些花盆置放于平山堂上。一边同宾客行着酒令，一边命歌妓将一枝荷花传到客人手中。传到哪位客人时，这位客人就摘下一片花瓣。谁摘下最后一朵花瓣，谁就要罚饮一杯酒。总要摘完最后一瓣花、罚完最后一杯酒方才载月而归，夜已深而意兴未阑，一路上只是谈论着席上的种种……哪盆荷花插放得最是别致，谁人的即席诗赋为压卷之作，又是谁人摘下的花瓣最多，最后那朵花瓣是何归宿……呵，想起来了，点点滴滴都在脑海重现，不曾有半分遗漏。太守今晚又作了一首新词，说是今晚的压卷之作，应当毫无异议。至于最后那朵花瓣、最后那杯罚酒，很"碰巧"的，又是落于太守之手。平山堂的仲夏之夜，就以这样别具一格的方式写入了历史的记忆。

但在欧阳永叔的记忆里，平山堂之夏固然因荷花而大放异彩，平山堂之春亦有可圈可点之处。堂前垂柳是欧公亲自种下的，到刘敞出任扬州太守时，已是嘉祐元年（1056 年），"别来几度春风"？欧公不见堂前垂柳，已不是短短的二三年，而是整整过了八年。欧公对刘敞郑重说道："原甫老弟，你到了扬州后，可别忘了去瞧一瞧平山堂前的那株垂柳。那是我亲手种植，便如我的子女一般。这些年来我一直在想，她长得怎么样了呢，可会亭亭如盖，是否绰约多姿？扬州的春风不曾薄待她吧？那些继任的扬州太守能做到如我在时一般对她勤加看护吗？如果他们做不到，你一定能做到。替我为她浇一浇水吧。给我写信时，一定要说起她。她已长成，她已长大，含娇舞春风，絮飞拂人头。在你读书时，当你会客时，她会带给你多少欢乐啊！"

"你放心好了，我定会在信中如实告知平山堂前欧公柳的现状。"刘敞点头道。

"欧公柳？"欧阳永叔笑道，"你给她取了个多有趣的名字。"

"不是我取的。是我打听到，你走了之后，当地人都管她叫作'欧公柳'。她在当地很有名的。可见你的人缘好啊，人感其德，惠泽在心。其实不用将平山堂前柳托付于我，只听这名字便知道，扬州人一直惦念着你，不是有爱屋及乌的说法吗，在扬州人，那是爱欧及柳，那株柳树，肯定会得到特别关照。"刘敞又道。

"看来对于扬州，你知道的比我还多。"欧公有些吃惊。

"既然要到扬州去了，提前知悉当地的风土人情，那是未雨绸缪。"刘敞笑答。

"这么用功？真是有心了。"欧公赞道。

"不用功怎么行？你欧阳兄在扬州只不过任职一年，却已深孚众望，至今犹令扬州人交口称颂。闲暇之日，我自当前去拜访欧阳兄的遗泽平山堂。为免平山堂前的那株柳树过于孤单，或许，我也会种下一株垂柳，好让她有个伴儿。当我离任之际，也不知扬州人可会以'刘公柳'称呼我所种的那株垂柳？"说着说着，刘敞大笑起来，"安敢望此，安敢望此？不独扬州之民心人望已归欧阳氏所有，就连扬州的山川之秀、草木之灵亦被欧阳兄占尽矣！我所做的那些准备，大概都是无用功了。"

"言过其实，'占尽'一词我决不敢当！"欧公连连摇头，"扬州的山川之秀、草木之灵正需要一个德才出众之人为其增辉添彩。德且不必说，原甫的学问才力，不独压倒今人，就连古人也远不及矣。"欧公豪迈地一挥手道，"所以我说，你根本无须准备。到了扬州，你必会做到'文章太守，挥毫万字，一饮千钟'。论文思警敏吾不如你，至于比拼酒量，我也甘拜下风。如你这般人物，不送到扬州那样的地方当太守，岂不埋没了你的才情？我知道，你到扬州原有些可惜。可是说句实话吧，外放也有外放的好处。京中风云莫测，倒不如'烟花三月下扬州'，远避了是非之地！"

欧公话外有音。要说这刘敞，还真是欠缺点运气。"文章太守"，这绝非欧公为投其所好而随口恭维，刘敞的学问才华可不是盖的。他在庆历六年（1046年）考中进士，廷式时也是第一，按说状元已然是其囊中之物，可宋仁宗硬是将他由第一改为了第二。这是怎么了，难道刘敞也像那个风流自喜的柳永一样，一不小心得罪了皇帝？这倒不是，问题并不出在刘敞本人身上，而是出在了亲戚关系上。廷试编排官、时任翰林学士的王尧臣为刘敞的妻兄，这王尧臣也是个极厉害的角色，他在天圣五年（1027年）中了状元。对刘敞的才华，仁宗皇帝并非是有目不识金镶玉，可是他想，如果真把刘敞取为第一，人们就会怀疑王尧臣在编排进士名次高低上有照顾内弟的嫌疑。只得忍痛割爱，令刘敞屈居第二了。说起来，这与宋祁痛失状元的原因竟有几分相似。在这件事上，刘、宋二人堪称难兄难弟。

随着与刘敞交往渐密，欧阳修对刘敞的感佩也日渐加深。据欧阳修所见，刘敞"自六经、百氏、古今传记，下至天文、地理、卜医、数术、浮图、老庄之说，无所不通；其为文章尤敏赡"。

而刘敞之所以到扬州做太守，是其自请的，就如欧阳修自请到颍州任职一样。在这之前的两年，刘敞在翰林院任职。在这之前的一年，刘敞曾出使契丹。出使契丹归来，功劳苦劳都有，应当不难在翰林院中谋得一个更为"上进"的位置吧！为何要自请外任扬州太守呢？扬州虽是一等一的富丽之地，终究不比身在翰林院，多的是"面圣"之机，有望实现理想宏图。可刘敞又不得不自请外任啊！问题还是出在亲戚关系上，还是那个王尧臣的缘故。嘉祐元年（1056年），王尧臣被擢升为参知政事，那是副相了。按照当时的官吏避嫌制度，副相的亲属不可供职于朝中。刘敞只能外任。如果说离开京城他并不情愿，去做扬州太守却是他在无奈之中能为自己争取的一种补偿，所谓退而求其次吧！

"欧阳兄，我今临别在即，你除了托我为你照看平山堂前柳，难道就没有别的良言相赠吗？作为前任的扬州太守，你至少可以给我一些有益的建议啊！"刘敞道。

"有益的建议？"欧公想了想，半晌才说出一句话来，"有益无益那是说不上，我只有一点建议，那便是'行乐直须年少'！"

"什么？"刘敞疑心自己听错了，"行乐得趁年少？想不到你欧阳兄也会口出'好逸恶劳'之言。你难道忘了，我今年已是三十有七，哪里还是浮华少年的年纪？行乐直须年少，你是认真道来还是开玩笑，可惜我已不再年少！"

"但和我相比，你可年少多了。"欧公道，"原甫老弟，如果我没记错，你要小我十二岁吧！我不是开玩笑，此为肺腑之言。如果我能再年轻十二岁，如果离京到扬州出任太守的是我而不是你，我定将珍惜每一个在扬州的日子，决不放过可能得到的任何乐趣。"

"为什么你会这样想呢？"刘敞问道。

"这几年，我觉得自己老多了，百病缠身，纵有千金也难得一乐。留在京中，事繁境艰，劳心烦神，我常想出去看看，出去透一透气。"欧公坦诚相告。

"看来这个扬州太守还是由你来当才最为妥当。早知如此，我就改请出任他处，不与你争抢这个扬州太守了。"

"不，你出任扬州太守原是妥当至极，我虽心里羡慕，却并无与你竞争之意。"欧公道，"老弟年轻有为，文采酒量亦为一时之选，必能为扬州增色不少。而我，我岂能无自知之明？再到扬州，我纵然想要紧紧抓住一切可能的行乐机会，但又能得到什么样的乐趣呢？'尊前看取衰翁'，这才是我的自画像呢！衰翁是不配与那二十四桥明月形影不离的。"

听罢刘敞所述《朝中措》一词的产生过程，小杜对欧阳修增加了不少好感："'文章太守，挥毫万字，一饮千钟'，吾兄好气度！与我'二十四桥明月夜'比来，真是不一样的襟怀。我那句虽然精致，却终无格局。袖珍楼阁岂识江海之量。历代以来，扬州的脂粉气太重，也须得借你这番豪气来压一压、洗一洗了。"

"杜兄抬爱，愧不敢当。"欧阳永叔笑道，"我的那句失于浅率，何如杜兄风流蕴藉？"

"你又来了，谦虚过头，就像你这位朋友说的。"原来不知不觉里，三人竟已步行至平山堂，堂前有翠柳一株，柔丝万缕袅袅垂地，宛如欧公当年所见。

"想不到，你竟然还在！"欧阳修喜极而叹。

"你看那是什么？"小杜指着平山堂上的一块匾额。

"风流宛在。"欧公与刘敞齐声道。

"你说我风流蕴藉，可知却有后人在此为你立匾，这'风流宛在'何曾是对我杜牧的礼赞，而是对你欧阳修的极力推崇呵！"

"谁立的匾？"刘敞也走近来看。

"两江总督刘坤一？"三人你看看我，我看看你，俱皆不识。

"这儿还有一首《西江月·平山堂》，苏轼所题。"小杜又道，"这苏轼又是谁？"

"他是我的学生。姓苏名轼，字子瞻，号东坡。我却不知，他有这么一首词，这是为我所作！"欧公不禁情绪激扬。

其词为：

三过平山堂下，半生弹指声中。十年不见老仙翁，壁上龙蛇飞动。

欲吊文章太守，仍歌杨柳春风。休言万事转头空，未转头时皆梦。

"子瞻竟然为我三过平山堂。"欧公动容道，"彼时吾已是黄泉之鬼，而子瞻犹在世上。'欲吊文章太守，仍歌杨柳春风'，子瞻思我，正如我思子瞻。吾不见子瞻久矣，可叹万事转头即空。"

"可他不还说了吗——'未转头时皆梦'！"刘敞大声道。

"正是这话——'未转头时皆梦！'"小杜重复道。

此际明月当头，平山堂正好消受万古幽梦。

诉衷情

欧阳修

清晨帘幕卷轻霜，呵手试梅妆。都缘自有离恨，故画作远山长。

思往事，惜流芳，易成伤。拟歌先敛，欲笑还颦，最断人肠。

唐都长安兴庆宫有座花萼楼，建造于唐玄宗开元年间。电影《妖猫传》里有一组美轮美奂的场景，唐玄宗在花萼楼中为杨玉环举办生日盛宴。其实按照《旧唐书·玄宗纪》记载，唐玄宗本人的生日庆典倒是在此楼举办过，"开元十七年八月癸亥，上以降诞日宴百寮（同僚）于花萼楼下，百寮表请以每年八月五日为千秋节。王公以下献镜及承露囊，天下诸州咸令宴乐，休暇三日，仍编为令，从之。"唐玄宗是个喜欢热闹的主儿，过生日那天，"宴百寮于花萼楼下"，"王公以下献镜及承露囊"，君臣互动，真是其乐融融。当然，我们很难想象，在这样特别的日子里，唐玄宗会以"孤家寡人"的形象在花萼楼上接受群臣朝贺，君王之侧理当有名花陪伴，而这朵名花，十之八九是那位"金屋妆成娇侍夜，玉楼宴罢醉和春"的杨贵妃。

可也有例外之时，花萼楼不见得总是那样喜气洋洋。花萼楼上，也不见得总有唐、杨二人成双入对，鹣鲽情深的身影。如果说杨玉环是唐玄宗的红玫瑰，那么，唐玄宗的生命中，也曾出现过皎皎如明月的白玫瑰，一个名叫江采苹的女子。在杨玉环艳倾唐宫之前，江采苹也曾使得"六宫粉黛无颜色"，也曾得到"三千宠爱在一身"。然而红玫瑰的横空出世夺走了白玫瑰的所有光华，从宠妃到弃妃，原来不过是一步之遥。在远离庆典欢宴的那些日子，没有圣驾光临的花萼楼显得格外冷清。那冷冷清清的楼头会出现一位宛如弱柳举袂的丽人，而她，正是那个被人遗忘已久的江采苹。她写下了一首诗，题为"在花萼楼"：

庭院梅花发，金闺罢晓妆。自怜倾国貌，只是伴寒香。

江采苹别号梅妃，可见其对梅花用情之深。相传江采苹所居宫室遍植梅树，有许多珍稀品种是人家为了巴结她而费心劳神搜罗而来，在其宠深恩固之时。而当她失势后，那些曾经向她敬献梅树的"有识之士"很快转换思路，不再搜求梅树改为采集荔枝。梅花落后荔枝结，各领风骚数十年，荔枝为杨妃所好，既然梅妃已让位于杨妃，梅树理所当然也为荔枝"让贤"了。

眼前的梅树还是昔年所栽，对于新品名种，梅妃已不再期盼，就像对于某个人，她不再幻想什么。因为她知道，他也如同那些新品名种一般，早已绝迹不至。世态无常、人情炎凉，唯一不变者，却是一树梅花似当年。而她，也还像当年那样，在梅花的映照下完成了晓妆，镜中人风采不减，仍是得宠时的模样啊！谁能想到，拥有这样一副倾国之貌，却只能与梅花的寒香相伴？谁能想到，如此清丽幽雅的梅花，却只能与失魂落魄的怨女共语？

当现代诗人戴望舒独行于雨巷，他说，他希望逢着一个丁香一样的、结成愁怨的姑娘。但在古典诗词中，诗人词客遇见频率更高的，却不是丁香一样的芬芳忧愁的姑娘，而是梅花一样散发着寒香、愁怨中自有一股清傲风骨的姑娘。

本篇亦是如此。欧公笔下的这位姑娘，虽非"金闺罢晓妆"的梅妃，但她也有一段梅花心事。且看这首《诉衷情》。

晨起卷帘，一阵清冽的寒风扑面而来。而那只揭开帘角的纤手，也分明有种异样之感。她竟然打了个寒战："怎的这般冷？这是起霜了吗？今年的头一次霜降？"

探首看时，窗外的屋舍街衢、人物草木似乎蒙上了一层薄纱般的轻雾。是的，起霜了，尽管还不是霜风侵骨之时，但秋将去、冬将至，时序的预告从不会出错。其实，对于秋天的离去，她并无太多的惜别之意。秋天就这样过去了也好，生命中又少掉了一个沉闷的季节而已，这根本谈不上什么损失，更没有必要为之难过。恰恰相反，对着窗外的微霜，她一扫往日的漠不关心，久违的笑意飞上了脸际。倒不是因为她喜欢霜天晓角的清晨，而是因为，睹霜思梅，既然冬天将至，已经暌隔一年的梅花很快便会重新出现在她的视野中。没有梅花的视野是荒凉的，没有梅花的世界是寂寞的。虽然梅花本身便是一种极为寂寞的花，然而，世间除却梅花，谁又愿意、谁又能做到在冰天雪地昂然怒放、面不改色？所以说，梅花最寂寞，却也最耐得住寂寞。这也许可以用来解释她对梅花为何怀有一种特别的感情。寂寞的人，寂寞的梅，常愿相知相随。

然而，冬天将至，眼前却仍无梅花的音信。她向手中哈了哈热气，开始梳妆打扮。一切都是熟极而流，精致却又无味的重复。经过精心修饰的容颜让她看不到自己的本来面目。有道是"女为悦己者容"，女子的妆容从来都不是取悦于自己，而是为了尽最大可能愉悦他人——那个爱悦自己同时也为自己所爱悦的人。可她的"悦己者"呢，那人并不在她身旁。很久很久以前，的确有过这样一个人。天冷时会用温暖的掌心托起她的手，一边向着她的掌心哈吐热气，一边和她说着只有他俩才能听懂的、令人酥醉的悄悄话。当她晓起梳妆之时，他也曾含笑睇视，百看不厌。而她，也总是依照他的爱好来绾鬟描眉、点唇敷脂。她觉得那时的自己很美，因为，他眼中的她，也是她理想中的模样。是在什么时候失去了本来面目呢？呵，是在那一年、那一天，她终究还是失去了他……为了生存，却必须随波逐流。于是，她像别人一样画起了时式妆，是否符合她的心情，是否贴合她的气韵，那就不得而知，也不必知道了。一切都是为了生活，一切只是为了生活。

可是今天，今天应当有所不同。只因帘卷清霜，让她想起了久已不见的梅花，以及久已不见的他。今天，哪怕会因不合时宜而被他人取笑，她也会遵从自我的意愿，画一个清新淡雅的梅妆。按照往常的经验，为酒宴助兴的应是艳桃娇杏，而她，却要以人淡如梅的形象出现。这也许会令某些人不快，但也顾不得了。今天，她只想顾及自己的思念与心情。

她所画的梅妆，却非梅妃所创，而是来自南朝宋武帝的女儿寿阳公主。据传，这位公主在某个冬日卧于含章殿檐下，梅花落在她的额头，小小的五色花瓣竟然"拂之不去"。皇后见了很是喜爱，足足看了三日，才让公主濯之以水，洗掉了额上的梅朵。有心灵手巧的宫女们在啧啧称奇之余，仿效公主发明了一种新妆，号作梅妆，也称落梅妆。

北宋初年名著一时的西昆体诗人杨亿曾写过一首小令《少年游》，其词云：

> 江南节物，水昏云淡，飞雪满前村。千寻翠岭，一枝芳艳，迢递寄归人。
> 寿阳妆罢，冰姿玉态，的的写天真。等闲风雨又纷纷。更忍向、笛中闻。

词中所咏之物正是梅花。"千寻翠岭，一枝芳艳，迢递寄归人"，当梅花盛开于高峭入云的翠岭，她是何等芳华绝世、明艳无伦。若能折得其中的一枝，定要寄给思乡的远客啊！任他走得再远再远，只要看见这纤尘不染的一枝芳艳，他必归来，不负望眼。"寿阳妆罢，冰姿玉态，的的写天真"，当梅花落于伊人之额，其冰姿玉态，已尽展天真清媚。若能留住额上奇异的梅花，再是遥不可及的心愿，未必没有惊喜兑现之时！

所谓的梅妆，并不是以真实的梅花贴在额上，而是以金箔剪成梅花形状，既可贴于额，也可贴于颊。梅花妆罢，她又暗自寻思，该以什么样的眉妆与梅妆相配呢？"蛾眉""广眉""垂珠眉""拂云眉""倒晕眉""涵烟眉""柳叶眉""却月眉"……更有时下最为盛行的浅文殊眉，将眉毛画得极浅极细，就像文殊菩萨那样。有那么多的眉妆供她选择，她的思绪却如点水蜻蜓一掠而过。因为无须比较，远山眉乃是她的首选。"眉色如望远山"，这是远山眉得名的由来。而第一位被世人称赞"眉色如望远山"的女子绝非庸脂俗粉，她可是天下第一才子司马相如的夫人，闻琴夜奔、慧心巧思的卓文君。史称文君"放诞风流"，不但放诞风流，并且惊世骇俗。而于惊世骇俗之中又别具一段深情，"一双愁黛远山眉"，对于未来，文君既期待又彷徨，也和世间所有深陷情网的女子那般，为着不确定的希望而忧思不断。

远山眉、梅花妆，她的千种心事、无限唏叹，都凝结于此。思往事、惜韶光，到头来却都似被似水流年统统带走，怎不令人伤心欲绝？远山眉、梅花妆，纵能替她言出心事、诉尽衷情，可惜只能画给那些漠不相干的人看。等待的人迟迟不来，山眉梅妆皆成虚幻。她并不缺乏文君的慧心巧思，然而，却并不具有如文君一样不顾一切的勇气。这是她的过错还是她的不幸？学画远山长，仅得其形而难画其骨。她不是一个软弱的女子，她也不是一个怯懦的女子。不愿随波逐流，却终究为其身份所限。因为她的身份地位，较之文君还差得远呢！她只是一个极其卑微的歌女，只许以歌悦人、以笑迎人，却断不可以泪示人，以愁拒人。她的人生中既不敢也不能有率意之时。偶尔的率意、最大的任性不过体现在对于梳妆打扮的选择上，就像今晨，她选了远山眉、梅花妆。但对于自我的命运，她却无法做主。

听，牙板敲急，在催她出场了。如同提线傀儡一般，远山眉下，她又呈出盈盈浅笑。几乎可以以假乱真，至少从表面看来，很难令人发现这并非源自内心的欢笑。现在，她已准备就绪，即将发皓齿、扬清歌，可心中忽地涌上一股说不出的酸苦，猝不及防，令她霎时失控，敛紧了山眉远黛，旋即又急于矫正自己的失态，她试着一笑。结果却是未能笑成，远山眉成了真正的愁眉惨黛，与凄婉的梅妆相映，不能为人解忧，反倒使人断肠。

离愁如春水，
行人隔春山

踏莎行

欧阳修

候馆梅残，溪桥柳细，草薰风暖摇征辔。离愁渐远渐无穷，迢迢不断如春水。

寸寸柔肠，盈盈粉泪，楼高莫近危阑倚。平芜尽处是春山，行人更在春山外。

候馆，这是一个非常古老的词语，相传出自周公所著的《周礼》一书："五十里有市，市有候馆，候馆有积。"《周礼》中的候馆，指的是瞭望所。但到了后代，候馆之词却成了驿舍的同义词。候者，为等候之意。暂时等候什么呢？对于普通的旅人，或在驿舍等候适宜出行的日子，或是等候家人的音信。而对于那些朝廷的官员或是来自异邦的外交使节，则是等候诏令或传唤。

这首《踏莎行》中的候馆过客也许只是一名普通的旅人，不过也有可能，他是一位官员，如同《孔雀东南飞》中的府吏焦仲卿，由于公务或者新的任命而出门在外。

暂居候馆，他在等待什么呢？是朝廷的文书还是从故乡寄来的书信？说是暂居，可他却觉得，已经住了好长的时日。记得初到之时，仍是严寒天气，喜得驿舍之中，有那一树活泼俏丽的梅花与他相望相对，旅途的孤单顿然减去了大半。可是今天，气温已升高许多，溪桥那边风光尤好，看那细柳摇绿、瑶草生香、东风多情、暖日旖旎……但在一派欣欣向荣的景象之中，却不见了梅花的欢颜。梅落繁枝千万片，一任清露瀼瀼打湿了憔悴消瘦的面庞。想起了陆凯的诗《赠范晔》，他的心中好一阵难受。"折花逢驿使，寄与陇头人。江南无所有，聊赠一枝春。"身在江南的陆凯以梅花交付驿使，让他带给远在陇头的好友范晔，殷殷深情，何其动人。他也该趁着梅花正艳，折来寄她。但却来不及了。没有等到驿使前来，梅花已谢了一地。清露与残梅的组合宛若盈盈粉泪，那是谁的泪呢？可会是远在故乡的她为客途奔波的他所流下的泪？她的眉目颜色，又是否如同辞枝的梅花一样自伤飘零，"自从别后减容光，半是思郎半恨郎"。

很快，又要牵马上路了。原以来，会在这儿收到她的一纸半字，即使收不到一纸半字，便是有人捎来有关她的些许消息亦可稍稍安心。然而，连这一丝消息竟也没有。而他，却不能在此久住。该上路了，从这个候馆移向下一个候馆。人的一生，为什么非得告别故乡亲人，为什么非得马不停蹄地从一个驿站驰往另一个驿站？这是谁的规定？不，遍观大宋法典乃至古之律令，根本就找不到明文规定。然而，这却是世情，为千门万户谨奉遵行。自古以来，男子或是为了求学、或是为了谋仕、或是为了经商……形形色色的理由无不冠冕堂皇，而这些理由，已足以将他们连根拔起，推离故乡亲人的怀抱。

南朝文学家江淹在其《别赋》中描写了不同类型、不同感情、不时季节的离别，《别赋》一文，可谓集离情别态之大成者，淋漓尽致、一唱三叹。中有"闺中风暖，陌上草熏"之句，恰合此时之景。春光一刻值千金，这本来不是一个牵愁引悲的季节，如果还在故乡，如果还在她的身旁，他又岂会想起那个"驿寄梅花"的典故？何必因为梅花开残而郁结于心，风暖草熏之际，若能与她携手同游、共度锦绣年华，世间又岂会有不足与遗憾？

"还是再等一等吧。倘若驿使已在路上，那么一两天内，总会收到她的音信。"这样的想法令他愈发丧失了前行的动力，"或者，我该回去看看。如果日夜兼程地赶回去，我们至少可以小聚片刻，在这春回人间之时。"

然而，小聚之后呢，又将面临更为痛苦的别离。终有一别，终须一别。征人既已身在旅途，那就只能向前看而不是回头看。论理当如此，论情则不然。就连胯下的骏马也不愿奋步前行，那骏马是在留恋此地的春光吧？春光既撩乱了骏马的视野，春光也扰乱了他的意绪。他摇了摇头，想要克服软弱、摆脱犹豫。扬起鞭来，却又情不自禁地将那马鞭高举轻落。心里告诉自己别再回头，仍然忍不住一再回头。只怕骏马加速，便会离她更远。而每一次的回头，似乎都只是为了再回顾一下那张记忆中的宜笑宜嗔春风面。

不管有多少的无奈，骏马还是带着他远去了。将候馆残梅渐渐抛远，也将故乡与她抛得更远……随着路程的蔓延，离愁别恨也在蔓延。什么时候才能走到目的地呢？既然离愁别恨是在与日俱增、与路俱增，那么到了路的尽头，离愁别恨可会就此终止，同时也终止了刻骨蚀心的痛楚？可为什么，抵达的那一天迟迟不来，仿佛这是一条没有终点的道路。道路无穷无尽，离愁别恨竟也无穷无尽，就如途中所见的那条春江一样，绿水迢迢、柔情万千，永无波停浪息、源枯流断之时。

离愁别恨，两处情牵。征人的相思，闺人的相思，一个困于马背，一个深锁楼阁，地点不同，却是殊途而归，汇作春江浩荡、一处奔流。无论阴晴风雨，登楼远眺已然成了她的日课，从早到晚，几乎站成了望夫石，一尊会落泪的石头。是的，正如那日他在候馆所见的含露残梅，一颗一颗，分明是她的粉泪。柔肠为君断，粉泪为君流。寸寸肠断、盈盈泪尽，君行在外，何时归来？

也曾有人劝止她："别尽自望了。前面不就是一片荒野吗？杂草丛生，有甚景致可言？"

她并不答话，目光仍是笔直向前。

又有人顺着她的目光望去："你可是在看那座山？谁说只有荒野，荒野的尽头还有春山一座呢！还在想姐夫吗？山远路长，难怪姐姐不想。可望来望去，姐夫就是望不见啊！春山之外，知它是个什么地方、什么去处？那里有怎样的人，怎样的事，是怎样也想不到的。"

对于春山之外的地方，春山之外的人事，她或许也有过好奇与憧憬。然而，自他离去后，她所急于知道的一切，便只是他的行踪了。是的，就目所能及的范围，但觉荒野茫茫、满心空旷。寻寻觅觅，直到荒野尽头，却被春山阻断了视线。一遍又一遍，她计算着今夜他又走了哪里；一次又一次，她在无声的世界与他悄言低语，一回又一回，她于半睡半醒时与他相见……但那都是想象。痴望的目光再是热切，却连一座春山也难以穿越。更何况，横亘于那双不倦望眼之前的，又岂止是一座春山呢？"刘郎已恨蓬山远，更隔蓬山一万重。"即使穿越了这座春山，前面还有比这多得多的春山。只有她的梦魂能陪他同行，可在真实的生活中，她与他，终是遥遥相隔了。行人不可见，佳期知何年？

"楼高莫近危阑倚"，此句与"明月楼高休独倚"大相接近。而后者出自范仲淹《苏幕遮》"碧云天，黄叶地"名篇。《苏幕遮》中又有"芳草无情，更在斜阳外"之语，与此词收梢之句"平芜尽处是春山，行人更在春山外"亦能触类旁通。前面曾经说到，欧阳修与范仲淹既是同一阵营的战友也是意气相投的好友，在文字上相互切磋借鉴，故有异曲同工之妙。不过，若以整首词而言，欧公却是受了另一个人的影响，那便是杜牧，那位"二十四桥明月夜"的作者。杜牧《代人寄远六言二首》之一写道：

> 河桥酒旆风软，候馆梅花雪娇。
> 宛陵楼上瞪目，我郎何处情饶。
> 绣领任垂蓬鬓，丁香闲结春梢。
> 剩肯新年归否，江南绿草迢迢。

在杜牧，是"候馆梅花雪娇"，在欧公，却是"候馆梅残"；在杜牧，是"风软"，在欧公，是"风暖"；在杜牧，是"楼上瞪目"，在欧公，是"楼高莫近危阑倚"；在杜牧，是"江南绿草迢迢"，在欧公，是"迢迢不断如春水"。杜牧代人寄远，是代闺人呢，还是代友人？无论从诗题还是诗句，都找不到明确答案。而欧公之词，是代人所为还是"夫子自言"，这也并不明了。杜牧之诗表达的是单方面的思念，即杜牧为其代笔之人的思念之情，而欧公的诗既写了远行之人"草熏风暖摇征辔"的犹豫与不甘，也写了闺中之人"寸寸柔肠、盈盈粉泪"的凄楚之状。"离愁渐远渐无穷，迢迢不断如春水"，这是远行之人与闺中之人的神合之处。"平芜尽处是春山，行人更在春山外"，这是远行之人与闺中之人的隔碍之处。平心而论，欧公此词虽脱意于杜诗，但情真意婉，则远出杜诗之上矣。

　　与欧公有过师生之缘的晏殊曾经写道："昨夜西风凋碧树。独上高楼，望尽天涯路。"此句已将相思之情写到极致，只怕连晏殊也未曾料到吧，"望尽天涯路"之后还能有后续，那便是"平芜尽处是春山，行人更在春山外"。才人手段，果然出神入化。晏殊又曾言："无穷无尽是离愁，天涯海角思量遍。"格局宏阔，荡气回肠。而欧公却道："离愁渐远渐无穷，迢迢不断如春水。"格局虽不如晏殊，深度却胜于晏殊。

摘花花似面，芳心丝争乱

蝶恋花

欧阳修

越女采莲秋水畔。窄袖轻罗，暗露双金钏。照影摘花花似面，芳心只共丝争乱。

鸂鶒滩头风浪晚。雾重烟轻，不见来时伴。隐隐歌声归棹远，离愁引着江南岸。

唐代有个名叫朱庆馀的考生，在应试进士之前向时任水部员外郎的文坛要人张籍投诗自荐，题为《近试上张水部》：

洞房昨夜停红烛，待晓堂前拜舅姑。

妆罢低声问夫婿，画眉深浅入时无？

显然，朱庆馀是以新娘自拟，却将张籍比作夫婿。"画眉深浅入时无？"妆容是否称合夫婿之意，这是新娘最关心的问题。而作为一个文学新人，朱庆馀最关心的问题则是，张籍前辈，我的文章能够得到您的认同吗？

张籍很快复诗一首：

> 越女新妆出镜心，自知明艳更沉吟。
> 齐纨未足人间贵，一曲菱歌敌万金。

朱庆馀便如吃了一颗定心丸，胸怀大畅、喜笑颜开。他为何如此开心呢？这个吗，你懂得，我也懂得。虽未直接回答"画眉深浅入时无"的问题，但张籍却将朱庆馀比作"新妆出镜心"的越女，"自知明艳更沉吟"，你那与众不同之美，别人看得见，难道你竟毫无所知？都说齐纨贵重，在我看来却是未必。齐纨虽贵，若以万两黄金购之，何愁不能到手无数。而像你这样风华绝代的越女却是不可多得。你只消婉转引喉，一曲菱歌清唱，便已远超万两黄金的价值。

将才华不凡的考生喻为"越女"，这个比喻别具匠心。天圣七年（1029 年），年方二十二岁的欧阳修先后在国子监的广文馆试与国学解试中霸气夺魁，第二年，又在礼部考试中冠绝群英。"越女新妆出镜心"，张籍对朱庆馀的预言成了年轻欧阳修的真实写照。作为新一代的越女掌门人，欧阳修已引起广泛关注。金殿奏凯，谁是最大的赢家？这个问题似乎并无太大的悬念。而已取得"连中三元"辉煌战绩的欧阳修本人，对于状元的桂冠也是志在必得、不容旁落。他胸有成竹地去做了一身新衣，以备殿试之后金殿传胪时华丽登场。小欧同学虽未明言，但谁都看得出来，那是一个怀揣状元梦想的年轻人为自己定制的状元吉服。若是别人这样做，可能被笑作狂妄。但欧阳修是有这个底气的，"我的未来不是梦"，新一代的越女掌门人对此深信不疑。

不料有个考生却与欧阳修开了个玩笑。他将欧阳修的吉服抢来穿在身上，笑嘻嘻地嚷道："这件状元服归我所有了。"开玩笑的考生是王拱辰，较欧阳修年少五岁。这个小同窗虽心直口快地当众"揭穿"了欧阳修的心事，欧阳修只当他"童言无忌"，一笑置之而已。

岂知在命运眼中，这却不是玩笑。命运竟然认了真，金殿传胪，唱到状元的名字时，所有的人都为之一震。还不到十八岁的王拱辰荣膺榜首，所有的人都不禁肃然起敬，向着新科状元行起了注目礼。欧阳修却有些失落。固然，他在殿试的发挥还不算太坏，岂止不太坏，以他的自我评估，这甚至是一次出色的发挥。他的名次是甲科第十四名，这仍然是一个靠前的排位。可欧阳修就是想不明白，从第一名跌落到第十四名，自己究竟差在了哪儿呢？是输在文采，是败在条理，是气韵不及，还是格调稍逊？出来后一打听，原来那些理由都不成立。使得自己痛失状元的原因只有一个——"锋芒毕露"！就因为文笔"锋芒毕露"，令考官们在欣赏之余达成了共识，应当压一压他这股无所顾忌的锐气。国家需要成熟谨厚的政治人才，而不是书生意气、夸夸其谈。说起来，将欧阳修的状元梦毁于一旦，考官们还是用心良苦呢！"就让这个心高气傲的年轻人早早地受些挫折吧。玉不磨，不成器。宁圆融，勿偏激。谦和持重的性格方可造就良臣，而这也正是国家所期待于他的。"

很可惜，对于考官们的良苦用心，欧阳修并未引起足够的重视，敛起锋芒、小心做人，这既不是"欧"式风格，也很难成为"欧"式定律。虽未高中状元，但二十三岁的欧阳修还是凭借优异的科考成绩获任西京留守推官一职。四年后，他以"辞擅菁英，性推醇茂""懋学逾惇，参筹有裕"诸多优点而得到了提升，升任监察御史大夫、镇南军节度掌书记等职。一个称得上是"潜力股"的青年，此时的欧阳修好比人间四月天，年龄与仕途皆是一片光明。谁知两年之后，他就由顺风顺水变为了逆水行舟，人间四月天也就此变作八月秋高风怒号。欧阳修被贬出京城，降为夷陵县令。夷陵即今湖北宜昌，刘禹锡所谓"巴山楚水凄凉地"，夷陵便是其中之一。至于欧阳修被贬的原因，前面说到《采桑词》时，曾有过阐述，欧阳修是因卫护范仲淹而遭此横祸。

此事的起初，是范仲淹向朝廷献上了一份别有深意的"大礼"——《百官图》。看这名字就知道，很像是我们今天的讽刺漫画，且令人想起近代一部小说的书名"官场现形记"。也许范仲淹的心里正是这样想的，所献《百官图》，一来要曝光北宋官场的陋习，二来要让皇帝与朝廷看清官场的幕后操盘手。如果说漫画艺术讲求含而不露，范仲淹偏要一针见血，戳破那层薄薄的窗户纸。此图今已失传，但这件极不寻常之事，却被记入了《宋史》："时吕夷简执政，进用者多出其门。仲淹上《百官图》，指其次第曰：'如此为序迁，如此为不次，如此则公，如此则私。况进退近臣，凡超格者，不宜全委之宰相。'"范仲淹指着《百官图》上标注的升迁顺序说，什么是正常合理的升迁，什么是不正常不合理的升迁。什么升迁体现了公正原则，什么升迁是靠托关系、走后门办成的。近臣要职的升迁黜退，那更是要讲原则，不能把超格提拔的权力委托给宰相一人。

好个范仲淹，与欧阳修一样，也是个锋芒毕露，眼中容不得一粒沙子的人物。这《百官图》一出，有人的心里可就翻江倒海地给怨怼上了。这是谁啊？还能是谁，老宰相老上级吕夷简呗。《宋史》中曾有记载："时吕夷简执政，进用者多出其门。"可见吕夷简在录用人才方面的确是有任人唯亲的私心。对范仲淹所献《百官图》，吕夷简肯定不会笑颜相看。当然，他也不便明确表态。人家只说了"凡超格者，不宜全委之宰相"，又没有点明是他吕相国。何况即使点明了又如何？此话无懈可击。是这个理啊，超格提拔人才，应当由皇帝点头而不是宰相点头。你还能指着他的鼻子骂他胡说八道吗？

吕夷简还真是没辙，只好暗暗地记了一笔账。不久范仲淹又献上四论讥议时政。仁宗皇帝看了也皱起了眉头："我大宋市坊不正流行着一支新歌吗——'高高在上，诸君看吧，朕之江山美好如画。'怎么到了这范仲淹的笔下，却是百般不堪、种种脏乱差的现象？"

吕夷简心头一激灵，展开绝地反击的时机到了。他对皇帝说："汉成帝信张禹，不疑舅家，故有新莽之祸。臣恐今日亦有张禹，坏陛下家法。"

这话可就说远了。张禹是西汉的大儒兼大臣，然而，因为他的一个识人之误，西汉竟然江山不保。吕夷简提醒仁宗："汉成帝就是听信了张禹的话，对自己的舅舅家毫无防备，结果却被舅舅家的王莽篡夺了帝位，将汉朝改为新朝。像张禹一样沽名钓誉、嘴上功夫了得之人，今天也还没有断根绝迹呢！只怕陛下的家法会坏在今日张禹的手中。"

宋仁宗立即便问："今日张禹指的是谁？"

"陛下细想，那个人的所作所为，与汉时张禹又有何异……"吕夷简积蓄已久的怨怼终于一泄而出，越说越是来劲儿，"他比张禹还要可恶呢……仲淹离间陛下君臣，为其引荐、为其所用者，皆朋党也。

这已不是一人祸国，而是朋党祸国。"

对吕夷简的话，宋仁宗到底听进了多少呢？是真的听进了心里还是不得不装作"从善如流"？但范仲淹却为此被贬到了饶州。对于范仲淹的贬谪，朝中是有人欢喜有人愁。"锋芒毕露"的欧阳修终于闲不住了，再度利刃出鞘，其果敢之举震惊了朝廷。前面《采桑子》中已有所述，欧阳修写了一封信给谏官高若讷，责其"不复知人间有羞耻事尔"，几乎是在破口大骂："姓高的你死不要脸！"而高若讷之所以被骂作"死不要脸"，是因为身为谏官，他不仅没有对范仲淹的直言不讳予以力挺，反倒对其被贬喝彩不迭。这是个极其恶劣的表率。有如此谄谀媚上的谏官，朝中哪里还有骨鲠之臣畅所欲言的空间？难怪欧阳修会对之疾恶如仇了，"不复知人间有羞耻事"，此话骂得太精彩、太经典。谁说文人只是擅长无病呻吟？欧公之口诛笔伐，实在是火力十足呢！

但也因为这篇火力十足的口诛笔伐，欧阳修成了某些人的眼中钉。"不复知人间有羞耻事"的高诺讷并未伤及分毫，反倒是欧阳修很快遭受了重创。朝廷切责欧阳修与范仲淹有着非同一般的私交，"尔托附有私，诋欺罔畏，妄形书牍，移责谏臣。恣陈讪上之言，显露朋奸之迹，致其奏述，备见狂邪。"好你个欧阳修，竟将一盆脏水泼到谏官头上，猖狂到无以复加。历来与上级为敌、同朝廷作对的人会有什么好下场？也罢，你既与范仲淹同心同德，今也紧步范仲淹的后尘，去往蛮荒之地好好地反思一下吧！而立之年的欧阳修迎来的是他人生中第一次挫折。这位科考场中曾被寄予厚望的少年名士、青春越女，却在而立之年风华初凋。

还是来看这首词吧，"越女采莲秋水畔"。那是在子夜吴歌中的江南，越王勾践之故国。澄波如镜的秋水之畔，且看那小船漂荡、游鱼散逸，一群妙龄女郎穿梭于田田莲叶之间，争相采莲、清歌不断。其中的一位女郎，穿着一袭轻罗。随着她采莲的动作，那窄窄的罗袖下时而露出一双肤如凝脂的皓腕，而皓腕之中，又隐约露出一双熠熠生辉的金钏。她低下头来采摘着莲花，这位女郎容貌如何呢？平视的目光看不见，然而女郎足下的那弯秋水却照得极是清楚，她的容貌恰如水中的莲花一样，"新妆荡新波，光景两奇绝"。若向水中看得久了，那你简直无法分清谁是女郎，谁是莲花。而女郎自己，却也迷失在了这片莲花莲叶丛中。这是起风了吗？她的一颗芳心没来由地纷乱不已。忘了摘花，无意识地折断一截儿莲藕。藕断而丝连，在风中飘来飘去，苦无着落。有谁知道啊，她的那颗芳心也是这样。断如藕丝，难分头绪，随风飘零，无所归依……乱了，乱了，乱了藕丝，乱了心情……

是起风了，由小而大，由微而厉。现在，再想继续留在莲塘摘花是不大可能了。狂风巨浪，随时都会掀翻小船。女郎抬头一看，顿时大惊失色。原来天色已经这么晚了，记得划船来时，滩头尚有一对对鸂鶒在浅翔欢嬉。而此刻，滩头空寂无声，哪里还有鸂鶒的片羽只影？不见了鸂鶒还不要紧，要紧的是，和她一起同来的那些女伴们也不见了。先前不绝于耳的莲歌是在什么时候消失的？都怪自己一心想着心事，不曾注意到环境的变化。女郎环顾四周，胸中满是孤独、惧怕与焦虑。

夜雾越来越重，好在水上的寒烟并未加浓。透过夜雾、透过轻烟，女郎已划动双桨去寻找同伴。她有没有找到同伴呢，站在画外之人的角度，你也许还在为她担心。哦，请不用担心，听，画中又依稀响起了莲歌，仿佛女郎轻罗窄袖下时隐时现的皓腕金钏。循着莲歌的方向，女郎该已找到她的那些同伴吧！那是多么优美的歌声啊，多么美好的一群采莲女，她们在唱些什么呢？太远了，太远了，听不清。太远了，太远了，连最后的一点余音竟也飘断在了风浪与烟雾之中。那是一曲诉说离愁与相思的古歌吗？徘徊在清秋的江南水岸。

　　联系到欧阳修的平生境遇，这首词应有画外有音。"越女采莲秋水畔"，欧阳修是以一群正当妙龄的采莲姑娘比喻同道之人，他们年轻有为，怀抱明如秋水的政治理想。其中的一位采莲女，"照影摘花花似面"，当为欧阳修自拟。"芳心只共丝争乱"，尽管有着高洁的志向，但在理想受挫之时，他也曾有过迷乱与彷徨。"鸂鶒滩头风浪晚"，风波一起，一群有理想、有抱负的青年或因牵累或被贬黜而各奔东西。当发现"雾重烟轻，不见来时伴"，欧阳修更是感到彻骨的孤独与忧惧。然而对于拨云见日，他却未失信心。"隐隐歌声归棹远"，总有一天，能与同道之人重聚同归，哪怕目前只能相惜相望，一任"离愁引著江南岸"。

菡萏花底浪，
风雨无隔障

渔家傲

欧阳修

近日门前溪水涨，郎船几度偷相访。船小难开红斗帐。无计向，合欢影里空惆怅。

愿妾身为红菡萏，年年生在秋江上。更愿郎为花底浪。无隔障，随风逐雨长来往。

连着下了好几天的雨，夜里总是睡不踏实。外面潺潺地响作一片，也不知道是雨声呢还是溪流之声。

"再这样下去，露馅儿是迟早的。"她暗暗思忖。左邻右舍已有了议论，一想到爹爹发怒的神色，阿母惊骇的模样，她就好像掉入了冰窟。

"明天我就告诉他，这样不行。"她狠下心道，"与其一生一世抬不起头来，不如快刀斩乱麻，且忍这一时之痛。"

然而，这只是一时之痛吗？果真快刀斩乱麻地了断了，她还能若无其事地像从前那样生活下去？假如那一天的秋江之上，他的船与她的船不曾对划而过……就不会有这许多的烦恼、这许多的焦灼、这许多的纠结、这许多的忐忑……当然，也不会有这许多的甜蜜。可是，平心而论，哪怕天大的烦恼、万千的焦灼、无数的纠结、如夜雨溪流般潺潺不断的忐忑，若用它们换得一分甜蜜，她还是愿意的！

"啊，这真是疯狂的念头！我这脑子又在发昏发热了。"她翻了个身，想抛开这个念头。然而，它却生了根一般驱之不去。快刀斩乱麻，不那么容易的。

"管它呢，等明天再说。"她深叹一气。可是，一想到明天必须说却不愿说的那些话，她又希望明天永不到来。是的，只要明天不来，她就不必勉强自己。只要明天不来，所有的问题都不成问题了。唯一的问题是，既然明天不来，她就失去了见到他的可能。才隔了一个晚上没有见他，已经有种度日如年的感觉。那么，究竟是希望明天永远不来，还是希望明天早一些到来呢？她的神志有些迷糊起来，似乎是睡着了。

睁开双眼，天已大亮。明天终于还是到来了，明天成了今天。雨还下着，且越下越大。推窗一望，门前的溪水比起头一天来又涨高了不少。她的目光落到那些行人的身上。她在看人，人也在看她。

别人为什么会那样注意地瞅着她呢？心慌意乱，她急忙掩上了窗。"好在他没有来。不然，越发坐实了那些人的胡猜乱想。"

百无聊赖地坐了一会儿，她的心里忽地一跳："不对呀，往常可早该到了。他为何不来？莫非他已猜到我今天要同他说些什么？或者，他也是这么想的，反倒省了我的那番话。今后也不必再提心吊胆了。"

又坐了一会儿，到底是沉不住气，再次探首推窗。这一回，纵然觉得有人看她，也是不顾了。一股酸酸楚楚的滋味涌上心来："你真的不来了吗？这样不言不语便算了断了吗？既有今日，何必当初？我倒不信，这么快你就变了心了。"

"不，他不是那样的人。"另一个想法让她方寸大乱，"这风狂浪大的，别是打翻了船吧！"

这么一想，更是火烧眉毛一般坐立不安。那潺潺的雨声间或响得厉害，便以为有人敲门。但几次开门，外面却是空无一人。其实心里也是明白的，那不是他们素日约定的暗号，而那个暗号便是他独有的敲门声。

终于，从潺潺雨声中听出了"咚咚"的音响，对她而言，世上最美的韵律也莫过于此。再没有别人，是他，一定是他。

"吱嘎"，尽管她开门的动作很轻，却仍然觉得启门之声过于刺耳。或者，这还是因为自己太过紧张了吧？迅速地向左右张望了一下，总算定下心来，她迎上前去，为他摘下了斗篷。

"这么大的雨，你来做什么？"她嗔怪道。

"给你这个。"他憨憨地笑着，手擎一枝红莲。

"哪个要你巴巴地送这个来？我难道不会自己采去？"她唇角一弯，半似高兴，半似埋怨。

"下雨天，我知道你不会出去。"他咧开嘴，越发笑得像个孩子，有些傻里傻气。

偏是这样傻里傻气的笑容，让她格外动心。"我又不是足不出户的大家小姐，下这一点雨，还不至于那样娇气。"

"可你明明没出门嘛！是在等我？"他更开心了。

"哪个在等你？你也不照照镜子看。头发上还沾着雨珠呢，就你这副狼狈相，也配有人记挂？"递了一条手帕给他，她将那枝莲花取了过去，"真是奇怪，这花儿倒是一点都没淋湿。"

"我把它藏在这儿呢！"他指了指敞开的衣襟，"又不敢捂得太紧，怕捂坏了它。刚才在船上，一个浪头打来，我光顾着护它，连划子都扔下了。差一点就掉进了水里，现在想起来还是后怕！"

"是花重要还是人重要？你这个人，怎么也不晓得轻重。"她狠狠地睨了他一眼，"你可知道我这心里有多着急。就怕出了意外，怕你翻船……"

"我若真是翻了船，你会不会为我大哭一场？"

"你这个人，还有心思开这种没心没肺的玩笑！"

"我是说真的。哪怕翻了船，只要是为你，我就没什么可后悔的。可我并不希望看到你哭。就拿这朵红菡萏来说，开在阳光下面，又明亮又好看。可是被风一吹、被雨一淋，变得凄凄惨惨，那就让人心疼死了。你就像这红菡萏，我要你永远明亮又好看，我不要你悲悲戚戚、凄凄惨惨。"

"你又来了，疯疯傻傻，没一点正经话。你只管拿着那块帕子做什么，怎么也不擦擦头？"见他的一双眼珠总是围着她转，她又是得意，又是害羞。

"手帕是你绣的吧？我舍不得用它擦头。我们水上人家，风里雨里来往惯了，头发过一时也就干了，何必管它。将这手帕送我好不好？"他嘻嘻笑道。

"不好！"她霎时恼了。

"有什么不好呢？你不也收下了我送的红菡萏吗？难道你还不明白我对你的心意？"对她的突然变卦，他简直摸不着头脑。

　　"总说这些没正经的话！"昨晚的决心似乎在逼使她改换出一副冷淡的脸色，"我是你什么人，你又是我什么人？你凭什么送东西给我，我又凭什么送东西给你？"

　　"我什么事情得罪你了，为什么这样说话？"他很是委屈，"我若不是认真的，又何必冲风顶雨地前来？"

　　"就是这句话，何必冲风顶雨，且还冒着翻船的危险？"她一甩手道，"你今后再也不必来了。"

　　"我并没埋怨什么呀！我说过，这是我愿意的，就是翻船也不后悔。翻船算什么？要是一整天见不着你，那还不如翻船呢！"他赌气道，"船翻了，也就没有感觉了。但见不着你，那可闹心呢，就跟被猫爪挠着似的，一刻也不得安定。"

　　"就跟被猫爪挠着似的，一刻也不得安定。"他的感受，不也正是她在等他时的感受吗？嘴里却道，"尽是瞎说。你天天都来，让人看着，这还像话不像话？"

　　"还不是因为我心里总念着你嘛！日日采莲子，人在心儿里。就不知道，你是怎么想的我？"怕她着恼，他察言观色道。

　　"总是念着我，那你就更该为我着想。"她向四周张望了一下，"须知隔墙有眼、隔墙有耳。你当人家都会装聋作哑？你一个男子汉，倒是不要紧。可我……我可受不得那些指指戳戳、闲言碎语！"

　　"这我倒是没想到。"他低下头来，不无歉疚，"你说我没句正经话，可我要说正经话呢，怕你只当笑话来听。"

　　"那你倒是说呀！"

"我们若是夫妻，就好比牛郎织女鹊桥相会，谁还能有闲言碎语？"

她的脸"唰"地红了："哪有日日相会的牛郎织女？你想得倒美，三百六十五天，天天都是鹊桥会？"

"如果我是牛郎，我肯定会这样希望。牛郎想娶织女，织女是答应呢，还是不答应？"他索性把话挑明了。

"答不答应，织女一人可做不得主。难道你不知道，织女也得过父母一关！"终于得到了她期待已久的告白，她暗自欣喜，却又蹙眉叹道。

"我也正为此犯愁呢！几次想要张口吧，话到嘴边，又说不出口。家穷业薄，怕遭堂上嫌弃。我所有的家当都在这条船上，船小难开红斗帐，可怎么向人提亲呢？要不，我找人先试探一下你娘的口风。她若是肯了，再找人到你爹面前说合说合。可又怕一言不合，反倒事与愿违。你说，这事能有几分把握？"

她神情复杂，无言以对。

"老是这样偷偷来往，还真不是个法子。"他又道，"可你要相信我，我指望着能长长久久跟你在一起呢，是一生一世在一起。当下我虽贫寒了一些，可我吃得苦，为了你，再是吃苦，也觉得有奔头。我还年轻力壮，今后我打鱼，你采莲。人说大树底下好乘凉，在这太平时世的庇佑下，未必没有红火日子过。"

"你该走了。"他的一番心里话，把她昨夜所下的决心全给说乱了，心里甜一阵又苦一阵。

"那好，我明天再来看你。"披上斗篷，他恋恋地回望了她一眼。不一会儿，他与他的小船已消失在了茫茫雨雾中。

门前的溪水涨得更高了，就像彼此间的情意，经风遇雨反而有增无减。手持他留下的那朵红莲，忽然觉得这朵莲花好不孤单可怜。"傻瓜，也不晓得采枝合欢并蒂莲，取它个吉利的兆头。这孤单单的一朵莲花，不是又要引我伤心吗？"她越发惆怅不已，"日日采莲子，人在心儿里。你我既然心意相通，为什么就不能早结良缘呢？这孤单单的一朵莲花呵，岂非就找不到她的同心莲、并蒂枝？"

"他说，希望我像红菡萏一样，开在阳光下面，又明亮又好看。"回味着两人共处的时间，她忽然从心底生出一股奇异的力量来，"他却不知，风雨之中的红菡萏比阳光之下的红菡萏更明艳、更好看。被风一吹，被雨一淋，红菡萏非但不会变得悲悲戚戚、凄凄惨惨，反倒既挺立又舒展。红菡萏生于秋江、长于秋江，长年累月与风雨为伴，风吹雨袭之下何曾会皱一皱枝叶、敛一敛花瓣？你说哪怕翻了船，也没有什么可后悔的。你既有这片真情实意，我还能后悔什么呢？船小难开红斗帐，可我们的红斗帐，是要开在那浩浩渺渺的秋江之上。哎，是这样呀。好一朵红菡萏，哪里就孤单可怜了？有秋江的波浪将她高高托起，她的一生必当十分精彩。我愿身为红菡萏，年年生在秋江上。愿郎化为花底浪，此生相傍无隔障。随风逐雨同患难，誓不分开长来往。"

玉楼春

欧阳修

尊前拟把归期说，未语春容先惨咽。人生自是有情痴，此恨不关风与月。

离歌且莫翻新阕，一曲能教肠寸结。直须看尽洛城花，始共春风容易别。

欧阳永叔虽无过人的酒量，对于饮酒之道，却从来都是浓兴不减。醉翁曾经有言："人生何处似尊前！"尊，同樽。他感叹道：如果你要问我什么是人生至乐，那我反问一句吧，你觉得呢，除了对酒当歌还会是什么？然而，饮酒并不总是意味着欢乐毕陈。比如说，饯行酒，通常是与悲伤偕行。

杜牧《赠别》诗云："多情却似总无情，唯觉樽前笑不成。蜡烛有心还惜别，替人垂泪到天明。"这便是一首极为悲伤的饯行诗。两个情深意浓之人，在众目睽睽的饯行宴上故意装作不在乎的样子，淡淡相对，就如同面对一个普通的朋友。那么，也像送别一个普通的朋友那样说几句一路顺风的客套话，再装出一个轻快的笑容吧！这样做，或是为了了断情缘，或是为了让对方放下忧虑。"你且宽心上路吧，我并不像你以为的那样难过呢！"欲盖弥彰，如果说装作淡淡相对还能瞒人眼目，要装出笑容，那却是心有余而力不足了。笑不出来，笑不出来，勉强一笑，反而像哭。瞧，通宵达旦，那桌上的蜡烛犹自泪滴如雨呢！连蜡烛都知道为人惜别、替人垂泪，何况是一对有情人的别离呢？看似无情，最是有情。举樽相陪，未成醉，心先碎。

"多情却似总无情，唯觉樽前笑不成。"这杯饯行酒，是在杜牧与其扬州恋人之间。而欧公的这首词，虽也写的是一对恋人的饯别，却是换了一个地点，非为扬州之恋、扬州之别，而是洛城之恋、洛城之别。

陈子昂在《春夜别友人》一诗中写道："银烛吐青烟，金樽对绮筵"，洛城之别，可也有着相似的场景吗？银烛的清辉照着今晚的他，也照着今晚的她。烛光下的她分外明丽，妆容也有异于平时，一望而知，她必定特意打扮过。其实在他的心目中，她即便是素衣素容也极尽其妍。可在今晚，原已看惯的极尽其妍还能更出新意，她比平时另具一种惊心动魄之美。是的，她是为此特意打扮过，但他知道，这种惊心动魄之美，根本不是特意打扮、精心修饰所能达成的效果，而是一种发自灵魂的神光，为她的容颜更增魅力。一想到就要与这样一张明丽的脸、这样一个可爱的人分别了，明天此时，也许明年此时，未必还能与她相见。他不觉心如刀割，痛入骨髓。

"我……我想回来……"放下酒杯，他执着她的手说。

"还没出门就说要回来，谁知道你哪天回来？"拨开他的手，她别过头道。

"回来，回来会是何年何月？"别说是她，连他自己也一无所知。所谓"人生无根蒂，飘如陌上尘。分散逐风转，此已非常身"。这个世上有许多事都是自己所无法掌握的。众生芸芸，谁不是无根无蒂，如同陌上的轻尘逐风飘散呢？今日河东，明日河西，辗转天南地北之后，早已找不回当初的自己。时光会带走一切。带走了今天的自己，也会带走今晚的记忆吗？"你不要这样想。又不是一去不回……假如可能……"待要说出一个具体的时日吧，却又觉得，这简直与欺骗无异。对着那双澄如秋水的清眸，何忍许下一个虚无缥缈的约定？或许，让她放下他，让她忘了他，才是他唯一能为她做的事。

"怎么不说了？你什么时候……"想要问他归期，话说了一半，却又硬生生收了回去。何必要他承诺什么呢，"假如可能"，这就是他能给出的最大承诺了。何苦为难于他？正如他不能不走，她也不能随他而去。人生得一知心人已是大为不易，知心人而有缘常聚则难乎其难。"几曾见天下有不散的宴席？这是命，一点也勉强不得。"

双目相对，他的心思，她看得一清二楚；她的心思，他亦看得一清二楚。离别在即，他不欲令她烦恼，她亦不欲令他烦恼。

抑住满心的惆怅，她勉力一笑："这是你爱喝的酒，多饮一杯吧。过了今晚，明天……"原想说些开心之事，但刚一开口，早又引动了伤别之情。那是过不了的坎儿，绕不过的弯儿，欲语未语之间，明丽如春的笑颜忽已珠泪欲堕、蛾眉愁惨。以袖掩面，她抽抽噎噎地哭着。哭声时高时低、时断时续。看得出来，她竭尽了全力想压服住自己的情绪。但她做不到，他也做不到。渐渐地，那时高时低、时断时续的哭声中加入了另一个声音，也是时高时低、时断时续。那是他的哭声。从来不曾想到，在成人的世界，身为堂堂男子的他，也有一天会哭得像个无助的孩子。

这泪雨，这哭泣，是他们对无情命运的抗议。人生无根蒂，却有情根深种之人。纵然身非得己、天涯漂泊，情根并不随身离土，而是固若磐石。当幸福敲门之时，帘外清风、窗前明月，无非是幸福的点缀映衬罢了。就像她，于精心妆饰之下固然很美，但不用妆饰，即便素衣素面，看在他的眼里不也恰称心意吗？而当离别来临时，有没有清风明月的存在，难道会左右离人的意绪？此际清风弄柔、明月移影，她的泪、他的泪，绝非是因风月的煽动。虽然往昔有过无数的好风好月曾见证他们的欢聚，可风月之物又怎能感知他们内心的欣喜呢？同样的，风月之物也感知不了他们别离之苦。天生一段痴情，天生一对痴人。风起时痴，月出时痴，无风时痴，无月亦痴。痴于骨、痴在心，未曾离别，已生相思。相思何极，泪满衣襟。

流了太多的泪，稍稍平复下心情，饯行之宴仍在继续。既为饯行之宴，岂能有酒无歌？止泪拭面，听那乐师轻拢慢捻，奏出一首古曲，缠缠绵绵尽是别意。"且住，不必唱了！"哀伤的曲音令他不忍卒听。

"先生是知音识曲之人。这曲子虽旧，那歌词却是今人新制的。你也许以前听过此曲，所以不想再听。但新谱的歌词不见得比不上旧日的歌词，你再仔细听听！"乐师坚持道。

凝神再听，果然是古曲新唱。那新谱的歌词极有韵味，将古曲中的缠绵别意铺陈得更为细腻传神，也越发令人伤心断肠。

"就此停住吧！"终于忍不住又一次打断了乐师的演奏。

"为什么？我还以为，以先生素日的脾性，定会很喜欢这首翻新的古曲呢！"乐师看上去有些沮丧，"是我弹得不好还是唱得不好？哪个段落、哪个音节出了差错？请先生明示，算是为我纠错吧！"

"你唱得不错，词曲亦佳。只是这支曲子，本已太过凄凉，又何必翻新再唱？这支曲子，不知曾唱得多少古人为之肠断心摧？难道还不够吗，又要将今人也唱得愁肠千结？"他顿足叹道。

原已停止的抽噎之声再次响起，是她，又一次地幽怨难禁、泪流满面。

乐师这才明白过来："'悲莫悲兮生别离，乐莫乐兮新相知。'难怪先生无心听曲，不是无心听，是不忍听啊！今夜在座者，定非新相知，而是故人。故人将别，是以感结伤心脾。"

原想借着听曲来转移注意力，但却适得其反，反倒勾起了更为沉郁的离愁别绪。谁说"此恨不关风与月"？对于一颗脆弱多情的心，就连曲词中的风与月也是一种难以承受的撩拨与刺激。

"看开些吧，二位。"乐师恳劝道，"说句不当讲的话，虽说'悲莫悲兮生别离，'但二位别离之际，正是洛阳一年中的芳辰吉时呢！有道是'一年好景君须记'，这个时节走，总比秋冬出行要快乐得多。在下以前曾侍候过一班文人相公，其中的一位也曾旧曲翻新，写过一首《玉楼春》。我还记得那开头两句——'洛阳正值芳菲节，秾艳清香相间发。'在一春的秾艳清香中离去，其实是件美好的事情，将来也是值得回味的，还有什么于心不足呢？如果别离不可避免，此时舍不得走，定要拖到花谢叶落之时再走，那才叫凄凉呢！曲中的凄凉与之相比，简直不算什么。"

"我偏是于心不足！"他大声道，"还没有看尽秾艳、品足清香，怎么能够就与洛阳的春天说再见呢？人间的别离，不应发生在美好的开端，如果必须发生，那也应当发生在意兴阑珊之时。花谢了，叶落了，时光老了，人已进入垂老之龄，到那时来面对别离，自可用一种平平淡淡、波澜不惊的心境。如果必须别离，至少不是现在。"

　　"至少不是现在……"重复着他的话，她的眼中泪光闪闪，"是的，如果别离是必须发生的天意，那么天意也不该选在此时。洛阳的春天才刚刚开始，秾艳清香，次第而开。这是赏花的佳节，好花待人，人亦待花。这个时候就与春风说再见实在太早了一点。我并不忌讳那花谢叶落时的凄凉，虽然明知所有的花、所有的叶、所有的人，都是这个结局。可在这之前，我们每一个人都应当倾注一生之力、一生之情，就像花与叶，为了春光而倾尽全力。非得到了花脱瓣、叶离枝，花与叶才肯放弃对于春光的爱恋。人可以承受死离，却难以承受生别。如果可以选择生别，最好的生别，应当是在春天的最后一个黄昏。而在这之前，不妨遍寻芳菲、款诉情衷，直到春天的最后一个黄昏，生命中的最后一刻，才可以坦然接受离别的来临，才能做到无憾无怨。"

聚散苦匆匆，
花好与谁同

浪淘沙

欧阳修

把酒祝东风，且共从容。垂杨紫陌洛城东，总是当时携手处，游遍芳丛。

聚散苦匆匆，此恨无穷。今年花胜去年红，可惜明年花更好，知与谁同？

说起六朝古都，我们立即就会想起南京这座城市。南京别号金陵。北宋《太平寰宇记》述其由来："昔楚威王见此有王气，因埋金以镇之，故曰'金陵'。"西晋《江表志》则记载道："昔秦始皇东巡会稽经此县，望气者云，金陵地形有王者都邑之气，故掘断连冈，改名秣陵。今处所具存，地有其气，天之所命，宜为都邑。"就风水学家看来，金陵天生便是建都的宝地。假如没有以此为都城，它就会成为帝王心中的一个鲠。无怪乎连楚威王、秦始皇这样威加四方的"霸道总裁"都会惴惴不安，不惜大搞封建迷信，又是埋金，又是掘冈改名，定要将南京的天子之气给镇压下去。这哥儿俩多傻呀，与其这样为强迫症所驱而瞎折腾，还不如顺天应时呢！"地有其气，天之所命"，就将南京作为都城，岂不简单省事？自唐代之前，前后有三国东吴、东晋、五代的宋齐梁陈在南京建都，这就是六朝古都的来历。

但要说到建都最多的城市，环顾泱泱华夏，却不是有着六朝古都之称的南京。而是洛阳。同样是在唐代之前，洛阳便已成为九朝的古都。哪九朝呢：东周、东汉、曹魏、西晋、北魏、后梁、隋、唐（则天大帝）、后唐，比南京还多出了三朝呢！

到了北宋，太赵匡胤定都开封，一称汴京，又称东京，而洛阳，则被称为西京。相传赵匡胤曾有迁都洛阳的打算，由于大臣阻挠，抱憾未成。尽管如此，对北宋朝廷，洛阳可以算得上是仅次于帝都开封的重要城市。西京与东京相近，一个才华佼佼的年轻人如果不能在天子所居的东京谋得职位，能在西京洛阳安身立命，也会被视作大有可为了。欧阳修就是这样一个年轻人。宋仁宗天圣九年（1031 年）三月，欧阳修来到洛阳，出任西京留守推官。

第一次在异乡开始工作、生活，即使对当今的青年人，也会遇到许多超出想象的困难，不如意之事更是不时冒出，如虱附身。一旦悲观起来，看什么都不对劲儿，上司、同事、朋友皆非善类，无一不是麻烦的制造者、前进的拦路石。"长铗归来乎！食无鱼。""长铗归来乎！出无车。""长铗归来乎！无以为家。"不顺心时，恨不得插翅飞回父母的怀中，求爱怜，求安慰，把十八般撒娇本领统统用上。这在欧阳修却是断然行不通。欧阳修四岁丧父，虽系斯文根脉，却是家贫如洗，穷得来连笔墨纸砚都无钱置办，更别提延师就学了。以此观之，欧阳修岂不大有成为文盲的危险？可欧阳修的母亲是个聪慧好强的女子，她亲自担当起了儿子的启蒙教育。没有笔墨纸砚，没有名师指点，这都不成问题。握着儿子的小手，她用芦苇秆在沙地上一笔一画地教会了儿子识写。在欧阳修的眼中，她不仅是慈母，更是一位严师。有母如此，家境如此，可让欧阳修上哪儿撒娇去呢？从童年开始，欧阳修老早便明白了一个道理，要改变家境、回报母亲，自己非得付出超出常人的努力。撒娇非其所长，刻苦攻读却是他的长项。年才十岁，其所作诗赋已很有功底，有都官见而异之，称赞他说："奇童也，他日必有重名。"

如今奇童长大了。赫赫声名虽未一举而致，但在科考场上，他也很是露了一手，堪称小有名气，且顺顺当当地进入了国家公务员基层干部人才库。"西京留守推官"，这是欧阳修的第一份工作。所谓的"推官"，即秘书类的文职，他的上级为西京留守钱惟演。西京留守，也就是西京洛阳的最高军政掌官。钱惟演是吴越王钱俶第七子，门第高华、才情富赡，且对奖掖后进不遗余力。能成为他的下属，在我们现代人看来，那简直就是一跤跌进了蜜罐里。用欧阳修的话来说，则是"主人乐士喜文学，幕府最盛多交朋"。当时的洛阳官衙，可谓人才济济。谢绛、梅尧臣、尹洙、张谷……不仅与欧阳修年龄相仿，并且志同道合，在文学上总有说不完的话题。公务之暇，这群洛阳才子或是联袂出游，或是裁诗制词。一场对于当世及后世皆产生了深远影响的诗文革新运动——北宋时代的青春风暴，就在这些洛阳才子的笑谈中、笔墨下拉开了序幕。

许多年后，在为前同事张先题写墓志铭时，欧阳修曾回顾这段洛阳岁月："于时一府之士，皆魁杰贤豪，日相往来，饮酒歌呼，上下角逐，争相先后以为笑乐……予时尚少，心壮志得，以为洛阳东西之冲，贤豪所聚者多，为适然耳。"在今天，当我们问起某人的工作、生活情况时，常常会说："混得怎样？"如果也拿同样的问题去问欧阳修，他会怎样回答呢？"就四个字，如鱼得水。嘿，能混到这个名堂上，那就不能称之为混，而应称之为遇。咱欧阳修是遇上好时代、好领导、好同事、好同志了。"

与好同事、好同志磋文切艺，欧阳修能不一日千里、大有进益？而这磋文切艺，还得有人关照、有人赞助，这就必须说到好领导钱惟演所发挥的作用了。钱惟演要比欧阳修年长二十余岁，《宋史》称其"于书无所不读"，以"文辞清丽"而闻名于世。《全宋词》中收录了他的一首《木兰花》：

> 城上风光莺语乱，城下烟波春拍岸。绿杨芳草几时休，泪眼愁肠先已断。
>
> 情怀渐觉成衰晚，鸾镜朱颜惊暗换。昔年多病厌芳樽，今日芳樽惟恐浅。

"昔年多病厌芳樽，今日芳樽惟恐浅。"这话活似欧阳修的口吻啊！欧阳修在洛阳所参加的那些诗酒盛会，难道会不见钱惟演的音容与足迹？醉翁之名，不当由欧阳修独占。人家钱惟演也是醉翁啊，比起职场装老族小欧同学，"醉翁"钱长官更为名副其实。但年轻人的聚会不免具有排他性，钱长官虽然一向厚待小欧同学，小欧同学却未必总是那么地道。某一次，欧阳修与谢绛等人相约出游，事先并没有向钱长官禀告一声。于是，就有了宋人笔记《邵氏闻见录》中的一段记载："谢希深、欧阳永叔官洛阳时，同游嵩山。自颍阳归，暮抵龙门香山，雪作。登石楼望都城，各有所怀。忽于烟霭中有策马渡伊水来者，既至，乃钱相遣厨传歌妓至。吏传公言曰'山行良劳，当少留龙门赏雪。府事简，无遽归也'。"

好家伙，他们是去游嵩山了。事实上，欧阳修等人已外出六天了。他们出去之前有没有递上假条？倘若没有，那自然是要急于赶回。所谓夜长梦多，晚一天回去就会多一天提心吊胆。干吗提心吊胆？不做亏心事不怕鬼敲门！不怕鬼敲门，却不能不怕钱留守心血来潮地查岗考勤。万一被发现旷工而受到记过处分，不独全勤奖、年终奖有可能泡汤，就连日后的提升也会多半没戏，这损失可就大了。原本希望能神不知鬼不觉地回归工作岗位，谁知返程走到龙门雪山，路况已是令人为难，再加上这素雪纷飞的天气，想要提速却提不了速啊！正在那儿又是发愁又是着急呢，风烟雪霭之中，竟然有人策马渡水而来，来的还不止一个人。可其中的一个人，是他们都认识的，那是钱长官府上的一名差吏。

欧阳修等人的心里顿时犯起了嘀咕："大事不妙，到底是被钱留守发现了呀！这可怎么着呢，留守遣人兴师问罪，如何才能自圆其说？"

然而来人一径都是笑呵呵的，除了差吏之外，居然还有靓妆丽服的女子。这哪里像是兴师问罪的样子？倒把欧阳修等人给弄糊涂了。

"钱留守令我前来传话，山行颇苦，诸君一路鞍马劳顿，就安安心心地留在龙门赏雪吧！官署近来清简无事，并无公务急需处置，不必匆忙赶回。钱留守还特遣了厨工与歌妓来为诸君助兴。美景不可负，美食与佳音亦不可负。诸位好自努力、各尽其才，当以俊笔新章归报留守。"

另一个与钱惟演相关的故事则是出自宋人释文莹的《湘山野录》，"钱思公镇洛，所辟僚属，尽一时俊彦。时河南以陪都之要，驿舍常阙，公大创一馆，榜曰临辕。既成，命谢希深、尹师鲁、欧阳公三人者各撰一记，曰：'奉诸君三日期，后日樊请水榭小饮，希示及。'……"这是一篇有关锤炼文字的故事。

钱惟演因为洛阳缺少驿舍，与陪都颇不相称，就修建了一座极具气派、极有规格的驿馆，起名为"临辕"。临辕建成后，钱惟演让谢绛、尹洙（字师鲁）、欧阳修各写一篇文章，以纪念这座已成为洛阳最新地标的政府形象工程。三人很快完成了命题作文。谢绛写了五百字，欧阳修写了五百多字，而尹洙只写了三百八十余字，字数最少，却最精辟。欧阳修与谢绛都说，尹洙的文章可作为经典之作献给丞相，至于我们所写的，那怎么好意思让人看见呢？话虽如此，也不无故意自谦的成分。后来丞相果命尹洙献文，对其颇有称赏之意。钱惟演很为欧谢二人叫屈，认为欧谢之作不应当受到忽视。丞相可以不买欧谢二人的账，但却不能不买钱惟演的账。既然钱惟演坚称欧谢之作亦是精品，只得与尹洙之文一起收藏了。

可欧阳修却觉得很憋屈。人家收藏他的作品，不是出于诚心诚意而是看在钱长官的面子上，"我昔初官便伊洛，当时意气尤骄矜"，这让意气骄矜的小欧同学还真不是个味儿。但小欧同学虽有意气骄矜的一面，也有好学求真解的一面。他带上一壶好酒，亲自向尹洙请教，两人谈论着为文之道，这一谈就是一整夜。尹洙指出欧阳修"格弱字冗"的缺点，欧阳修虚心地接受了，回去后修改原作，将五百多字凝练成三百余字，比尹洙所作还少了约二十字。这一"瘦身"之后，不仅未伤其意，反倒更见精彩。将改好的文章拿给尹洙看，尹洙也是服了，逢人就说："欧九真可谓一日千里。"

还是那句话，有好领导的栽培爱护，有好同事、好同志朝夕相处、研习诗文，小欧同学想不进步都难。"一日千里"，对于洛阳时期的欧阳修，就其文风人品的形成与塑造，这是个恰如其分的描述。

担任西京推官一共三年。这也就是说，欧阳修在洛阳待了三年。三年的时间，曾有过多少的诗酒盛会？而哪一次诗酒盛会之上，不曾有娇花的清姿妙影呢？欧阳修曾写过一篇《洛阳牡丹记》："牡丹出丹州、延州，东出青州，南亦出越州。而出洛阳者，今为天下第一。"又言"余在洛阳四见春：天圣九年三月始至洛，其至也晚，见其晚者；明年，会与友人梅圣俞游嵩山少室缑氏岭、石唐山紫云洞，既还不及见；又明年，有悼亡之戚，不暇见；又明年，以留守推官岁满解去，只见其蚤（同早）者，是未尝见其极盛时。然目之所瞩，已不胜其丽焉。"

刘禹锡曾说"唯有牡丹真国色，花开时节动京城"。这里的"京城"，是指唐都长安。而欧阳永叔却说洛阳牡丹，今为天下第一。在洛阳三年，他却经历了四个春天。第一年是天圣九年（1031年），那一年的晚春他初到洛阳，见到了晚开的牡丹。第二年，他由于与梅尧臣外出游玩，错过了牡丹花时。第三年结发妻子去世了，悼亡期间，哪有心情观赏牡丹呢？第四年三月，任满解职而去，只见到早开的牡丹，未见到全盛的牡丹。这真是人生的一大憾事，在洛三年，逢春四度，欧阳修竟然没有一次与全盛时期的牡丹面对面地交流，尽管在他的眼中，那些非当盛时的牡丹已是"不胜其丽"。

别矣，牡丹；别矣，青春；别矣，洛阳。欧九将行矣，将千行愁泪，付一曲离觞。多谢了，同人们；多谢了，亲友们；多谢了，洛阳人。你们都来了，来为欧九送行，在这春回大地、牡丹初放之时。和其他地方一样，我们洛阳也有黄芍药、绯桃、瑞莲、千叶李、红郁李等诸多名目的花卉，可洛阳人对她们却不甚上心，笼统称之为"果子花"，而不以其本名呼之。洛阳人所真正爱重的，唯有牡丹而已。洛阳牡丹品类极多，姚黄、魏花、潜溪绯、叶底紫、鹤翎红、莲花萼、玉板白、倒晕檀心、九蕊真珠……是数也数不过来，夸也夸不过来。但洛阳人也不称呼她们的本名，以"花"一言概之。当洛阳人说到"花"，那一定指的是牡丹。因为在洛阳人看来，天下真花，无非牡丹。不必提名道姓，单单以"花"呼之，更见昵近之心。

请高举酒杯吧，在场的诸位。让我们共祝东风从容，让我们共祝春光从容，让我们共祝花事从容。那些幸福激荡的日子，那些青春怒放的日子，我们曾策马扬鞭，在垂杨袅袅的城东大道留下了多少高歌笑谈，仿佛传说中的少年侠客，"银鞍照白马，飒沓如流星"。手携着手，肩并着肩，看遍万紫千红，此处牡丹独好。

人生有聚有散，欲祝从容，却难从容。乐相知、怨聚短，何太匆匆，此恨无穷。有人说："不知来岁牡丹时，再相逢何处？"从今之后，与诸君只能在梦中见矣，与洛阳之春、与洛阳牡丹，亦只能于梦中见矣。我走之日，牡丹才吐清艳，楚楚风致、雍雅气度，已是前所未见。想必今年的花事，定会胜于去年。今年的万紫千红，更比去年可观。以此推之，明年的牡丹又应胜过今年，明年的花事，更非今年可比。可明年此时，有幸与洛阳牡丹相亲相近者，会是谁与谁呢？

曾是洛阳花下客,如今却为异乡人。出门看花之时,纵马飞驰在垂杨紫陌洛城东,你们还能想起远方的欧九吗?而此时的欧九,虽然身在京都汴梁,仍将为洛阳的人们、洛阳的春天以及那洛阳的牡丹深深祈愿。东风呵,当你走过洛阳,一定要步履姗姗。不如留下,请你留下吧,为这美丽之城;不如留下,请你留下吧,为这可爱之城。祝福你,洛阳人;祝福你,洛阳春;祝福你,洛阳花。愿长聚,同欢娱;愿长久,莫匆匆!

画眉入时无，鸳鸯怎生书

南歌子

欧阳修

凤髻金泥带，龙纹玉掌梳。走来窗下笑相扶，爱道画眉深浅入时无。

弄笔偎人久，描花试手初。等闲妨了绣功夫，笑问鸳鸯两字怎生书。

英语"blind marriage"，直译为瞎眼的婚姻，在汉语中有个对应的词，盲婚。在古代中国，绝大多数人都是通过"blind marriage"结合在一起，自由恋爱有如奇谈异论，不但伤风败俗，且可能性极微。那时候的青年男女连个见面的机会都没有，好人家的女儿谨守足不出户的闺训，如古董般不是藏着便是掖着，有道是"君子好逑"，但若没有媒妁之言，却让君子上哪儿去找到一个"好逑"呢？当然，你可以说，不是所有的女儿都是好人家的女儿，像红拂夜奔，就是旷古少有的自由恋爱典范。有是有，连你也不得不承认是旷古少有，这样的事迹虽令人津津乐道，却是猴年马月也难得一遇。对于古人的婚姻，盲婚的大概率是毋庸置疑了，那么盲婚就一定意味着不幸吗？也不见得就那样绝对。古人虽然含蓄而又腼腆，但在他们的诗文中，我们也能找到一些描述新婚生活的作品。古人的婚姻多是盲婚，可也有一些堪称"天作之合"的美满姻缘。盲婚中也不尽是木讷寡言、忸怩被动的夫妇。欧阳永叔的这首《南歌子》便是如此，他写的是一个幸福像花儿一样的新嫁娘。这个新嫁娘所要面对的，不是王建《新嫁娘》诗中"三日入厨下，洗手作羹汤"的厨艺首秀，而是如何消除与新郎之间的陌生之感。她做到了吗？且听《南歌子》为你道来。

她梳的是富丽艳逸的凤髻，束着飘如云影的泥金发带，还插着一支龙纹刻饰、状如手掌的新巧玉梳，好一个齐齐整整的新娘子，好一个标标准准的美娇娥。对镜左顾右盼，前照后看，直到确定装扮停当、毫无瑕疵，这才带着满心的欢喜与自信走到窗前，新郎正倚窗而立。他为什么只是朝窗外望着，可是嫌我不合他的心意？那会是什么原因？不必再回到妆台，镜中人连自己都觉得怦然心动。但他，难道他就不曾心动？

"如果他能看我一眼，哪怕只是一眼，他会觉得有所不同吗？哪怕只是一眼，也不枉了这番妆梳。"

然而，对她的心语，他一无所闻。仍然保持倚窗凝眸的姿势，这让她有些气馁，有些无所适从。默默地站了一会儿，又悄悄望向他。尽管只能看到他的侧影，但那侧影已令他倾心不已。那是在婚礼之后，她第一次近距离地观察新郎。比起烛光之下的他，不但丰采不减，更添真切之感。这是她的夫君，是她将要牵手一生之人。而她，也因为他拥有了一个新的身份，他的妻室。燕尔新婚，难道不应当情同胶漆？却为何，你独对幽窗，窗外的风光竟能胜过户内的旖旎？

"在看什么风景呢？"几番克制又几番跃动，她总算问出一句话来。

他转过头来，迎面所见，是一张妍如秾李夭桃的笑颜。一瞬间，他有些恍惚，何方美人来我室中，莫不是做了一枕游仙梦？旋即一惊，哪里是什么神仙美人，这不就是昨晚的新妇吗？罢晚妆、理晨妆，竟让自己险些不认识了。同样一个人，却有两般的神情仪态，正如朝槿夕颜，各得其妙。昨晚立于轩堂之上，她是那样端庄沉静、如天边明月光艳耀目。但是此刻，却比天边明月亲切了许多。言语之际，她十分自然地挽住了自己的手臂，这让他颇为感动。新婚第一日，该是由他来打破这一僵局啊！本该由他向她发出第一声问候，以消除新妇的不安与疑惧。

正在佩服她的勇气，她的脸却已红如彤云。原来，她也不是他想象中的那样自然，要克服新婚的羞涩，对她来说亦非易事。看似自然，并不自然。与她挽手同立，尽管他告诉自己，该说话了，该出声了，然而，说什么好呢？思来想去，似乎总无合适的语言。但也舍不得放开她的手臂，纵使有些发窘，纵使觉得异样，那五脏六腑的每一个角落，无不被这种异样的新鲜感浸泡得甜沁沁的。

"你呀，为何正眼也不瞧下人家。倒叫我，无端花费了这许多的功夫，'当户理红妆''对镜贴花黄'。那《木兰辞》中的木兰白忙活一场，若是前来看她的伙伴视若无睹、全不在意，也不知木兰会不会气恼？"她眉心微蹙，那双剪水清瞳兀自闪烁着笑意。

"木兰是为同袍梳妆，即令同袍视若无睹，又有什么打紧？而你，你我却是……"他忽然意识到了失言，"不该，真是不该。"

"不该，不该什么？知错就改，你觉得怎样？"她提醒道。

"冷落了娘子，可我……我这也是无心之过。"对她的轻嗔薄怨，他竟无计化解。

她当然不是真心怪他，这样说，不过是要借此引出二人之间的话题。但他只管望着他，迷迷糊糊的，又忘了该说什么话。还得由她主动问道："画眉深浅入时无？我今朝的打扮可还看得过去？"

他是读书人，岂不知晓"画眉深浅入时无"一句的出处。那是考生投出的敲门砖——不知考官可会如新郎赏识新妇一般赏识他的文卷？刚才还在佩服她的勇气，此时却不禁要佩服她的心思慧黠了。"画眉深浅入时无"，这话与其被那班追名逐利的考生滥加引用，还不如还其本色，用在新婚夫妇之间呢！

"岂止是看得过去，实在是极佳。我也不知入不入时，但如此之眉黛尚不能为时人所称许，那些人不是傻子便是瞎子。"注视着新妇的双蛾，他由衷赞道。

"那么，你是不肯做我的张敞了？"对她的赞叹，新妇似乎不以为喜。

"张敞？"他直骂自己太笨，这榆木脑瓜子怎配得新妇的那颗七窍玲珑心呢？汉代的京兆尹喜欢给爱妻画眉，以致长安中盛传张京兆眉妩。后来竟传到了汉宣帝的耳中，汉宣帝就问他说，这是不是谣传呢？"不是谣传，"张敞一本正经地答道，"臣闻闺房之内，夫妇之私，有过于画眉者。"汉宣帝虽不以为然，但因为看重张敞的才能，对他的这一做法也未加斥责。可张敞的仕途还是多多少少受到了影响，一生未获大用。

能娶到一个柔情似水的爱妻，即使一生未获大用又何憾之有？能嫁给一个知情识趣的夫君，得他一辈子画眉相昵，即使他碌碌无为，做妻子的又怎会感到不足？

"画眉深浅入时无？"从此之后，这句话成了她的口头禅。"画眉深浅入时无？"从此之后，这成了他最爱听的一句俏语娇音。他知道，她很看重他的意见呢，她在等待他的肯定与赞赏。而他，又何忍令她的期盼落空。"欲取鸣琴弹，恨无知音赏"，决不应当是这样！琴为知音而鸣，知音岂能不赏？

"画眉深浅入时无？"为了她的这句话，他或是点头含笑，在她的眉端捕捉浓浓的爱意。或是取来她的眉笔，像张敞曾经为其夫人所做的那样，他会为她轻点螺黛。

"闺房之内，夫妇之私，有过于画眉者。"此话一点不假。也有人将它略加改动，将"夫妇之私"改为"夫妇之乐"，其意亦佳。成婚之前，对于婚后的生活，他也曾有过无数的揣想。有的揣想美得很，有的揣想却让人紧张恐惧：她不是一个面目可憎、言语无味的女子吧？常言道，女怕嫁错郎，其实，少年郎也怕娶错了妻房。但如今，他的那些担心早与乌有先生一起溜之大吉了。怕什么面目可憎、言语无味，分明是花解语、玉生香，婚后的生活比起他那些美好的揣思来，是大大超过了预期。

然而在这极其美满之中，他也不无苦恼。两人时时刻刻都在一起，他又如何能静下心来读书做文章呢？

某一次，他正待提笔，她已飞快地抢了在手。扑在他的怀里，又是叽叽嘎嘎地说笑，又是抚弄着笔管。

"你又不写字，却为何夺了我的笔？"他颇为无奈地说。话虽如此，当软玉娇香抱满怀，谁还能硬着心肠推开？"这样也好。"他反倒抱紧了她，"便是晚些再写，也不是什么大不了的事儿。"

谁知入温柔乡易，出温柔乡难。在他怀里偎依良久，两人更是难舍难分。她的心跳叠合着她的心跳，恰如漆也离不开胶，胶也离不得漆。

"好了，我还是走吧。总赖在这儿该讨人嫌了。"她终于脱离了他的怀抱。"你以为，我当真无所事事？只有你，才是个能用功的人？我还不是一无所长呢，我也有我的活计。"

"倒要看你有何所长，有何活计。"他在心头暗笑。

她在对面坐下了。手里竟也执着一支笔，这是做什么呢，难道她也要习文练字？他不禁悄悄观察起她来。原来不是习文练字，看样子是在描图。好似在描一朵花，可既是描图，何以不施以彩料？

"你所谓的长处是指绘事吧？你能确定，这真是你的一技之长？"

她倒并不因此而生气，认真答道："我几时明示或暗示过自己长于绘事？你这呆子，这也看不出来。我是在描花刺绣。"

"原来贤妻是织女的高徒。小生福气不浅，倒要见识一下贤妻的手笔。"

"这何用说，我嫁到你家，今日是破题儿头一遭，小试锋芒罢了。"

可过了一会儿，她却起身走向他道："读书累不累，你也歇息一下嘛！"

"哦？"他从桌案抬起头来，"你的绣活做完了？给我瞧瞧。"

"都怨你，老是让人分神。平时我绣这么一朵花，一盏茶的工夫都不到，今天耽搁到现在还没绣完呢！敢是如你们文人所说的那样，'江郎才尽'了？'江郎才尽'便'江郎才尽'呗，我也要歇息一下。"

她顺势取过了他的笔，向他嫣然一笑，"我想学两个字，你肯教我吗？"

"哪两个字？"

"鸳鸯。这你会写吗？"

"你真的不会写？"

"这么说，你必定是会的！"

心中一荡。握着那双柔荑，他写下了"鸳鸯"二字。"得成比目何辞死，愿作鸳鸯不羡仙。"人间天上，共此久长。

这首词莫不是欧阳修的夫人自述？如果说"画眉深浅入时无"是在借鉴前人，那么"等闲妨了绣功夫，笑问鸳鸯两字怎生书"则是欧阳修的独创了。如此创意，非有亲身经历、切身体会，又怎能瓜熟蒂落恰到笔端？欧阳修一生曾娶妻三次。初婚是在天圣九年（1031年），在西京洛阳，与翰林学士胥偃的千金成婚。早在三年前，二十出头的欧阳修带着自己的文章于汉阳拜谒胥偃，胥偃以之为当代奇士，将其收在门下。可以说，欧阳修的初婚对象是恩师的爱女。明道二年（1033年），胥夫人生子未满月便病卒。同样是在这一年，欧阳修结束了洛阳任期，返回汴京。景祐元年（1034年），欧阳修娶谏议大夫杨大雅之女为继室，但一年之后杨夫人便病逝了。景祐四年（1037年），欧阳修再度续弦，娶的是参知政事薛奎之女。

论相貌，欧阳修非为佳婿。可要说到文章才气，如此佳婿却是世所难得。这也就能解释为何当他功名未著之际，便有名宦之家以掌上明珠托以终身，甚至在他连丧二妻之后，还能得到副相的青睐。在北宋的婚姻市场，才子绝对是抢手又热销，稍微慢了一拍，可能就被别人据为己有了。虽然才子不患无妻，但欧阳修的前两次婚姻却过于短暂，这对"人生自是有情痴"的欧阳修肯定是极大的不幸。直到第三次婚姻，与薛夫人结为连理，终于做到了相偕白头。

如果这首《南歌子》真是欧阳修的夫人自述，它又是为三位夫人中的哪一个所做呢？胥夫人？杨夫人？还是薛夫人？醉翁不言，记忆中那鲜活的"鸳鸯"二字，却从未褪色，情味自知。

庭院深几许，
问花花不语

蝶恋花

欧阳修

庭院深深深几许，杨柳堆烟，帘幕无重数。玉勒雕鞍游冶处，楼高不见章台路。

雨横风狂三月暮，门掩黄昏，无计留春住。泪眼问花花不语，乱红飞过秋千去。

这首《蝶恋花》一首存在着争议，其争议便在作者的确定上。有人认为，其作者是南唐的冯延巳。还记得清代学者刘熙载的那句评论吗——"冯延巳词，晏同叔得其俊，欧阳永叔得其深。"冯延巳既是欧阳修的同行，更是欧阳修的前辈，在词风上，两人少说也有七分的相似度。南宋罗泌在为欧阳修《近体乐府》题跋时写道："元丰（北宋神宗年号）中，崔公度跋冯延巳《阳春集》，谓皆延巳亲笔。"以此为据，罗泌断言欧阳修不是此词的真正主人。

但也有人声称，此词系欧阳修所作。说这话的是名垂千古的女词人李清照。李清照写了好几首《临江仙》，全部以"庭院深深深几许"开头，并在词序中说道："欧阳公作《蝶恋花》，有'庭院深深深几许'之句，予酷爱之。用其语作'庭院深深'数阕。"

罗李二人的说法都各有支持者。拥罗者有南宋何士信、清代张惠言、周济等人，拥李者则有清代朱彝尊、陈廷焯、近代唐圭璋等人。以上诸公都可以称得上是所属时代词学界的重磅人物，他们的分歧，使得这首《蝶恋花》的作者认定成为一桩历史悬案。

一般来说，人们还是更赞成李清照的说法。原因有二：一是李清照生于罗泌之前，与欧公之时相距更近；这第二层原因嘛，更是一说便明白了。毕竟以罗泌的声名，难与清照相抗衡。

就我个人之见，以这首词的用语与风格，冯延巳未必不能写出，欧阳修亦未必就写不出来，哎，这不等于白说吗？话虽如此，笔者还是带有一些倾向性的，更倾向于为欧公所作。而笔者的这一倾向，多少是受到了冯延巳的超级粉丝陈廷焯的"启发"。陈廷焯断定此词非欧公所写，"欧公无此手笔"，反倒令我在冯欧之间停止了犹豫。欧公怎么就"无此手笔"呢？同样是那个罗泌，那个主张将"庭院深深"原创权归于冯氏名下的罗泌，其在为《欧阳文忠公集》题跋时曾说："公性至刚而与物有情，盖尝致意于《诗》，为之《本义》，温柔宽厚，所得深矣。吟咏之余，溢为歌词。"罗泌说得很是到位"公性至刚而与物有情"，欧阳修有着刚强鲜明的个性，但他同时又是情深之人。"人生自是有情痴，此恨不关风与月"，如此痴绝妙句既是出自欧公之手，那么《蝶恋花》词中的"泪眼问花花不语，乱红飞过秋千去"又怎能旁落他人呢？就用语与风格而言，冯氏未必不能写出，但以词中的这股痴拗缠绵之意，总觉得，还是出欧公的可信度更高。

"庭院深深深几许"，此语不独为易安所钟爱，亦且受到其他词人的喜爱与仿效。比如清代的纳兰性德也曾有一首《蝶恋花》，其结句为："一往情深深几许，深山夕照深秋雨。"还有的干脆一字不差地照搬。民国时期有个学者袁思亮，他写了好几首以"庭院深深深几许"开头的词："庭院深深深几许。新绿生时，燕蹴红英舞。""庭院深深深几许。露种云栽，裁剪春工苦。""庭院深深深几许。处处人家，尽日飞香絮。""庭院深深深几许。怕上层楼，日日风兼雨。"而当代言情小说家琼瑶有一本书就叫《庭院深深》，书中的女主角名叫章含烟，"含烟"二字，正是得自"杨柳堆烟"一句。甚至连泰剧，也有"庭院深深"这个译名。"庭院深深深几许？"这深邃惝恍的意境，这悠长无奈的叹息，走过了多少岁月的台阶，始终苔痕青青，感动古今。

"庭院深深深几许"？这是谁人的庭院呢？连用三个"深"字，则庭院之深，当真莫可测知。在北宋开国皇帝赵匡胤"广置良田美宅"那句"警世"名言的教导下，宋代的富贵之家，兴起了建造私家园林的热潮。李清照之父李格非曾在《洛阳名园记》中记载了十九家极具代表性的洛阳私家园林。其中有一处名为"环溪"的私家园林，亭池台榭无不齐备。南望可见群峦叠翠，北望则见隋唐宫阙楼殿，延亘十余里。自然风光与人文景观相映成趣，悉纳眼底。园中更有奇花异木、岛坞锦厅，宏规巨制、奢极一时。

而欧公笔下的这座庭院，显然也是蔚为壮观。不必丈量其东西南北的具体尺寸，"深深深几许"，以女主人公的视点，似乎"瞀目难尽"。而产生这一视觉的原因，除了身在深宅大院之中，还有别的障目之物。"杨柳堆烟，帘幕无重数。"庭院深深，究竟种下了多少棵垂杨垂柳？杨柳丝丝，堆积出层层烟雾，仿佛一幅幅低垂的帘幕。风起之时，烟飞雾绕、帘幕飘曳，便再也分不清何为烟雾，何为帘幕，也数不清烟几重，雾几重，帘幕几重。惹起无穷无尽的愁绪，无可诉说，悄自饮泣。

难道此生此世就要被困于这座深深庭院，除非老死，不得再出？当初走进这座深深庭院时，她可曾想到过生活会是这样吗？如果能提前预知，也许，她能避开这座庭院。然而，避开了这座庭院，也能幸运地避开别的那些庭院吗？身为女子，一个像她那样有着高贵身世的女子，不是这座庭院的幽囚便是那座庭院的幽囚。谁能幸免，谁能逃脱？如此看来，反倒不如蓬门寒户的贫女，生活中还能找到一些自食其力的乐趣。

在这座深深庭院中，她什么也不必做，也没有什么需要她做。一个多余的人，还这么年轻，对别人以及整个世界，却已成为多余。当然，如果她的运气好一点，当初她所遇到的，该是一个一往情深的"看守"。世上会有这样一位一往情深的"看守"吗？在她，是不能相信。"弄花偎人久，描花似手初。"或许，她也曾读到过新婚夫妻间甜蜜相处的词句。可这份甜蜜，是否如同她与他的新婚？不管有没有过，那都仿佛是上辈子的事了。对于留在庭院中担当"看守"之职，他早已心生厌倦。是的，厌倦了她的柔情、她的蜜意，又或许，不是厌倦，而是他从来就不曾了解、不曾在意。于是，他选择了离开。对他，这是个轻巧的决定。轻轻巧巧之间便成全了他自己，对她，却是毁灭性的打击。

此时的她，困于深深庭院。而他，又去了何处呢？他可不比得她。何处去不得，何处不能去？！如孤傲的鸿鹄一般高飞远翔，这是人们对于男子的期许；像驯顺的燕雀一般寄居檐角，无论高低贵贱，这是女子必须遵守的命运。然而，他真是心怀鸿鹄之志，为了一番事业、一种作为而在外奔波忙碌，弃她于不顾吗？如果是那样，她原该体谅、原该释然。但不是那样。影影绰绰，她听到了他在外头的行径。走马章台、倚红偎翠，这才是他的"志趣"之所在。可以想象，在那些场合，他是怎样光芒四射、大受欢迎。他囊中多金，兼且正当年少，那或怒或笑的神气，都足以牵动人心。记得扬鞭出门那天，他一脸旁若无人的悠闲与骄矜。玉制马衔在晓日下闪耀着异彩，精美的雕鞍刺痛了她的视线。是啊，以这样的派头走向那千丈红尘，谁能不为他倾倒？正所谓"骑马倚斜桥，满楼红袖招。翠屏金屈曲，醉入花丛宿"。一个风流可喜的少年，不引出一段风花雪月的韵事岂不是太奇怪了？

　　那些章台莺花，无不为他沉醉。是否就与新婚时的她别无二致？但她们所深恋者，纯是因他本人而起呢，还是因为他的财势权势？她们是否清楚，他又是否明了？那是他与她们的事，同她毫不相关。他与她们的世界，早已将她关在了门外。人生一世，草木一秋，什么是真，什么是假，何必看得那样透彻？与她们一起，他有没有说过曾经对她说过的话？曾经傻傻地以为，那些话是说给自己一个人听的，但也许，许许多多的女子，多得就像那无数重帘幕一样，在无数帘幕之下，他把说给她的"心里话"一字不改地重复给了别的那些女子。而她们，也像当时的她那样，晕生双颊、喜气盈盈？那些女子，将朝三暮四作为生计，一啼一笑皆非自己由自本心，她们究竟好在哪里呢？竟能不费吹灰之力便抢走了一个名门淑女的夫君，且还漫不经心地羞辱着她的坚持与回忆？何必坚持，何必回忆？为这样一个人而坚持，为这样一个人而回忆，这样的人生全无价值！

有人说："哀莫大于心死。"如果停止了坚持，如果弃绝了回忆，则可以让这份哀痛寿终正寝，但在哀痛寿终正寝之际，这颗心也已经彻底死去了，再不能春风吹又生。"不，那不会是真的，那不会是真的！"庭院深深，至少她可以找到一个最好的观望位置。站在楼台的最高处，穿过层层烟雾、重重帘幕，她的目光，仍固执地凝望不休。凝望不休，却难穿透。假如能够确切地看清他在外面的一举一动，那些影影绰绰的流言皆成为事实。那她还有什么好说的呢，接受吧，接受这"哀莫大于心死"的结局，从此以后不再思君忆君，也不再怨君恨君。但假如……不是那样，只是她在胡思乱想。她与他之间，仍存在挽回的可能，仍存在补救的机会。哪怕只有一丝的可能、微如烛火的机会，又当如何呢，又当如何呢……

她的脸上，竟绽开了一个虚渺的笑容。那样的可能、那样的机会，她真能等来，真会等到吗？俗话说："人无千日好，花无百样红。"就这座庭院而言，便再过数年也还不是十分沧桑，但对庭院中的人、庭院中的一花一木而言，"千日好""百样红"却是有如神话。世间最先破碎的总是神话，谁曾说过，"青春都一饷！"前一饷，还是人面花面交相映；后一饷，已是花近迟暮人断肠。三春将尽，芳菲狼藉。雨横风狂、摧残加剧，一分也不相缓，一刻也不相饶。伫立多时，不经意间，衣襟竟已湿了大片，那是风雨所侵呢，还是泪雨所致？若是泪雨所致，这泪雨，究竟是为花而落，还是为己伤情？

分不清，道不明。泪眼蒙眬中，她将眸光锁定在庭院的一角，那儿有扇小门。小门微掩，并未紧闭。如果能够从那扇门走出去，门外该是别样的世界吧？在那个世界，春光永不失色，花儿永不凋败，生命永不会感到寂寞与空虚。可那样的世界是为鸿鹄准备的，燕雀徒有羡慕之心。鸿鹄、燕雀，那是先天生成的。生为女子，这辈子就只能是仰人鼻息的檐底燕雀，却断乎不会成为举翼冲天的鸿鹄。"走不出去了，永远出不去了，此世、此生！"一种深重的无奈令她几乎为之窒息。是的，她还年轻，但又能年轻几时呢？庭院深深，度日如年，年不年轻又有什么区别？在这暮春的黄昏，风雨煎迫，华年飞逝如电……想握住什么，想挽留什么，却束手无策，空自嗟叹。

"走不出去了，永远出不去了！难道此生便如眼前的春光一般，风卷残云，再无精彩可言？难道还要漫漫无期地等下去，直到归于泥土，与春光同葬？"原本无声地饮泣渐渐变为悲不可抑的啜泣。这满腹的心事由于无人诉说，只能说与那风雨之中的落花。"你们为谁而开，又为谁而落？为何开在深深庭院，又为何落在深深庭院？也是像我这样不得自主吗？也是像我这样无人关爱吗？花开了无人瞧，花落了无人管。是深深庭院锁住了你们？是重重烟雾困住了你们？你们真的愿为这薄情的春光殉葬吗？你们是否在暗自后悔——早知如此，当初不如开向他处；早知如此，当初不如从未盛开！"

问来问去，却是只闻风雨之声不闻落花作答。谁说落花始终不答呢？风吹雨掠，那一地的落花仿佛再也承受不住天底下的这片凄暗冷寂，扑簌簌地飞绕秋千而去。这就是落花所给出的答案吗？落花是有情闪避还是无情自去呢？是害怕被她追问还是不懂她的询问？她们不是太聪明，便是太迟钝。一地落花，红若泣血。芳心正苦，庭院深深。